돌연한 출발

돌연한 출발

프란츠 카프카 단편선　전영애 옮김

민음사

차례

카프카의 육필 원고와 드로잉

"내 그림은 순전히 개인적인 그림 글쓰기야.
시간이 지나면 나조차 그 의미를 발견할 수 없을 거야."

— 카프카가 친구 구스타프 야누치에게 한 말

selbst überlassen. Ich werde Mann beim Anblick einer derartigen Brücke werde ich Mann und verschaffe mir dadurch den ersten starken Eindruck von der Schweiz trotzdem ich sie schon lange aus innerer in äußerer Dämmerung anschaue. – Der Eindruck aufrechter, selbständiger Häuser in St. Gallen ohne Gassenbildung. – Winterthur. – Mond in der

〈여행 일기(A Travel Journal)〉, 1911

—

카프카는 보헤미아와 모라비아 국경 근처 트레스트에서 시골 의사로 일하는 외삼촌 지크프리트 레비네 집에서 휴가를 보내거나, 마드리드에 사는 외삼촌 알프레트 레비를 방문하기도 했다. 의사 레비는 카프카가 단편 「시골 의사」를 쓰는 데 영감을 준다.

Unter meinen Mitschülern war ich dumm, doch nicht der dümmste. Und wenn trotzdem das Letztere von einigen meiner Lehrer meinen Eltern und mir gegenüber nicht selten behauptet worden ist so haben sie es nur in dem Wahne vieler Leute getan, welche glauben sie hätten die halbe Welt erobert, wenn sie ein so äußerstes Urteil wagen.

Daß ich aber dumm sei glaubte man allgemein und wirklich und man hatte gute Beweise dafür, die leicht mitgeteilt werden konnten, wenn vielleicht ein Fremder über mich zu belehren war, der anfangs einen nicht üblen Ein-

〈자전적 글(Autobiographical Writings)〉, 1909

카프카에게 아버지는 법의 세계, 어머니는 불안의 세계였다.
불안과 초조함, 가족과 주변 환경의 영향은 카프카 작품 전면에 스며들어 있다.

Lieber Vater,

Du hast mich letzthin einmal gefragt, warum ich behaupte, ich hätte Furcht vor Dir . Ich wusste Dir, wie gewöhnlich, nichts zu antworten, zum Teil eben aus der Furcht, die ich vor Dir habe, zum Teil deshalb, weil zur Begründung dieser Furcht zu viele Einzelnheiten gehören, als dass ich sie im Reden halbwegs zusammenhalten könnte . Und wenn ich hier versuche Dir schriftlich zu antworten, so wird es doch nur sehr unvollständig sein, weil auch im Schreiben die Furcht und ihre Folgen mich Dir gegenüber behindern und weil die Grösse des Stoffs über mein Gedächtnis und meinen Verstand weit hinausgeht.

Dir hat sich die Sache immer sehr einfach dargestellt, wenigstens soweit Du vor mir und, ohne Auswahl, vor vielen andern davon gesprochen hast . Es schien Dir etwa so zu sein : Du hast Dein ganzes Leben lang schwer gearbeitet, alles für Deine Kinder, vor allem für mich geopfert, ich habe infolgedessen " in Saus und Braus " gelebt, habe vollständige Freiheit gehabt zu lernen was ich wollte, habe keinen Anlass zu Nahrungssorgen, also zu Sorgen überhaupt gehabt ; Du hast dafür keine Dankbarkeit verlangt, Du kennst " die Dankbarkeit der Kinder ", aber doch wenigstens irgendein Entgegenkommen, Zeichen eines Mitgefühls ; statt dessen habe ich mich seit jeher vor Dir verkrochen, in mein Zimmer, zu Büchern, zu verrückten Freunden, zu überspannten Ideen ; offen gesprochen habe ich mit Dir niemals, in den Tempel bin ich nicht zu Dir gekommen, in Franzensbad habe ich Dich nie besucht, auch sonst nie Familiensinn gehabt, um das Geschäft und Deine sonstigen Angelegenheiten habe ich mich nicht gekümmert, die Fabrik hab ich Dir aufgehalst und Dich dann verlassen, Ottla habe ich in ihrem Eigensinn unterstützt und während ich für Dich keinen Finger rühre / nicht einmal eine Theaterkarte bringe ich Dir / tue ich für Freunde alles . Fasst Du Dein Urteil über mich zusammen, so ergibt sich, dass Du mir zwar etwas geradezu Unanständiges oder Böses nicht vorwirfst / mit Ausnahme vielleicht meiner letzten

〈아버지에게 보내는 편지(Letter to His Father)〉, 1919

—

'친애하는 아버지, 얼마 전 제가 왜 아버지를 두려워하는지 물어보셨죠.'라는 첫 문장으로 카프카는 아버지에게 총 마흔일곱 장의 편지를 써서 어머니에게 건넨다. 어머니는 남편이 읽지 않는 것이 낫겠다 판단하고 카프카에게 다시 돌려준다. 카프카의 편지는 수신인에게 도달하지 못했다.

막스 브로트에게 보낸 편지(Letters to Max Brod), 1906

—

죽기 전 자신의 모든 원고를 불태워 달라는 카프카의 부탁을 어긴 막스 브로트 덕분에
전 세계 카프카 독자는 『성』과 『소송』 그리고 『실종자(아메리카)』를 읽을 수 있었다.

〈성(The Castle)〉, 1922

—

카프카가 묘사하는 관료의 세계는 명령과 규율에 복종하고,
익명의 사람이나 서류와만 관계 맺는다. 요제프 K가 다니는 관청은 끝없는
미로 같고, 출구를 찾을 수가 없다.

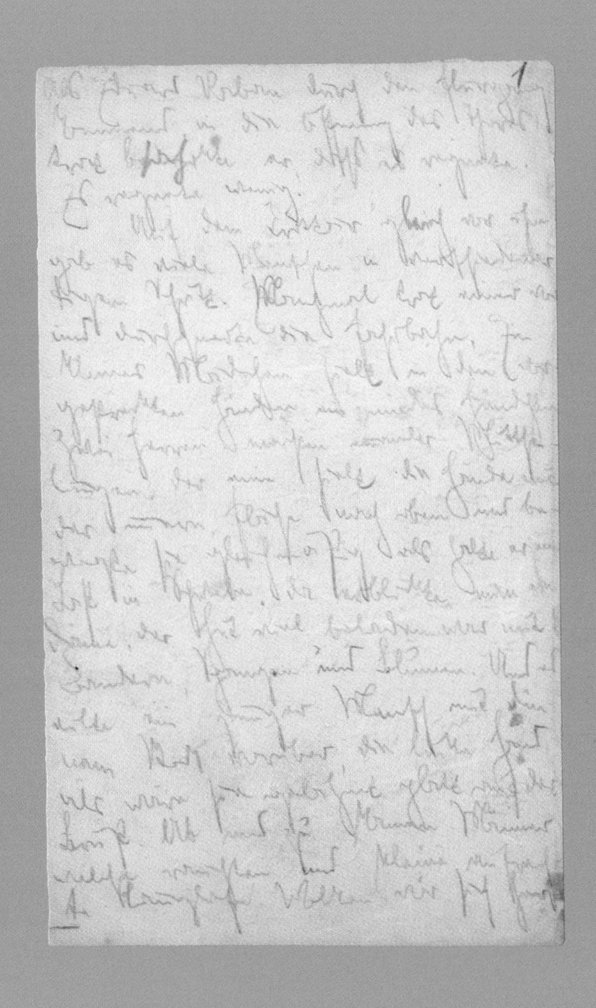

〈시골의 결혼 준비(Wedding Preparations in the Country)〉, 1907

—

자유를 포기하는 삶과 자유를 꿈꾸는 글쓰기 사이에서 방황한 카프카에게 '결혼'은 넘기 힘든 허들이었다. 연인 펠리체 바우어와의 두 번의 파경 후 카프카의 삶에서 결혼은 두려움과 낙담의 대상이 된다.

nicht Dich zu fassen. Das Militär hat Gewalt über alles"

—

Die Schätzung im Varietéfach

Es ist sehr schwer auf dem Gebiet der Varietéproduktionen auch nur für eine kurze Zeit annähernd richtige Schätzungen vorzunehmen. Die besten Fachleute und den Erfahrungen eines langen Lebens haben dabei versagt. Ein gutes Beispiel dafür ist die Laufbahn der Eisenkönige.

Er vergnügt Lehrling in einer Spezereimaterialienhandlung und die anderen Lehrlinge tanzen um ihn herum wenn er

—

Wie er (Belvederabhang) lief der Mann mit dem lange Falten werfenden Mantel, eine Aktentasche in der Hand, den Kopf bloss, den Golddraht der Brille an den Ohren am sonnigen Vormittag am ersten Mai, auf dem stillen Weg ~~Kogel~~ den ~~[illegible]~~ hinan.

Der hässliche junge Mann (Karpfengasse) am Abend, allein, eine grobe, kräftige, Widerstand leistende Natur

Die zwei alten Herren beim Rudolfinum, friedliche, langwierige, wichtige Erzählung, die Frauen hinterher. —

〈히브리어 연습(Hebrew Exercises)〉, 1920

—

1917년 폐결핵 진단을 받은 카프카는 독학으로 히브리어를 공부하기로 결심한다. 카프카는 공부를 할수록 시오니즘과 유대인의 뿌리에 대한 관심이 점차 커져서 1924년 생의 마지막에는 도라 디아만트와 이스라엘에 정착할 생각도 한다. 그 꿈은 이루어지지 못했다.

〈어머니의 초상(A Portrait of Kafka's Mother)〉, 1911

카프카는 대학교 1학년 때부터 그림을 그리기 시작했다. 법학을 공부하는 와중에도
노트에 드로잉을 채워 나갔으며, 에밀 오릭(Emil Orik, 1870~1932)의 미니멀리즘풍 채색화를 좋아했다.
카프카의 유서 중 검은색 노트에는 카프카가 그린 드로잉들로 채워져 있으며, 노트 하단에는
'나는 알지 못하는 여행'이라는 제목의 글이 적혀 있다. 1920년대에 쓴 것으로 보이는 이 글은
다음과 같은 문장으로 시작한다. "그래서 그녀는 잠들고, 나는 그녀를 깨우지 않는다."

〈대중(The Masses)〉, 1906

〈마르타 레아드스(Martha Reads)〉, 1906

—

〈술꾼(The Drunk)〉, 연도 미상

〈거지와 관대하고 우아한 남자(A Beggar and Generous Elegant Man)〉, 1906

〈스케치와 짧은 드로잉(Sketches & Little Drawings)〉, 1905~1920

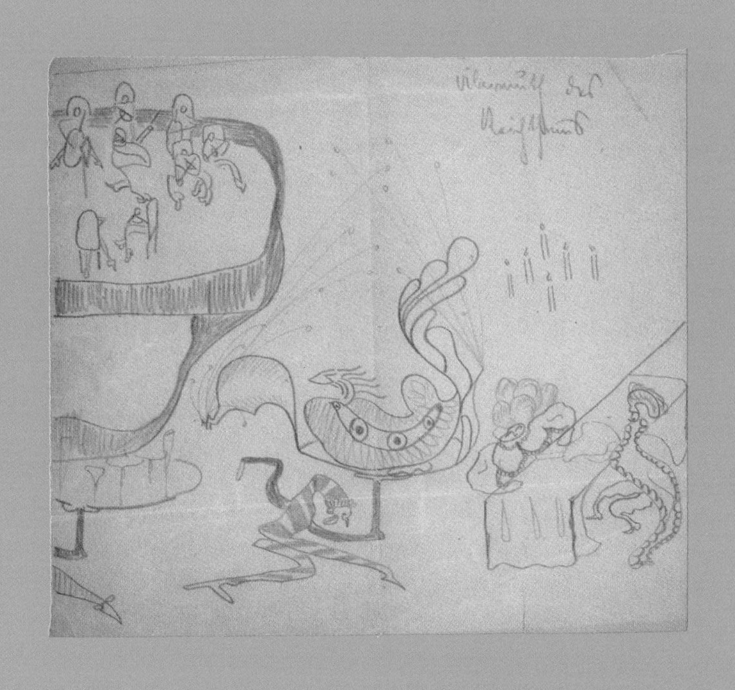

〈부의 잔혹함(The Wantonness of Wealth)〉, 1905

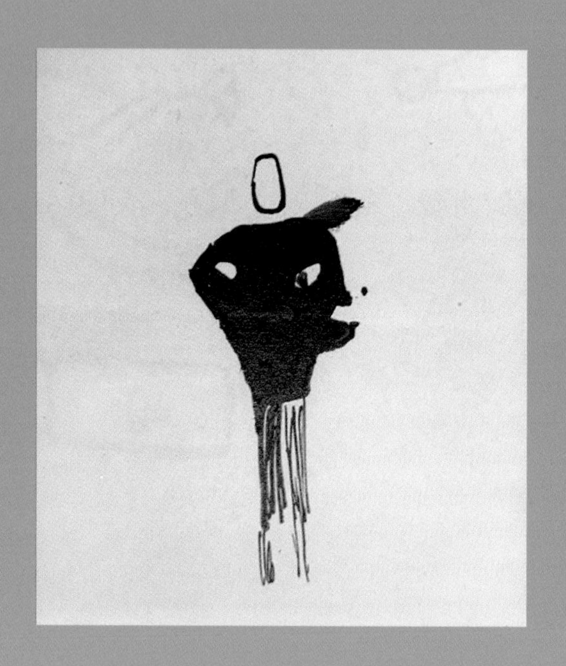

〈스케치북에서 오려 낸 그림(Figure cut out of sketchbook)〉, 1901~1907

〈스케치북에서 오려 낸 그림(Figure cut out of sketchbook)〉, 1901~1907

모든 도판 이미지는 이스라엘 국립도서관, 막스 브로트 아카이브
(The National Library of Israel. Max Brod Archive)에서 제공

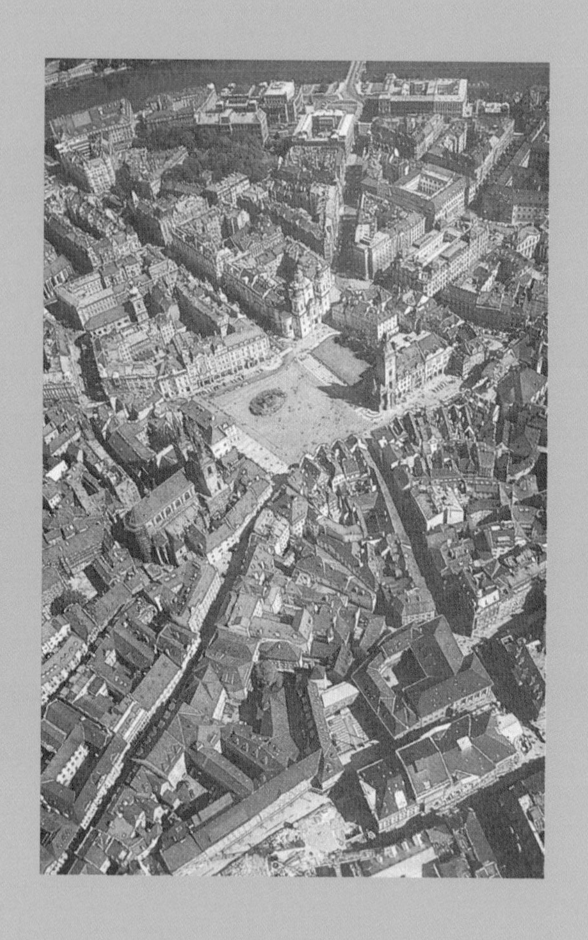

카프카가 살던 집들이 한눈에 보이는 프라하의 구시가 시청 광장.

—

중앙 탑이 있는 건물이 시청이고, 우측 교회에 붙은 집에서 프란츠 카프카가 태어났다.
프라하는 당시 오스트리아-헝가리 제국의 보헤미아 수도였으며,
체코인과 오스트리아인들이 섞여 살았다. 카프카는 자신의 눈길에 의해서
프라하 구시가 모퉁이의 돌들이 닳았다고 말했다.

몰다우강에 놓인 카렐교. 프라하 구시가와 성을 잇는 다리.

—

프라하는 독일, 체코, 유대인 문화가 혼종하고 기독교와 유대교가 공존하는 도시였다.
1883년 프라하에서 태어난 카프카는 체코에서 태어났지만 독일어로 말하고 글을 썼으며,
태생 또한 유대인이었다. 다문화와 다종교가 섞인 혼돈의 도시 프라하에서
카프카는 언제나 이방인일 수밖에 없었다.

프라하 성으로 가는 길.

—

카프카의 소설 『성』의 배경이 되는 프라하 성은 현존하는 중세 양식의 성 중 가장 큰 규모로,
1918년까지 체코 왕들의 궁전으로 사용되었으며 안에는 약 400여 개의 방이 있다.
신성로마제국 황제로 등극한 카를 4세의 모습을 담은 조각품이 성당 입구 외벽에,
그리스도의 수난 장면을 정교하게 조각한 작품이 현관 위쪽에 장식되어 있다.

집으로 가는 길.

—

프라하 성 안 뒤쪽 작은 골목은 예전에 연금술사들이 살았다 하여 '황금 소로'라 부른다.
카프카는 보험국 근무를 마치고 이 길을 걸어 '황금 소로'의 작은 집에 와서 늦은 밤까지
글을 썼다. 카프카에게는 삶과 글쓰기가 숙명적으로 한데 얽혀 있었는데, 그
강도는 글을 쓰는 것이 단계적으로 삶을 소진시키는 것과 같았다.

프라하 성 안 뒤쪽 성벽에 붙여 지은 작은 집.

—

1912년 겨울, 프라하 성 뒤편에 자리한 '황금 소로' 22번지 푸른색 벽이 인상적인 이 작은 집에서 카프카는 이 책에 수록된 많은 단편들을 썼다. 여동생의 집이던 이 집은 현재 '카프카에스크(kafkaesque)'의 여운을 그리워하는 여행객들의 발길이 끊이질 않는다.

모든 사진은 전태홍 작가가 프라하 기행 중에 촬영한 것이다.

카프카의 편지

"나는 우리를 깨물고 찌르는,
다만 그런 책들을 읽어야 한다고 생각해. (……)
한 권의 책은 우리 안의 얼어붙은
바다를 깨는 도끼여야 해."

— 카프카가 친구 오스카 폴락에게 보낸 편지

"한 권의 책은 우리 안의 얼어붙은 바다를 깨는 도끼여야 해"

오스카 폴락에게

사랑하는 오스카!

너는 내게 다정한 편지를 보내 주었는데, 그 편지에 대한 답장이 물론 곧바로 올 거라 기대하진 않았을 테지, 어쩌면 끝내 답장이 오지 않아도 괜찮다 했겠지. 그리고 이제 두 주가 지났어. 그사이 나는 너에게 답장을 쓰지 않았고, 그거야말로 용서받기 어려운 일일 테지만, 나에겐 그럴 만한 이유가 있었어. 우선 나는 신중한 생각을 거친 것만 쓰고 싶었다, 왜냐하면 이번 편지에 대한 답장은 이전에 너에게 보낸 다른 편지들보다 중요할 것 같아서야. 그다음 이유는, 내가 헤벨의 일기들(1800쪽에 달하는)을 단숨에 읽어 버렸다는 거야, 이전에 읽을 때는 그저 밋밋하게만 다가와서 겨우 조금 읽다 말았는데 말이지. 이 책의 첫인상이 시시했음에도 다시 읽기 시작한 건, 처음엔 그저 장난스러운 마음이었어, 그러다가 점점 마치 동굴에 갇힌 원시인 같은 기분이 되고 말았어. 처음엔 재미 삼아, 그러고는 꽤 오랫동안 돌덩이 하나를 자기 동굴의 입구에서 굴리다가, 그 돌덩이가 동굴을 어두컴컴하게 만들고 공기를 차단시키자, 질식된 듯 겁에 질려 놀라운 집중력으로 그 돌을 치우려고 기를 쓰는 사람 같은 기분. 그런데 그 돌은 이제 열 배는 무거워졌고, 그 사람은 공포에 질려 온 힘을 끌어모아야 해, 다시 빛과 공기 속으로 나오기 위해서 말이지. 그래서 나는 이런 날들을 보내는 동안 펜을 손에 쥘 수가 없었어. 빈틈없이 다시, 또다시 더 높은 곳으로 치솟아, 자기가 가진 망원경으로는 도무지 볼 수 없을 만큼. 그렇게 높이 올라간 어떤 삶을 조망할 때면, 의식은 진정되지 못하는 법이잖아. 하지만 그런 의식이 커다란 상처를 받는 것은 다행이기도 해. 그것을 통해 의식은 그 어떤 물림에도 반응할 만큼 예민해질 테니까. 나는 우리를 깨물고 찌르는, 다만 그런 책들을 읽어야 한다고 생각해. 우리가 읽는 책이 머리를 주먹으로 내리쳐 깨우지 않는다면, 도대체 무엇 때문에 그 책을 읽어야 할까? 네가 편지에 쓰고 있는 것처럼 우리를 행복하게 만들기 위해서? 맙소사, 만약 우리에게 책이 아예 없다 해도, 우리는 행복할 수는 있을 거야. 그리고 우리를 행복하게 만든다는 그런 책들은, 필요하다면 우리 모두 각자 쓸 수도 있을 거야. 우리에게는 마치 불행처럼 다가오는 책들이 필요해, 우리를 매우 고통스럽게 하는 불행, 우리가 자기 자신보다 더 좋아한 어떤 이의 죽음 같은 불행, 모두가 사라져서 아무도 없는 숲속에 홀로 남겨진 불행, 말하자면 스스로 삶을 끝내야 할 것 같은 불행 말이야. 한 권의 책은 우리 안의 얼어붙은 바다를 깨는 도끼여야 해. 나는 그렇다고 생각해.

하지만 너는, 그래, 행복한 사람이지. 너의 편지는 정말이지 빛이 나. 내 생각으로 아마 너는 오래전 단지 삐뚤어진 친구들을 사귀는 바람에 불행한 적이 있었지. 그건 너무 당연했던 거야, 어둠 속에서는 누구도 밝을 수가 없으니까. 하지만 내가 너의 행복에 빚지고 있다는 것, 그건 네가 생각하지 못하겠지. 기껏해야 이 정도로 지혜를 감추고 있는 현자가 바보와 어울렸고, 한동안 그와 이야기를 나눈 거야, 겉보기로는 별 상관없는 일들에 대해. 이제 대화가 끝나고 바보가 집으로 가려는데 — 그는 비둘기장 같은 집에 살고 있는데 — 상대방이 그의 목을 끌어안으며 키스를 하며 소리치는 거야. 고마워, 고마워, 고마워. 왜? 그 바보의 바보스러움이 너무나 커서 현자의 현명함이 비로소 드러났던 거지.

너에게 한 가지 부당한 일을 한 것 같고, 너에게 용서를 구해야 할 것만 같아. 하지만 내가 무엇을 잘못한 것인지는 모르겠어.

너의 프란츠

1904년 1월 27일

An Oskar Pollak

27. Januar 1904

Lieber Oskar!

Du hast mir einen lieben Brief geschrieben, der entweder bald oder überhaupt nicht beantwortet werden wollte, und jetzt sind vierzehn Tage seitdem vorüber, ohne daß ich Dir geschrieben habe, das wäre an sich unverzeihlich, aber ich hatte Gründe. Fürs erste wollte ich nur gut überlegtes Dir schreiben, weil mir die Antwort auf diesen Brief wichtiger schien als jeder andere frühere Brief an Dich – (geschah leider nicht); und fürs zweite habe ich Hebbels Tagebücher (an 1800 Seiten) in einem Züge gelesen, während ich früher immer nur kleine Stückchen herausgebissen hatte, die mir ganz geschmacklos vorkamen. Dennoch fing ich es im Zusammenhänge an, ganz spielerisch anfangs, bis mir aber endlich so zu Mute wurde wie einem Höhlenmenschen, der zuerst im Scherz und in langer Weile einen Block vor den Eingang seiner Höhle wälzt, dann aber, als der Block die Höhle dunkel macht und von der Luft absperrt, dumpf erschrickt und mit merkwürdigem Eifer den Stein wegzuschieben sucht. Der aber ist jetzt zehnmal schwerer geworden und der Mensch muß in Angst alle Kräfte spannen, ehe wieder

Licht und Luft kommt. Ich konnte eben keine Feder in die Hand nehmen während dieser Tage, denn wenn man so ein Leben überblickt, das sich ohne Lücke wieder und wieder höher türmt, so hoch, daß man es kaum mit seinen Fernrohren erreicht, da kann das Gewissen nicht zur Ruhe kommen. Aber es tut gut, wenn das Gewissen breite Wunden bekommt, denn dadurch wird es empfindlicher für jeden Biß. Ich glaube, man sollte überhaupt nur solche Bücher lesen, die einen beißen und stechen. Wenn das Buch, das wir lesen, uns nicht mit einem Faustschlag auf den Schädel weckt, wozu lesen wir dann das Buch? Damit es uns glücklich macht, wie Du schreibst? Mein Gott, glücklich wären wir eben auch, wenn wir keine Bücher hätten, und solche Bücher, die uns glücklich machen, könnten wir zur Not selber schreiben. Wir brauchen aber die Bücher, die auf uns wirken wie ein Unglück, das uns sehr schmerzt, wie der Tod eines, den wir lieber hätten als uns, wie wenn wir in Wälder verstößen würden, von allen Menschen weg, wie ein Selbstmord, ein Buch muß die Axt sein für das gefrorene Meer in uns. Das glaube ich.

Aber Du bist ja glücklich, Dein Brief glänzt förmlich, ich glaube, Du warst früher nur infolge des schlechten Umganges unglücklich, es war ganz natürlich, im Schatten kann man sich nicht sonnen. Aber daß ich an Deinem Glück schuld bin, das glaubst Du nicht. Höchstens so: Ein Weiser, dessen Weisheit sich vor ihm selbst versteckte, kam mit einem Narren zusammen und redete ein Weilchen mit ihm, über scheinbar fernliegende Sachen. Als nun das Gespräch zu Ende war und der Narr nach Hause gehen wollte – er wohnte in einem Taubenschlag –, fällt ihm da der andere um den Hals, küßt ihn und schreit: danke, danke, danke. Warum? Die Narrheit des Narren war so groß gewesen, daß sich dem Weisen seine Weisheit zeigte. –

Es ist mir, als hätte ich Dir ein Unrecht getan und müßte Dich um Verzeihung bitten. Aber ich weiß von keinem Unrecht.

Dein Franz

옮긴이 서문

"친애하는 막스, 네가 발견한 일기, 원고,
편지, 그림 등 다른 사람 것이든 내 것이든
읽지 말고 전부 태워 줘."

— 카프카가 친구 막스 브로트에게 한 유언

카프카의 글

'카프카적'이라는 형용사는 있어도 카프카를 한마디로 형용할 한 단어는 없는 것 같다. 그의 글을 처음 옮기기 시작했던 예전에도, 그사이 책이 되어 많이 읽힌 그 글을 다시 공들여 고치고 다듬은 지금도, 작품 자체의 정독을 통해 독자가 카프카를 직접 만나는 길을 마련해 주고 싶다는 뜻에는 변함이 없다.

주제에서나 문체에서나 카프카의 진면목이 두드러지는 글들을 가려 뽑았다. 삶의 막막함이며 그 불안이 한 장의 그림처럼 선명한 짧은 글(「법 앞에서」, 「작은 우화」)과 비교적 잘 알려진 작품(「변신」, 「시골의사」)을 앞에 놓았다. 2부는 카프카 속의 '길'이 보이기를 바라며 고른 글들이다. 그 어디에도 출구가 없는, 존재의 불안의 집약과도 같은 「굴」로 마무리된다. 3부에는 문체의 특징이 두드러지는 글을 모았다. 극렬하다 할 만큼 피상적인 단언은 극도로 피하는 '진실'에의 추구(「나무들」, 「공동체」, 「프로메테우스」 등), 현실에서 비현실로 옮겨 가는 독특한 행보가 선명한 작품들(「양동이기사」, 「다리」, 「튀기」 등)이 모여 있다. 「작은 우화」, 「법 앞에서」, 「변신」, 「시골의사」 같은 글에서 보이는 현실과 비현실의 독특한 어우러짐, 무한정 늘어나고 줄어드는 자유로운 시간 같은 것이, 우연과 알 수 없는 힘에 휘둘리는 부조리한 삶의 현실을 충실하게 포착하는 한 방법이었음이 보인다.

*

누구든 때로 자문하게 된다. 내가 이 사회에서 하나의 나사에 불과하지 않을까, 나 하나쯤 이 세상에서, 심지어 내 집에서 사라진들 누구에게 대수이겠는가. 이렇게 허덕이며 별별 굴욕을 다 겪으며 온갖 상처를 다 입으며 사는 나는 버러지나 다름없는 존재 아닐까 하는 생각. 현대 사회의 익명성이나 정체성의 문제가 그런 단순한 형태의 물음이 되어 우리를 괴롭힌다. 이렇게 사는 나는 '버러지나 다름없는' 존재 아닐까 — 예컨대 그 물음을 카프카는 그저 자신에게 한번 던지고 만 것이 아니라, 어느 날 아침 일어나 보니 흉측한 해충으로 변해 버린 이의 "버러지 모습"을 참혹할 정도로 사실적으로 그려 나가는 것으로 제기한다. 왜 사람이 흉측한 해충으로 변했는지에 대해서는 전혀 이야기가 없다. 잠 한번 제대로 못 자고 회사와 집에 매여 허덕이던 사람이 버러지가 되었어도 가족의 삶은 별 탈 없이 이어지며, 오히려 점점 가족의 짐이 되어 가는 해충이 마침내 죽자 홀가분히 소풍을 나서는 가족의 이해가 되기도 하는 비정함과 그의 쓸쓸한 죽음이 그려져 있을 뿐이다. 감당할 수 없는 강한 힘, 부모에게 짓눌린 자아를 차라리 익사하게 만들기도 한다.(「선고」) 도대체 인생을 어떻게 보기에 이런 글들이 쓰였을까. 축약과도 같은 글이 「작은 우화」이다.

> "아!" 쥐가 말했다. "세상이 날마다 좁아지는구나. 처음엔 하도 넓어서 겁이 났는데, 자꾸 달리다 보니 마침내 좌우로 벽이 보여서 행복했었다. 그런데 이 긴 벽들이 어찌나 빨리 마주 달려오는지 나는 어느새 마지막 방에 와 있고, 저기 저 구석엔 덫이 있다. 나는 그리로 달려 들어가고 있다."―"너는 달리는 방향만 바꾸면 돼."라고 고양이가 말하며 쥐를 잡아먹었다.
>
> ―「작은 우화」 전문

'우화'라는데 어떤 교훈도 없다. 겁나게 넓은 세상을 정신없이 내달리다 보니 어느새 막다른 골목에 와 버리는 것이 인생이라는 절망적 동찰뿐. 그 출구 없는 막막함이 표현될 뿐. 그런 막막함이 전율을 불러일으킨다. 무서운 리얼리즘이다. 그러나 '사실'이 아니므로 리얼리즘도 아니다. 그저, 카프카의 글이다.

우리는 눈 속의 나뭇등걸들과도 같기 때문에. 겉보기

에 그것들은 그냥 살짝 늘어서 있어 조금만 밀치면 밀어 내 버릴 수도 있을 것만 같다. 아니, 그럴 수는 없다, 그것들은 단단하게 땅바닥과 결합되어 있으므로. 그러나 봐라, 그것조차도 다만 겉보기에 그럴 뿐이다. (「나무들」 전문)

이 짧은 글은 본문이 없는 종속 문장으로 시작된다.("우리는 …… 같기 때문에.") 그러고는 눈 속에 선 나뭇등걸에 대한 상세한 묘사가 이어진다. 묘사이지만 묘사로 끝나지 않는다. 나무가 땅에 단단히 뿌리박고 있는 것이 사실이기는 하지만, 좀 더 넓고 길게 보면 그 역시 사실이 아니다. 당장 포클레인이 들이닥칠 수도 있고 머지않아 빙하기가 또 올 수도 있다. 눈 속에 있으면 밀쳐질 듯 보이건만, 실은 땅에 굳게 뿌리내린, 그러나 다시 뒤집어 보면 가변적이고 불안한 나뭇등걸과도 같이, 굳센 듯하면서도 어처구니없이 약하고, 약한 듯 보이면서도 실은 몹시 질기고, 또 그래 봤자 별것 아닌 것이 사람의 목숨이다. 존재의 허약함과 가변성에 대한 매서운 통찰. 그러나 그런 우리 존재의 규정을 위한 글만도 아니다. 우리의 존재가 그 눈 속에 선 나뭇등걸과도 "같기 때문에"라고 첫 문장이 끝나 있다. 그 뒤에 독자가 채워 넣을 무한한 본문이 남아 있다. 이 불안하고 가변적인 존재가 겪을 수 있는 모든 일은 여백으로 남아 있는 것이다.

그렇다면 삶이란? 대답은 없이, 카프카의 글은 그저

끈질기고 막막하고 헛된 기다림을 보여 준다, 「황제의 전갈」처럼. 한 장 남짓한 그의 명문 「법 앞에서」에는 문지기가 지켜 선 겹겹의 문 앞, 끝내 입장 허가를 받지 못하고 등받이 없는 걸상에 앉아 평생을 기다리다 쪼그라져 죽는 시골 사람의 모습이 그려져 있다. 독자에게는 그 모습이 한 장의 판화처럼 지워질 수 없게 각인된다. 「법 앞에서」는 원래 장편 『소송(Der Prozess)』(1912)에 나오는 글이다. 『소송』은 어느 날 아침 체포되어 소송을 당하는 사람의 이야기이다. 일상생활 자체가 미로를 헤매는 소송의 과정이다. 삶의 소송이라는 비인간적 장치 속에서 주인공 요제프 K는 마침내 자발적으로 처형을 받아들임으로써 죽음을 맞는다. 서른한 살 생일 전날 밤 그는 "개처럼" 처형된다. "마치 그가 죽고 나서도 치욕만은 살아남아 있을 듯했다." '실종자'라는 부제가 붙은 첫 장편 『아메리카』에서는 부모로부터 배척당한 소년이 넓은 미국 대륙에서 자신의 정체성을 상실하고 실종자가 되어 사라진다. 측량사의 이야기인 마지막 장편 『성』에서는 낯선 곳에서 자립적으로 직업을 구해 보려는 가장이 성의 압도적인 관료주의에 맞서는 싸움을, 결말 없는 싸움을 떠맡는다. 그가 기다리는 전갈은 성으로부터 결코 오지 않는다.(지친 그가 죽고 난 다음에야 연락이 온다는 설정이었다는 것은 친구 브로트의 전언일 뿐이다.) 세 편의 장편소설은 모두 미완성이다.(그러나 『소송』과 『성』은 미완성 자체가 완성이었으리라는 추측을 하게 한다.) 어떤 의미에서는 현대적 주체의 삶의 이야기를 글을 쓰며 감내해 내는 작가의 능력 상실의 자료이기도 하다.

복마전 같은 삶의 얽힘을 남다른 엄정함으로 바라보았고, 그 진실을 글에 담고자 했고, 손쉬운 얼치기 단언이 아니라, '진실'을 쓰기 위하여 그 누구보다 치열했던 작가 카프카. 특유의 단순치 않은, 수수께끼 같은 문체는 무엇보다 이런 엄정한 진실 추구를 반영한다. 카프카의 모든 글은 동시대 문학의 조류에 포함시킬 수 없는 독특함을 지닌다. 그의 이름에서 유래한 '카프카에스크(kafkaesque)'라는 형용사는 거처할 곳 없음, 실존적 상실, 관료주의와 고문, 비인간화, 부조리성이 그 징표로 보이는 한 세계를 나타내는 공식 같은 어휘가 되었다.

*

프란츠 카프카(Franz Kafka, 1883~1924)는 체코의 프라하에서, 자수성가한 강건한 체질의 아버지와 경건한 율법학자, 의사, 섬약한 독신자 들이 많은 유복한 가정 출신인 어머니 사이에서 태어나 거의 평생을 프라하에서 살았다. 법학을 공부하고(법학 박사) 관립 보험 회사의 관리로 근무했다. 초기 산업화 사회의 산업 재해의 피해자들을, 손가락이 잘렸는가 하면 여기저기 다치고 병든 사람들을 날마다 대했다. 현대사의 격동기를 체감하고 현대 사회의 문제들을 피부로 느꼈다. 생활인으로 일하면서, 나머지 모든 시간에는 글을 썼다. 그 어떤 전업 작가 이상으로 문학에 명을 걸었던 사람이다. 문학을 위해 삶이 포기되다시피 했다.

여러모로 삶의 국외자적 상황에 처한 이방인기도 했다. 체코에서 태어났으나, 프라하 시민 10분의 1 정도밖에 쓰지 않는, 체코어 한가운데 섬처럼 고립되어 있는 독일어가 모국어였고, 독일어가 모국어였으나 유대인이었고, 유대인이었으나 유대교 신앙이 없었다. 이런 환경은 인종적, 언어적, 종교적으로 정체성 확립의 어려움을 조성하는 여건이기도 했다. 초기작에서부터, 사물들의 낯섦, 낯선 사물들에 대한 작가의 서늘한 시선, 그럼에도 불구하고 놀라움을 금치 못하는 체념이 속속들이 배어 있다. 그럼에도 공동체에 대한 동경이 서려 있다. 가족, 법질서, 낯섦의 체험, 그리고 폭력이 카프카에게서는 하나로 얽히는 모티프이다. 현실 묘사에 있어서 디테일은 매우 치밀하게 사실적으로 그려지는데도 전체는 오히려 수수께끼 같은 알레고리가 된다. 명랑함도 절망으로 반전되며, 순수하고, 진실하고, 불변하는 것을 부각시키며 이상주의적 유산을 자기 속에서 찾으면서도 다른 한편으로는 어두운 것, 더러운 것과 동물적인 것에도 주목했다. 그의 글은 거듭 감정 없는 세계 속에서 주체의 고립화, 낯섦이라는 근본적 체험과 연결된다.(카프카는 작품 자체를 정독해야 하는 작가이지만, 그래도 이런 얽힘을 밝혀 주는 카프카에 대한 책을 한 권만 읽으려 할 경우를 생각해서 나는 『프라하의 이방인 카프카』를 옮긴 적이 있다.)

삶과 글쓰기는 그에게는 숙명적으로 한데 얽혀 있었다. 낮에는 관립 보험 회사에서 일하고 밤에는 글을 썼는데 그 강도는, 글을 쓰는 것이 단계적으로 삶을 소진시켜 나가는 일이었다. 삶의 조건 속에 내던져진 막막한 인간 존재. 위로나 해결은 없다. 이 존재의 조건을 투명하게 들여다보는 우리의 인식과 삶은 택하는 자유가 있을 뿐.

카프카는 프라하에서 태어나 — 잠깐 베를린에 산 적은 있으나 — 거의 평생을 같은 곳에서 살다가 빈 근처의 한 결핵 요양원에서 죽어 프라하에 묻혔다. 작품을 불태워 달라는 유언을 남긴 작가 프란츠 카프카가 세계 문학의 무대에 남은 것은 물론 그의 유언을 어기고 작품을 낸 친구 막스 브로트 덕분이지만, 카프카를 소개한 카뮈, 사르트르 등 프랑스 실존주의자들의 공로도 크다.(물론 그렇다고 카프카가 실존주의 작가인 것은 결코 아니다. 그저, 카프카이다.)

*

카프카의 글을 학생들과도 오래 읽었다. 이 기이한 작품에 대한 이해가 해가 갈수록 높아져 기쁘기도 하지만 착잡하기도 했다. 이런 작품이 쓰이게 되는, 혹독한 삶의 조건이 그만큼 우리에게 익숙해져 가는 것은 아닐까 우려하기 때문이다. 그러나 기쁜 것은, 그들이 쓴 글을 놀라며 다시 읽곤 했다는 것. 이 먼 나라의 젊은 독자들이 카프카의 막막한 이야기들에서 예외 없이, 작품 자체에서는 자취도 찾아볼 수 없는 '희망'을 읽기 때문이다. 산업 사회의 삭막한 인간 소외를 더러는 '우리 아버지가 어느 날 병이 난다면' 하는 소박한 가정으로, 더러는 이미 체험한 인간관계의 삭막함을 '확인 사살'로 처절하게 읽지만 하나같이 — 우리의 삶이 이래서는 안 된다, 이럴 수는 없다면서 — 희망을 찾아내며, 만들어 내며, 읽고 있다. 지금 이곳에서도 카프카는 오직 그가 혼신의 힘을 기울여 쓴 글들만으로 이 문제투성이 삶을 택하는 자유를 가리켜 보이고 있다.

개인적으로 카프카에게 빚이 많다. 세상이 어둠으로 가득하고 막막하기만 하던 시절 카프카의 막막한 글들을 읽고 옮김으로써 삶을 감내할 수 있었다. 훗날 문학이 업(業)이 되고 나서는, 카프카의 문학을 통해 문학에의 입구를 찾았다는 것이 얼마나 큰 행운이었는지도 알게 되었다. 그 공들인, 그 깊고 엄정한 글을 통해서 삶과 문학에 다가갈 수 있었던 축복을 지금도 큰 감사로써 되새긴다. 이 한 권의 책이, 아직도 삶이 버거운 사람들의 손안에, 카프카를 아끼는 사람들 손안에, 따뜻하게 쥐여져 있기를 바라 본다.

전영애

돌연한 출발

1부

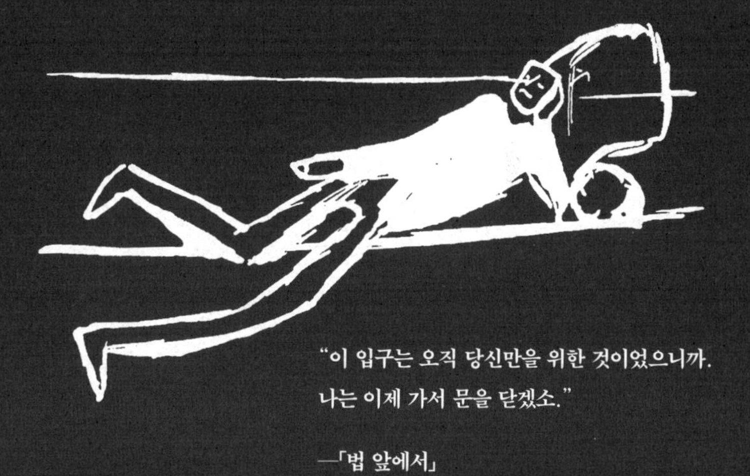

"이 입구는 오직 당신만을 위한 것이었으니까.
나는 이제 가서 문을 닫겠소."

—「법 앞에서」

작은 우화

"아!" 쥐가 말했다. "세상이 날마다 좁아지는구나. 처음엔 하도 넓어서 겁이 났는데, 자꾸 달리다 보니 마침내 좌우로 벽이 보여서 행복했었다. 그런데 이 긴 벽들이 어찌나 빨리 마주 달려오는지 나는 어느새 마지막 방에 와 있고, 저기 저 구석엔 덫이 있다. 나는 그리로 달려 들어가고 있다." — "너는 달리는 방향만 바꾸면 돼."라고 고양이가 말하며 쥐를 잡아먹었다.

법 앞에서

법(法) 앞에 문지기 한 사람이 서 있다. 시골 사람 하나가 와서 문지기에게 법으로 들어가게 해 달라고 청한다. 그러나 문지기는, 지금은 입장을 허락할 수 없노라고 말한다. 그 사람은 이리저리 생각해 보다가 그렇다면 나중에는 들어갈 수 있느냐고 묻는다. "그럴 수는 있지만." 하고 문지기가 말한다. "그렇지만 지금은 안 된다오." 문은 언제나 그렇듯이 열려 있고, 문지기가 옆으로 물러섰기 때문에 시골 사람은 문을 통해 안을 들여다보려고 몸을 굽힌다. 문지기가 그것을 보고는 웃으면서 말한다. "그렇게 마음이 끌리거든 내 금지를 어기고라도 들어가 보시오. 그렇지만 명심하시오. 내가 막강하다는 것을. 그런데 나로 말하자면 최하급 문지기에 불과하고, 방을 하나씩 지날 때마다 문지기가 서 있는데 갈수록 막강해지지. 세 번째 문지기만 되어도 나조차 쳐다보기가 어렵다고." 시골 사람은 그런 어려움을 예상하지 못했었다. 법이란 누구에게든 언제나 개방되어 있어야 마땅한 것이거늘, 하고 생각하지만 지금 털외투를 입은 문지기를 좀 더 찬찬히, 그의 커다란 매부리코며 길고 성긴 데다 시커먼, 타타르인의 것 같은 턱수염을 뜯어보고 나니 차라리 입장 허가를 받을 때까지 기다리는 편이 낫겠다고 결심하기에 이른다. 문지기가 그에게 등받이 없는 의자 하나를 주고 문 곁에 앉아 있게 한다. 그는 여러 날 여러 해를 거기에 앉아 있는다. 입장 허락을 받으려고 그는 여러 가지 시도를 해 보고 자주 부탁을 하면서 문지기를 지치게 한다. 문지기는 이따금씩 간단한 심문을 하는데, 고향이니 그 밖의 여러 가지를 묻지만, 그것은 높은 양반들이 으레 던지곤 하는 관심 없는 질문들이고, 끝에 가서는 언제나 다시금 아직 들여보내 줄 수 없다고 한다. 이번 여행을 위해 이것저것 많이 챙겨 온 그 사람은 문지기를 매수하기 위해 제아무리 값진 것일지라도 지니고 있던 모든 것을 써 버린다, 문지기는 주는 대로 다 받으면서도 "받아두기는 하지만, 그건 다 당신이 뭔가 해 볼 수 있는 일을 다 해 보지 못했다는 생각이 들지 않도록 받아 주는 거요."라고 말한다. 이 여러 해 동안 그 사람은 문지기를 거의 끊임없이 관찰한다. 그는 다른 문지기들은 잊어버리고, 이 첫 번째 문지기가 법으로 들어가는 데 단 하나의 장애라고 생각한다. 그는 이 불행한 우연을 처음 몇 년 동안은 큰 소리로 저주하다가, 후에 나이 들어서는 그저 혼자서 속으로 투덜거린다. 그는 어린아이처럼, 문지기를 여러 해 동안 살펴보다 보니 외투 깃 속에 있는 벼룩까지도 알아보게 되었다. 그런 까닭에 벼룩에게까지 자기를 도와 문지기의 기분을 돌려 달라고 청한다. 마침내 시력이 약해져 그는 자기의 주위가 정말로 어두워지는지 아니면 눈이 자기를 속이는 것인지 분간하지 못한다. 그런데 이제 어둠 속에서 그는 분명하게 알아본다, 법의 문들로부터 꺼지지 않고 비쳐 나오는 사라지지 않는 한 줄기 찬란한 빛을. 이제 살날이 얼마 남지 않은 것이다. 죽음을 앞두고 그의 머릿속에서는 그때까지의 모든 경험이, 그가 지금껏 문지기에게 던져 보지 못한 하나의 물음으로 집약된다. 이제 그는 굳어 가는 몸을 일으킬 수가 없어서 문지기에게 눈짓을 한다. 문지기는 그에게로 깊이 몸을 숙일 수밖에 없다. 그 사람의 몸이 워낙 오그라들어서 두 사람의 키 차이가 그에게 불리하게끔 벌어졌기 때문이다. "지금 와서 도대체 뭘 더 알고 싶은 거요?" 하고 문지기가 묻는다. "당신 욕심도 많군.", "모든 사람들이 법을 얻고자 노력할 텐데." 하고 그 시골 사람이 말한다. "이 여러 해를 두고 나 말고는 아무도 들여보내 달라는 사람이 없으니 어쩐 일이지요?" 문지기는 이 사람이 곧 임종하리라는 사실을 알아차린다. 그리하여 그의 스러져 가는 청각에 닿게끔 고함지르듯 이야기한다. "여기서는 다른 그 누구도 입장 허가를 받을 수 없었어, 이 입구는 오직 당신만을 위한 것이었으니까. 나는 이제 가서 문을 닫겠소."

변신

1

그레고르 잠자는 어느 날 아침 불안한 꿈에서 깨어났을 때, 자신이 잠자리 속에서 한 마리 흉측한 해충으로 변해 있음을 발견했다. 그는 장갑차처럼 딱딱한 등을 대고 벌렁 누워 있었는데, 고개를 약간 들자, 활 모양의 각질(角質)로 나누어진 불룩한 갈색 배가 보였고, 그 위에 이불이 금방 미끄러져 떨어질 듯 간신히 덮여 있었다. 다른 부분에 비해 형편없이 가느다란 여러 개의 다리가 눈앞에서 맥없이 허우적거렸다.

'어찌 된 셈일까?' 하고 그는 생각했다. 꿈은 아니었다. 그의 방, 지나치게 비좁다 싶기는 해도 제대로 된 사람 사는 방이 낯익은 네 벽에 둘러싸여 조용히 거기 있었다. 포장이 끌러진 옷감 견본이 펼쳐져 있는 책상 위에는 — 잠자는 외판 사원이었다 — 그가 얼마 전에 어떤 화보 잡지에서 오려 내 예쁜 도금 액자에 넣어 둔 사진이 걸려 있었다. 털모자에 털목도리를 두르고 꼿꼿이 앉아 팔꿈치까지 팔을 온통 감싼 묵직한 털토시를 보는 사람 눈앞에 치켜들고 있는 한 여자 그림이었다.

그다음 그레고르의 시선은 창문을 향했는데 흐린 날씨가 — 빗방울이 함석지붕을 두드리는 소리가 들렸다 — 그를 아주 우울하게 만들었다. '한숨 더 자서 이 어처구니없는 모든 일들을 잊어버리면 어떨까.' 하고 생각했으나 도저히 그렇게 할 수가 없었다. 그는 늘 오른쪽으로 누워 자는 습관이 몸에 배었는데 지금 같은 몸으로는 그런 자세를 취할 수가 없었던 것이다. 오른쪽으로 몸을 뒤척여 보려고 갖은 애를 다 써 봤건만 번번이 건들건들 벌렁 자빠진 자세로 되돌아오기 일쑤였다. 그는 100번쯤 그런 시도를 해 보았고, 버둥거리는 다리들을 보지 않으려고 눈을 감았다가 한쪽 옆구리에서 아직까지 느껴 본 적이 없는 약간의 둔중한 통증이 느껴지기 시작하자 그제서야 그만두었다.

'아 아.' 그는 생각했다. '나는 어쩌다 이런 고된 직업을 택했단 말인가! 날이면 날마다 여행이라니. 통상의 매장에서 집에서처럼 일하는 것보다 직업상의 긴장이 훨씬 더 큰 데다가 여행의 고달픔도 따라붙는다, 기차를 시간 맞춰 타고 갈아타는 일에 대한 걱정, 불규칙적이고 형편없는 식사, 자꾸 바뀌는 바람에 결코 지속되지도, 결코 진실해지지도 못하는 인간관계 등. 마귀나 와서 다 쓸어 가라지!' 배 위가 좀 가려워, 머리를 좀 더 높이 쳐들려고 침대 앞머리 기둥 가까이로 드러누운 채 천천히 등을 밀었더니 가려운 곳이 보였는데, 무엇이라고 판단할 수 없는 조그만 반점들로 온통 뒤덮여 있어 한쪽 다리로 그 자리를 더듬어 보려 했다가는 얼른 그 다리를 다시 움츠렸다. 건드리니 소름이 쭉 끼쳤던 것이다.

그는 다시 먼저의 자리로 미끄러졌다. '이렇게 일찍 일어나니까.' 그는 생각했다. '사람이 아주 멍청해지지. 사람은 잠을 잘 자야 해. 다른 외판 사원들은 마치 하렘의 여인들처럼 살고 있잖아. 예를 들면 내가 주문받은 것을 기입해 두려고 오전 중에 여관으로 되돌아오면 이 양반들은 그제야 아침을 먹고 앉아 있거든. 그런 짓을 내가 우리 사장한테 한번 해 보라지, 그 자리에서 바로 쫓겨날걸. 그 편이 내 신상에 오히려 나을는지 어떨는지 누가 알겠어. 부모님 때문에 꾹 참고 있으나 참지 않았더라면, 벌써 사표를 냈을 것이고 사장 앞으로 걸어가 내가 생각하고 있는 바를 모조리 말해 버렸을 텐데. 그러면 사장은 틀림없이 책상에서 떨어졌을 거야! 책상에 걸터앉아 위에서 내려다보며, 게다가 사장이 귀가 어두워 바짝 다가서야 하는 직원과 일방적으로 이야기하는 것은 별나기도 하다. 그런데 희망이 아주 없는 것은 아니니, 내가 언젠가 돈을 모아 부모가 그자에게 진 빚을 갚으면 — 아직 오륙 년은 더 걸리겠지만 — 내가 그 일을 꼭 해내면, 그러면 내 인생에 커다란 전기가 마련될 거야. 아무려나 우선은 일어나야겠다. 기차가 5시에 떠나니까.'

그리고 그는 궤짝 위에서 째깍거리는 자명종 시계를 건너다보았다. '맙소사!' 그는 생각했다. 6시 30분이었다. 그런데 시곗바늘은 유유히 앞으로 가, 30분을 지나 벌써 45분에 가까워지고 있었다. 자명종이 울리지 않았단 말인가? 시계가 4시에 제대로 맞춰져 있는 것이 침대에서 보이니 울렸음이 분명하다. 그렇다. 그러나 온 가구를 뒤흔드는 이 시계 소리를 듣고도 편안히 잘 수가 있었을까? 편안히 잠들지야 못했으나, 아마 그래서 그만큼 더 깊이 잠들었나 보다. 그러나 이제 무엇을 해야 한단 말인가? 다음 기차는 7시에 있으니 그 기차를 타려면 미친 듯이 서둘러야 할 텐데 아직 견본 꾸러미도 꾸리지 못한 데다 그 자신은 도무지 몸이 개운치 않을뿐더러 잘 움직일 수 있을 것 같지 않았다. 그리고 기차를 탄다 하더라도 사장의 호된 꾸지람은 면할 수가 없다. 급사가 5시 기차에서 기다렸다가 내가 그 기차를 놓쳤다는 보고를 벌써 올려 버렸을 테니 말이다. 그자는 사장의 하수인으로 줏대 없는 위인이었다. 그럼 몸이 아프다고 하면 어떨까? 그러나 그것은 지극히 거북하고 의심을 살 만한 짓이다. 그레고르는 오 년 동안 일해 오면서 한 번도 아팠던 적이 없기 때문이다. 틀림없이 사장은 의료 보험 회사 전속 의사를 데리고 와, 게으른 아들을 두었다며 우리 부모를 나무라고, 이의라도 제기할라치면 보험 회사 전속 의사를 가리키며 딱 자를 텐데, 그 의사로 말하면 세상에는 오로지 아주 건강하되 일하기를 싫어하는 인간들만 있다고 생각하는 사람이다. 또 이런 경우에 의사가 영 틀렸다고 할 수 있을까. 그레고르는 실제로, 잠을 오래 자고 나면 공연히 더 졸리는 그런 느낌을 제외하면, 아주 멀쩡했고 심지어 배도 몹시 고팠다.

그가 침대에서 벗어날 결심을 못 한 채 이 모든 생각을 황급히 이리저리 해 보고 있을 때 — 마침 자명종이 6시 45분을 울리는데 — 그의 침대 끝 쪽에 있는 출입문을 조심스럽게 두드리는 소리가 났다. "그레고르!" 하는 소리가 들렸다. — 어머니였다 — "6시 45분이다. 안 나설 거니?" 이 부드러운 목소리! 그레고르는 대답하는 자기의 목소리를 듣고 깜짝 놀랐다. 틀림없이 자기의 이전 목소리였는데, 바닥에서부터인 듯, 찍찍 억누를 길 없는 고통스러운 소리가 섞여 들어 그 소리는 말을 그야말로 첫 순간에만 분명하게 나오게 할 뿐 뒤울림에 가서는 제대로 들었는지 모르게 흐트러뜨렸다. 그레고르는 길게 모든 것을 상세히 설명하고자 했으나 이런 형편이어서 길게 "네, 네, 고마워요, 어머니, 일어나고 있어요."라고 말하는 것으로 그쳤다. 출입문이 나무 문이어서 그레고르의 목소리가 변한 것을 밖에서는 알아차리지 못하는 것 같았다. 어머니가 그의 대답에 안심하고 신을 끌며 가 버렸으니 말이다. 그러나 잠깐 이야기를 주고받은 다른 식구들이 이미 나섰으려니 했던 그레고르가 아직도 집에 있다는 사실을 알게 되었고 이미 아버지가 옆문을 약하게, 그러나 주먹으로 두드렸다. "그레고르, 그레고르!" 아버지가 불렀다. "대체 어떻게 된 거냐?" 그리고 잠시 뒤 아버지는 다시 조금 더 낮은 목소리로 재촉했다. "그레고르! 그레고르!" 다른 쪽 옆문에서는 누이동생이 조그만 소리로 불평을 했다. "오빠? 어디 아파요? 뭐 필요한 게 있어요?" 양쪽을 향해서 그레고르는 "다 됐어요."라고 대답했다. 발음을 아주 조심스럽게 하고 단어와 단어 사이에 한참씩 간격을 두어 자기의 목소리에서 귀에 거슬리는 점을 모두 제거해 보려고 노력했다. 아버지는 다시 아침 식사를 하러 되돌아갔으나, 누이동생은 "오빠, 문 열어, 제발." 하고 속삭였다. 그러나 그레고르는 늘 여행을 하다 보니 집에서도 밤에는 문을 모두 꼭꼭 걸어 잠그는 조심성이 몸에 밴 것을 다행으로 여겼을 뿐이었다.

우선 그는 조용히 방해받지 않고 자리에서 일어나, 옷을 입고, 무엇보다도 먼저 아침을 먹고, 그러고 나서 그 다음 일을 생각해 보려고 했다. 침대에 누워서는 아무리 곰곰이 생각해 봤자, 신통한 결말이 나지 않으리라는 것을 알았기 때문이다. 침대에 누웠을 때는 벌써 몇 번이나 아마 누운 자세가 불편해서 생긴 듯한 가벼운 통증을 느꼈던 기억이 나는데 일어나 보니 그것은 단순한 착각이었음이 드러났다. 그러자 그는 자기가 오늘 아침에 한 공상들이 점차 어떻게 풀려 갈지 자못 흥미로워졌다. 목소리가 변한 것은 심한 감기, 외판 사원의 직업병의 전조일 뿐이라는 사실을 그는 눈곱만큼도 믿어 의심치 않았다.

이불을 떨치는 것은 아주 간단해서 숨을 들이마셔 배

를 조금 부풀리자 이불은 저절로 떨어졌다. 그러나 그 이상은 힘들었는데, 특히 그의 몸이 너무 넓적했기 때문이었다. 몸을 일으키려면 팔과 손이 필요한데 그에게는 그 대신, 끊임없이 제각각 움직이는 데다가 그가 제어할 수도 없는 수많은 작은 다리뿐이었다. 다리 하나를 한번 구부리려 하면 어느새 제멋대로 쭉 펴지고 그러다 마침내 그 다리가 마음먹었던 대로 구부려진다 싶으면 그사이에 다른 다리들이 모조리 해방이라도 된 듯 몹시 야단스럽고 고통스럽게 흥분해서 버둥거렸다. "쓸모없게시리 침대에만 매여 있을 수는 없지." 하고 그레고르는 말했다.

우선 그는 하반신을 침대 밖으로 내밀어 보려 했으나, 그가 아직 보지 못해 어떻게 생겼는지 도무지 상상도 할 수 없는 이 아랫도리는 막상 시도해 보니 너무도 움직이기가 힘들었다. 동작이 아주 굼뜨게 이루어졌던 것이다. 마침내 화가 치밀어 있는 힘을 다해서 거칠게 몸을 앞으로 밀어 대다가 방향을 잘못 잡아 침대 발치의 쇠 파이프에 세게 부딪히자 불붙은 듯한 아픔이 느껴졌고, 그것으로 미루어 보아 그의 하반신이 지금으로서는 몸에서 가장 민감한 부위인 것 같았다.

그래서 그는 상반신을 먼저 침대 밖으로 내보내려 애를 쓰면서 머리를 조심스럽게 침대 가장자리 쪽으로 돌렸다. 이 일은 쉽게 되었으니 몸은 넓적하고 무거웠지만 머리가 돌아가는 쪽으로 서서히 돌아갔던 것이다. 그러나 마침내 머리를 침대 밖 허공에 가누고 있게 되었을 때 그는 계속 이런 식으로 앞으로 가기가 겁이 났다. 그가 결국 그렇게 몸을 밀어 떨어뜨리다 보면 기적이라도 일어나지 않는 한 머리를 다칠 게 분명했기 때문이다. 그런데 지금이야말로 어떤 일이 있어도 정신을 차리고 있어야 했다. 차라리 침대에 누워 있기로 했다.

그러나 똑같이 애를 써서 한숨을 쉬며 다시 이전 같은 자세로 누워, 자신의 작은 다리들이 한층 더 화가 난 듯 서로 얽혀 허우적거리는 것을 보며 이 제멋대로인 움직임을 진정시키고 다스릴 길이 없음을 발견하자, 그는 다시 혼잣말을 했다. 침대에 마냥 누워만 있을 수는 없으니, 비록 그렇게 하여, 비록 가능성이 미미하더라도, 침대에서 벗어나기 위하여 모든 걸 걸어 보는 편이 현명하겠다고. 그러면서 동시에 절망적인 결심보다는 침착하고도 지극히 침착한 숙고가 훨씬 더 낫다는 점을 스스로에게 중간중간 상기시키는 것을 잊지 않았다. 그 순간 한껏 날카로운 시선으로 창을 바라보았으나 유감스럽게도, 좁은 길의 건너편조차도 보이지 않을 만큼 짙은 아침 안개가 끼어 있었고 그것을 바라봄으로써 확신이나 쾌활한 기분을 얻어 내기는 어려웠다. "벌써 7시구나." 자명종이 다시금 울렸을 때 그가 말했다. "벌써 7시인데 아직도 저렇게 안개가 끼어 있다니." 그러고는 잠시 그는 숨을 약하게 쉬며 가만히 누워 있었다. 마치 완벽한 정적으로부터 어쩌면 현실적이고 자명한 상태가 되돌아오기를 기대하기라도 하듯이.

그러다가 그는 스스로에게 말했다. "7시 15분이 되기 전에는 무슨 일이 있어도 침대를 완전히 벗어나야 해. 여하간 그때까지 일어나지 않으면 매장에서 내가 어찌 된 일인지 물어보러 누군가 오겠지, 매장은 7시 전에 여니까." 그리고 그는 몸을 있는 대로 쭉 뻗어 힘을 고르게 주며 그네 타듯 흔들어 침대 밖으로 밀어 내려 했다. 이런 식으로 몸을 침대 밖으로 떨어뜨리면, 떨어질 때 얼른 번쩍 쳐들 작정이니, 머리는 아마 상하지 않을 것이다. 등은 딱딱한 듯하니 양탄자 위로 떨어지면 아무 일 없을 것이다. 그가 가장 염려하는 것은 뭐니 뭐니 해도 떨어질 때 틀림없이 나게 될 요란한 소리였다. 그 소리는 분명 어느 방에서고 다 들려 충격까지는 아니더라도 근심을 자아낼 것이다. 그러나 그렇게 해 보지 않을 수 없었다.

몸이 벌써 반은 침대 밖으로 나왔을 때 — 이 새로운 방법은 아주 쉬워 힘이 들기보다는 재미있는 일이었다. 누운 채 그네 타듯 몸을 좌우로 흔들기만 하면 되었던 것이다 — 그레고르는 누가 거들어 주면 얼마나 간단할까 하는 생각이 들었다. 건장한 사람 둘이면 — 그는 아버지와 하녀를 생각했다 — 충분할 것이다. 그들이 양팔을 자기의 둥그런 등 밑으로 밀어 넣어 자기를 침대에서 들어 올려서 허리를 구부려 바닥에 내려놓은 다음, 자기가 마룻바닥에서 몸을 완전히 뒤집을 때까지, 조심스럽게 참아 주기만 하면 될 텐데, 그다음에는 자기의 작은 다리들이 감각을 찾을 테니 말이다. 그런데, 문들이 잠겼다는 사실을 제쳐 놓더라도 정말 도와 달라고 소리칠걸 그랬을까? 아무리 어려운 처지에 있을망정 그 생각을 하니 그는 한가닥 미소가 지어졌다.

이미 조금 더 세게 흔들었다가는 더 이상 균형을 유지하기 어려울 만큼 그의 몸은 밖으로 가 있었고 이제는 지체 없이 결단을 내려야 했다. 오 분 뒤면 7시 15분이었다. — 그때 현관문에서 초인종 소리가 났다. "매장에서 누가 왔구나." 하고 혼자 말하며 그는 몸이 거의 굳어 버렸는데 그의 작은 다리들은 오히려 그만큼 더 분주하게 버둥거렸다. 잠시 온 집 안이 조용해졌다. "문을 열어 주지 않을 거야." 하고 그레고르는 어떤 헛된 희망에 사로잡혀 중얼거렸다. 그러나 이윽고 늘 그렇듯 당연하게 하녀가 힘찬 발걸음으로 현관문으로 가 문을 열었다. 그레고르는 방문객의 인사말 첫마디만 듣고도 누구인지 금세 알았다 — 지배인이 직접 왔다. 어찌하여 그레고르만 조금 지각만 해도 형편없이 큰 의심을 사는 회사에 고용되어 일하는 신세가 되었단 말인가? 도대체 직원들이 죄다 건달들뿐이란 말인가? 그들 중에 아침 몇 시간을 장사를 위해 남김없이 쓰지 못했다 하여 양심의 가책으로 얼이 빠져 침대를 떠날 수도 없는 지경이 된 충직한 인간은 하나도 없단 말인가? 물어보게 하려면 — 도무지 이따위 물어보는 짓거리가 필요하다면 — 사환을 하나 보내는 것만으로 충분하지 않았겠는가? 굳이 지배인이 몸소 와서 이 수상한 사건을 조사하는 데는 오로지 지배인의 판단만 믿을 만하다는 것을 아무 죄 없는 가족에게 보여 줘야만 한단 말인가? 그리하여 제대로 어떤 결심을 해서라기보다는 오히려 이런 생각들을 하다 보니 흥분을 하게 되어 그레고르는 있는 힘을 다해 침대에서 몸을 날렸다. 뭔가에 부딪히는 큰 소리가 났으나 떨어지면 나게 마련인 요란한 쿵 소리는 아니었다. 양탄자가 낙하의 충격을 다소 줄여 주었고, 등 또한 그레고르가 생각했던 것보다는 탄력이 있어, 심하게 주의를 끄는 둔탁한 소리까지는 나지 않았던 것이다. 다만 머리를 충분히 조심스럽게 가누지 못해서 바닥에 부딪혔다. 화가 나고 아파서 그는 머리를 돌려 양탄자에 부볐다.

"저 안에서 뭐가 떨어졌습니다." 하고 왼쪽 옆방에서 지배인이 말했다. 그레고르는 지배인에게도 언젠가 자신이 오늘 겪고 있는 것과 비슷한 일이 일어날 수 있을지 상상해 보려 애썼는데, 그럴 가능성은 사실 시인해야 했다. 그런데 이러한 질문에 무뚝뚝하게 대답이라도 하듯이 그때 옆방에서 지배인이 몇 발자국 힘주어 걸으며 에나멜 장화로 삐걱거리는 소리를 냈다. 오른쪽 옆방에서는 누이동생이 그레고르에게 알리려고 소근거렸다. "오빠, 지배인이 와 있어요." "알아." 하고 그레고르는 혼자 중얼거렸다. 그러나 누이동생이 들을 수 있을 만큼 목소리를 키울 엄두는 내지 못했다.

"그레고르," 하고 아버지가 왼쪽 옆방에서 말했다. "지배인님께서 오셔서 네가 왜 새벽 기차로 출발하지 않았는지 물으신다. 우리는 뭐라고 말씀드려야 할지 모르겠구나. 어쨌든 너하고 직접 말씀하려고 하신다. 그러니 문 좀 열어라. 지배인님께서는 방이 어질러진 것쯤은 너그럽게 봐주실 게다." "밤새 안녕했는가, 잠자." 하고 지배인이 그사이에 친절하게 불렀다. "그 애는 몸이 편치 않아요." 아버지가 아직 문가에서 말하고 있는 동안에 어머니가 지배인에게 말했다. "그 애는 몸이 편칠 않아요. 제 말을 믿어 주세요. 지배인님. 그렇지 않다면 어째서 기차를 놓쳤겠습니까! 저 애는 정말이지 머릿속에 일밖에 없답니다. 저녁에 외출 한번 안 해서 제가 화를 낼 지경인 걸요. 요새는 한 주일 내내 도시로 갔는데도 저녁에는 맨날 집에만 처박혀 있답니다. 집에서 식탁에 조용히 앉아 신문을 읽거나 기차 시간표를 검토하지요. 심심풀이라곤 실톱을 가지고 뭔가를 만드는 것뿐입니다. 예를 들면 이삼 일 저녁에 조그만 액자 하나를 만든답니다. 그게 얼마나 예쁜지 보면 놀라실 거예요. 저 방 안에 있어요. 그레고르가 문을 열면 금방 보게 되실 겁니다. 아무려나 지배인님, 지배인님께서 와 계시니 다행입니다. 저희 식구들만 있었더라면 그레고르에게 문을 열게 하지 못했을 거예요. 워낙 고집이 세서 말이죠. 그런데 아침에 제가 물어보니 그렇지 않다고 하기는 했지만 틀림없이 그 애는 몸이 편칠 않아요." "곧 나갑니다."라고 그레고르는 천천히 조심성 있게 말하면서도 대화를 한마디도 놓치지 않으려고 꼼짝하지 않았다. "부인, 저도 달리는 해석이 되질 않습니다."라고 지배인이 말했다. "대단한 일은 아니기를 바랍니다. 또 다른 면에서 말씀드리지 않을 수 없는 것은, 우리 장사꾼들은 — 유감스럽게 생각하든 다행으로 여기든 — 몸이 조금 불편한 것쯤은 장사를 생각해서 매우 자주 참고 넘어가야 한다는 점입니다." "그럼 지배인님께서 이제는 들어가셔도 되겠지?" 초조해진 아버지가 이렇게 물으며 다시 문을 두드렸다. "안 됩니다." 하고 그레고르가 말했다. 왼쪽 옆방에는 거북스러운 정적이 감돌았고, 오른쪽 옆방에서는 누이동생이 훌쩍거리기 시작했다.

왜 누이동생은 다른 사람들에게 가지 않을까? 아마 이제서야 자리에서 일어나 옷을 입지도 않은 모양이다. 그런데 그 애는 도대체 왜 우는 걸까? 그가 일어나지 않고 지배인을 들어오게 하지 않았기 때문에? 그가 일자리를 잃을 위험에 처해 있기 때문에? 그리고 그렇게 되면 사장이 다시 묵은빚을 재촉하며 부모를 못살게 굴 터이기 때문에? 그런 것은 그러나 지금으로서는 이미 쓸데없는 걱정일 것이다. 아직 그레고르는 여기 있을뿐더러 가족을 저버릴 생각은 조금도 해 보지 않았다. 지금은 그가 거기 양탄자 위에 누워 있었지만, 그의 상태를 아는 사람이 있었더라면 아무도 그에게 지배인을 들여보내라고 진정으로 요구하지는 못했으리라. 그러나 나중에라도 쉽사리 적절한 핑계를 찾게 될 이 작은 결례 때문에 그레고르가 그야말로 즉각 쫓겨나는 일은 없을 것이다. 그리고 또 그레고르는 울고불고해서 지배인을 성가시게 하느니 지금으로서는 그를 내버려 두는 것이 훨씬 현명한 일인 것 같았다. 그런데 그의 바로 이런 애매한 태도야말로 다른 사람들을 마음 졸이게 하고 또 그들의 처신의 허물을 합리화해 주는 것이었다.

"잠자." 이제 지배인이 목소리를 높여 외쳤다. "대관절 무슨 일인가? 거기 자네 방에 바리케이드를 쳐 놓고 묻는 말에 네, 아니요만 하고 부모님께 쓸데없이 큰 걱정을 끼치며 또 — 이는 그저 지나가는 말이네만 — 직업상의 의무 또한 도대체 들어 보지도 못한 방식으로 소홀히 하고 있네. 나는 여기서 자네 부모님과 자네 사장님의 이름으로 말하며 즉시 분명하게 해명할 것을 엄숙하게 청하네. 놀랍군, 놀라워. 나는 자네를 침착하고 합리적인 사람으로 알아 왔다고 생각하네. 그런데 이제 자네는 갑자기 괴이쩍은 기분을 자랑 삼아 내보이기라도 할 참인 것 같군. 사장님이 오늘 아침 일찍 자네의 직무 태만에 대해 그럼직한 이유를 넌지시 말씀하셨지만 — 자네에게 얼마 전에 맡긴 미수금 때문이라고 말이네 — 그래도 나는 그런 해석은 당치 않을 거라고 한사코 자네를 옹호했네. 그런데 이제 도무지 이해할 수 없는 자네의 고집을 보니 자네를 위해서는 눈곱만큼도 나서고 싶지 않아졌네. 그리고 자네의 지위도 아주 확고부동한 것은 아닐세. 나는 사실 이 모든 이야기를 단둘이서만 할 생각이었는데, 자네가 나로 하여금 여기서 쓸데없이 시간을 버리게 하니 나로서도 자네 부모님께서 듣지 않게 이야기 해야 할 이유를 모르겠네. 그러니까 자네의 최근 근무 실적은 썩 만족스럽지는 않네. 장사가 잘되지 않는 철이기는 하지. 그 점은 우리도 인정해. 그러나 장사가 안되는 철이라는 건 도무지 있지도 않거니와, 잠자, 있어서도 안 된단 말일세." "그렇지만 지배인님," 그레고르는 흥분한 나머지 다른 모든 것을 잊은 채 정신없이 소리쳤다. "즉시, 네, 바로 문을 열겠습니다. 몸이 약간 불편해서, 그러니까 현기증이 나서 일어날 수 없었습니다. 아직은 침대에 누워 있지만 아주 거뜬해졌습니다. 막 침대에서 나오고 있습니다. 조금만 참아 주십시오! 아직 생각했던 것처럼 잘되지는 않는군요. 그렇지만 벌써 기분이 좋은걸요. 어떻게 사람이 이런 일을 다 당한담! 어제 저녁에만 해도 아주 멀쩡했어요. 부모님께서도 아시지만요, 어쩌다 아니 어제 저녁에 벌써 약간 이상한 예감이 들긴 했다는 게 더 맞을 겁니다. 누가 저를 눈여겨봤더라면 눈치챘을 겁니다. 왜 제가 어쩌다 매점에 미리 알리지 않았을까요! 병은 집에 누워 있지 않고도 견딜 수 있다고 늘 생각하는 것이지요. 지배인님! 저의 부모님을 나무라지 마십시오. 지배인님께서 지금 저에게 하는 비난은 죄다 터무니없습니다. 그런 얘기는 정말이지 한마디도 들어 본 적이 없어요. 아마 제가 보낸 최근의 주문서를 읽어 보지 않으셨나 봅니다. 아무튼 8시 기차로는 출발하겠습니다. 몇 시간 쉬었더니 기운이 나는군요. 제발 먼저 가십시오,

지배인님, 저도 곧장 매장으로 가겠습니다. 그러니 제발 사장님께 그렇게 잘 좀 말씀드려 주십시오."

그리고 자기가 무슨 말을 하고 있는지도 잘 모르다시피 하면서 이 모든 말을 허겁지겁 쏟아 놓는 동안, 그레고르는 침대에서 이미 연습을 한 덕분인 듯 장롱에 다가가 거기에 의지하여 몸을 일으켜 보려 했다. 그는 정말로 문을 열고, 정말로 자기를 내보이고 지배인과 이야기할 생각이었다. 지금 저다지도 자기를 만나고 싶어 하는 사람들이 자기를 보면 뭐라고 할지 자못 궁금했던 것이다. 그들이 놀란다 해도 그것이 그레고르의 책임은 아닌 만큼 태연할 수 있을 것이다. 그들이 그 모든 것을 태연히 받아들인다면, 그럴 경우 그 역시 흥분할 이유라곤 없으니 서두르면 8시에는 정말로 역에 닿을 수 있을 것이다. 처음에는 반들반들한 장롱에서 몇 번 미끄러졌으나 마침내 마지막으로 힘껏 몸을 흔들어 꼿꼿이 섰다. 하반신에 타는 듯한 아픔이 느껴졌지만 그는 아랑곳하지 않았다. 이제 그는 가까이 있는 의자의 등받이에 몸을 던져 그 가장자리를 작은 다리들로 꽉 붙잡았다. 그렇게 하여 몸을 가눌 수 있게 되었고 입을 다물었다. 그렇게 하니 지배인의 말이 더 잘 들렸기 때문이다.

"한마디라도 알아들으셨습니까?" 하고 지배인이 부모에게 물었다. "우리를 우롱하는 것은 아니겠지요?" "그럴 리가 있습니까?" 어머니가 벌써 울먹이며 부르짖고는 "저 애가 심하게 아픈 모양입니다. 우리가 저 애를 괴롭히고 있어요. 그레테! 그레테!" 하고 불렀다. "어머니 부르셨어요?" 모녀는 그레고르의 방을 사이에 두고 이야기하고 있었다. "너 지금 의사 선생한테 가 봐야겠다. 그레고르가 병이 났다. 빨리 의사를 불러와야겠다. 지금 그레고르가 말하는 소리 들었니?" "짐승 목소리였습니다." 하고 지배인이 말했는데, 어머니의 아우성에 비해 현저히 낮은 목소리였다. "안나! 안나!" 아버지가 현관을 통해 부엌에다 대고 부르며 손바닥을 쳤다. "얼른 열쇠쟁이를 불러오너라!" 두 처녀는 이미 치맛바람을 일으키며 현관으로 달려가 — 누이동생은 대체 무슨 수로 저렇게 빨리 옷을 입었을까 — 현관문을 열어젖혔다. 문이 닫히는 소리도 들리지 않았다. 큰 흉사가 있는 집에서 늘 그러듯이 문을 열어 놓은 채 내버려 둔 모양이었다.

그런데 그레고르는 훨씬 더 침착해졌다. 사람들이 그의 말을 알아듣지 못했음에도 그에게는 귀가 익숙해졌기 때문인지 그는 자신의 말이 충분히 똑똑하게, 이전보다 더 똑똑하게 들리는 것 같았다. 그렇기는 하지만 이제 사람들이 그가 어딘가 아주 정상은 아니라고 믿고 그를 도와주려 하고 있었다. 처음 몇 가지 지시를 내리는 태도의 확신과 침착함이 그를 기분 좋게 했다. 자기가 다시 인간의 테두리 안으로 받아들여졌다고 느꼈으며 두 사람, 의사와 열쇠쟁이가, 실은 의사건 열쇠쟁이건 상관없이, 굉장하고 놀라운 일을 해내 주기를 바랐다. 결정적인 이야기를 나누어야 할 때가 다가오는 만큼 그는 되도록 분명한 목소리를 지니기 위해 밭은기침을 약간 내뱉었다. 아무튼 소리를 내지 않으려 애썼다. 이제 더는 자기가 판단을 내리지 못하겠지만 이 소리마저도 사람의 기침 소리와는 다르게 들릴지 모르기 때문이었다. 그사이 옆방은 아주 조용해졌다. 어쩌면 부모와 지배인이 탁자 옆에 앉아 귓속말로 밀담을 나누고 있을지도 모르고 모두 문가에서 귀를 기울여 듣고 있을지도 모른다.

그레고르는 천천히 의자째 몸을 문 쪽으로 밀어 가 거기서 의자를 버리고 문에 몸을 던지고는 문에 기대 똑바로 일어서서 — 그의 발바닥에서 점액이 약간 분비되었던 것이다 — 잠시 긴장을 풀고 쉬었다. 그러고 나서는 입으로 열쇠 구멍에 꽂힌 열쇠를 돌려 보았다. 유감스럽게도 이빨이라 할 만한 것이 없는 것 같았다. — 무엇으로 열쇠를 잡는단 말인가 — 하지만 턱 힘은 정말 센 것 같았다. 그 힘을 빌려 그는 실제로 열쇠를 움직였다. 그러다 틀림없이 어떤 상처를 입은 것 같은데 그 점에는 주의를 기울이지도 못했다. 그의 입에서 갈색 액체가 나와 열쇠 위를 흘러 방바닥으로 뚝뚝 떨어졌던 것이다. "좀 더 들어 보시죠." 하고 지배인이 옆방에서 말했다. "열쇠를 돌리고 있습니다." 그 말은 그레고르에게는 커다란 격려였다. 그러나 그것에 그치지 않고 모두가, 아버지도 어머니도 외쳐 주어야 할 것을, "힘내라, 그레고르." 하고 소리쳐 주어야 할 것을, "조금만 더, 열쇠를 꼭 잡아라!" 하고. 자기가 애쓰는 모습을 모두 긴장한 채 지켜보고 있다고 생각하며 그레고르는 있는 힘을 다해 정신없이 열쇠를 꽉 물었다. 열쇠가 조금씩 돌아가자 그의 몸도 자물쇠 주위를 빙글 돌아 지금은 입만으로 몸을 똑바로 가누고 있었고, 필요에 따라서는 열쇠에 매달렸다가 그의 몸의 온 중량을 다 쏟아 다시 내리눌렀다. 드디어 자물쇠가 철커덕 열리는 맑은 소리에 그레고르는 정신이 번쩍 들었다. 숨을 내쉬면서 그는 "열쇠쟁이 따위는 필요없었어." 하고 말하며 문을 활짝 열려고 머리를 문손잡이에 올려놓았다.

문을 이런 식으로 열어야 했기 때문에, 사실 문은 이미 꽤 열려 있었는데, 그 자신은 아직 밖에서는 보이지 않았다. 그는 우선 문짝을 따라 천천히 바깥으로 몸을 돌려야 했다. 아주 조심스럽게. 거실에 들어서기도 전에 거실 안으로 나자빠지고 싶지는 않았기 때문이다. 그가 아직 저 어려운 움직임에 골몰하여 다른 데 신경 쓸 겨를이 없었을 때 그는 지배인이 커다랗게 "오!" 하고 토해 내는 소리를 들었으며 — 그것은 마치 바람이 지나가는 소리처럼 들렸다 — 이제는 문에 가장 가까이 서 있었던 지배인이 벌어진 입에다 손을 갖다 대고는 보이지 않는, 균일하게 꾸준히 작용하는 어떤 힘이 그를 몰아내기라도 하는 듯 천천히 뒷걸음질 치는 모습도 보였다. 어머니는 — 지배인이 와 있는데도 잠자리에 들 때 풀어 놓은 헝클어진 머리를 하고 거기 서 있었다 — 처음에는 두 손을 모으고 아버지를 쳐다보다가 그레고르에게 두 걸음 다가오더니 힘없이 쓰러졌는데, 사방으로 둥그렇게 치마가 펼쳐지고 얼굴은 가슴에 묻혀 전혀 보이지 않았다. 아버지는 그레고르를 그의 방으로 다시 밀어 넣기라도 하려는 듯이 적의에 찬 표정으로 주먹을 불끈 쥐었다가 그다음에는 어쩔 줄 모르는 듯 거실을 둘러보고는 두 손으로 얼굴을 가리고 울었는데 그 육중한 가슴이 들먹였다.

그레고르는 거실 안으로는 발도 들여놓지 않았고, 안쪽에서 단단하게 걸린 한쪽 문짝에 의지하고 서 있어서 그의 몸은 반쪽과 그 위로 갸우뚱한 머리만 보였고, 그는 다른 사람들을 물끄러미 건너다보았다. 그사이에 날이 환해져 길 건너편으로는 마주 서서 끝없이 이어진 회색 건물 — 그것은 병원이었다 — 의 한 부분이 뚜렷하게 보였는데, 그 전면을 엄격하게 꿰뚫고 규칙적으로 창문이 나 있었다. 아직도 비가 내리고 있었는데 눈에 보일 만큼 굵은 빗방울이 그야말로 방울방울 땅으로 하나하나 떨어졌다. 아침 식사를 하고 남은 식기들이 식탁 위에 과하게 많이 쌓여 있었다. 아버지에게는 아침 식사가 하루 중 가장 중요한 식사 시간이었고 신문을 이것저것 읽다 보면 몇 시간씩 늘어지기도 했기 때문이었다. 맞은편 벽에는 군인 시절 그레고르의 사진이 걸려 있었는데 대위복 차림의 그가 손으로는 대검을 잡고 근심 없이 웃으며, 자신의 당당한 자태와 제복에 경의를 표할 것을 요구하는 모습이었다. 현관으로 나가는 문이 열려 있었고 현관문도 열려 있었기 때문에 현관 앞과 아래로 내려가는 계단 첫머리도 내다보였다.

"자, 그럼," 하고 그레고르가 입을 열었다. 그는 평정을 유지하고 있는 사람이 오로지 자기뿐임을 잘 의식하고 있었다. "곧 옷을 입고 견본 꾸러미를 꾸려서 출발하겠습니다. 제가 출발할 수 있게 해 주시겠지요? 자, 지배인님, 보시다시피 저는 고집불통이 아니고 일하기를 좋아합니다. 여행이 힘들기는 해도 여행하지 않고는 먹고 살지 못합니다. 대체 어디로 가십니까, 지배인님? 매장으로요? 그렇죠? 모두 사실대로 보고하실 겁니까? 지금 당장은 일을 할 수 없습니다만 바로 지금이야말로 이전의 실적을 기억하여 나중에 장애만 제거된다면 그만큼 더 열심히, 더욱 몰두하여 일하게 되리라는 점을 생각해야 할 시점이 아니겠습니까. 저는 사장님께 의무가 아주 많습니다. 지배인님도 잘 아시겠지만요. 다른 한편으로 저는 부모님과 누이 걱정도 해야 합니다. 저는 꼼짝달싹 못 하고 있는 겁니다. 하지만 다시 그 상태에서 벗어나려 애쓸 것입니다. 그러니 일을 더 어렵게 만들지는 마십시오. 매장에서 제 편에 서 주십시오! 사람들이 외판 사원을 좋아하지 않는 건 알고 있습니다. 큰돈을 벌어 멋지게 살고 있다고들 생각하죠. 이런 선입견이 고쳐질 만한 특별한 계기가 없는 것도 사실이고요. 그렇지만 지배인님, 지배인님이야말로 어느 사원들보다도 이 문제를 전체적으로 바라보시지 않습니까. 네, 저희끼리만 하는 말입니다만, 사장님보다도 오히려 더 잘 알고 계십니다. 사장님께서야 경영주로서 나름의 성품이 있으시니만큼 판단하실 때 사원에게 불리한 실수를 하시기 쉬우니까요. 일 년 내내 매장 바깥에서 살다시피 하는 외판 사원은 자칫하면 입방아나 뜻밖의 일들 그리고 근거 없는 모함의 희생물이 될 수 있는 데다가, 그런 것들 따위에 대해서는 전혀 듣지도 못하고 지칠 대로 지쳐 여행을 끝내고 집으로 돌아오면 원인도 알 수 없는 고약한 결과를 육신에서 감지하게 되는 게 고작이기 때문에, 항의조차 할 수 없다는 사실을 지배인님께서도 잘 아실 것입니다. 지배인님, 최소한 조금이라도 제가 옳다고 인정하는 말 한마디 없이 가 버리지는 마십시오."

그러나 지배인은 그레고르가 첫마디를 꺼낼 때 이미 몸을 돌려 버렸고, 으쓱 추어올린 어깨 너머로, 입술을 위로 말아 올린 채 그레고르를 돌아보았다. 그리고 그레고르가 말하는 동안 그는 잠시도 가만히 서 있지 않고 그레고르에게서 시선을 떼지 않은 채, 아주 조금씩 문을 향해 뒷걸음질 쳤다. 마치 방을 떠나서는 안 된다는 남모르는 금지령이 내려 있기라도 한 듯이. 어느덧 현관에 이르러 재빨리 몸을 움직여 거실로부터 마지막으로 발을 뺐는데, 그 광경을 본 사람이라면 그가 방금 발바닥을 불에 데었다고 생각했을 것이다. 현관에서 그는, 마치 거기서 초지상적인 구원의 손길이 그를 기다리기라도 하는 듯, 계단 쪽으로 오른팔을 한껏 뻗었다.

그레고르는 지배인을, 비록 그럼으로써 매장에서 그

의 위치가 극도로 위협받지는 않는다 하더라도, 결코 이런 기분으로 가게 해서는 안 된다는 것을 알아차렸다. 부모는 그 모든 것을 그리 잘 이해하지는 못했다. 여러 해가 지나면서 그레고르가 이 매장에서 평생 일하도록 보장을 받았다는 확신을 갖게 된 데다가 지금은 워낙 목전의 근심에 사로잡혀 있어서 장래를 내다볼 여유가 없었던 것이다. 그러나 바로 그 장래를 그레고르는 내다볼 수 있었다. 지배인을 붙잡아 진정시키고, 확신시켜 끝내 그 마음을 사야 했다. 그레고르와 그의 가족의 장래가 거기에 달려 있지 않은가! 누이동생이라도 여기 있었더라면! 그녀는 영리했다. 그레고르가 아직 침착하게 드러누워 있을 때 그녀는 벌써 울고 있었다. 그러니 그녀가 현관문을 닫고 그가 이 충격에서 벗어나게끔 설득하면 이 여자 좋아하는 지배인께서 분명히 마음을 돌릴 텐데. 그런데 누이는 없으니 그레고르 자신이 협상을 해야 했다. 현재 자신의 몸을 움직일 수 있는 능력에 대해 전혀 알지 못한다는 점을 생각하지 않은 채, 자기의 말이 아마도, 아니 거의 확실하게 다시금 이해받지 못했다는 점 역시 생각하지 않은 채, 그는 문짝을 버리고 열린 문 사이로 몸을 밀어 넣었다. 이미 현관 앞 난간을 두 손으로 우스꽝스럽게 꽉 잡고 있는 지배인에게 가려고 했으나 즉시 그는 잡을 곳을 찾으면서, 조그맣게 비명을 지르며 수많은 작은 발을 깔고 엎어졌다. 그러자마자 그는 이 아침에 처음으로 육신의 편안함을 느꼈다. 작은 다리들이 굳은 바닥을 딛고 섰던 것이다. 다리들이 완전무결하게 말을 들었고 심지어 그가 원하는 쪽으로 그의 몸을 실어 가려 애쓰기까지 하는 것을 알아차리고 그는 기뻐했으며, 곧 모든 고통이 씻은 듯 사라질 거라고 믿었다. 그런데 그가 움직임을 억제하느라고 몸을 좌우로 흔들며, 어머니와 멀리 떨어지지 않은 곳에서, 어머니를 마주 보며 마룻바닥에 엎드려 있던 그 순간, 아주 넋을 잃은 것 같던 어머니가 느닷없이 팔을 쭉 뻗치고 열 손가락을 활짝 펼치고는 펄쩍 뛰어오르며 소리쳤다. "사람 살려요, 맙소사, 사람 살려요!" 머리는 그레고르를 더 잘 보려는 듯 숙였는데, 몸은 반대로 정신없이 뒷걸음질 쳐, 자기 뒤에 식기가 쌓인 식탁이 있다는 것도 잊고, 그 옆에 이르자 넋이 빠진 사람처럼 황급히 그 위에 올라앉았는데 옆에서 건드려 넘어진 커다란 주전자에서 커피가 양탄자 위로 엎질러지는 것조차 알아차릴 정신이 없는 것 같았다.

"어머니, 어머니." 그레고르가 낮게 부르며 어머니를 쳐다보았다. 지배인은 한순간 완전히 그의 뇌리를 떠나 있었고, 반면 흘러내리는 커피를 보자 그는 몇 번 허공을 향해 턱을 들고 쩝쩝거리고 싶은 충동을 억누를 수가 없었다. 그러자 어머니가 다시금 비명을 지르며 식탁에서 뛰어내려, 급히 달려온 아버지의 두 팔에 안겨 쓰러졌다. 그러나 이제 그레고르는 부모에게 신경 쓸 시간이 없었다. 지배인이 벌써 계단에 이르렀던 것이다. 계단 난간에 턱을 얹은 채 그는 마지막으로 한 번 더 뒤돌아보았다.

그를 최대한 확실하게 따라잡기 위해 그레고르는 달리기 시작했다. 그러자 지배인은 무언가 예감한 듯 몇 계단을 한 번에 훌쩍 뛰어 사라져 버렸다. 그러면서 그는 "흐흣!" 하고 소리쳤고, 그 소리는 계단 전체에 울렸다. 유감스럽게도 그때에 이르러서는 지배인의 이 도망질이 그때까지 비교적 침착했던 아버지를 완전히 혼란에 빠뜨렸으니, 직접 지배인을 쫓아가든지 아니면 적어도 쫓아가고 있는 그레고르를 막아서지는 말아야 했는데, 그러는 대신 아버지는 오른손으로는 지배인이 모자, 외투와 함께 소파에 내버려 두고 간 단장을, 왼손으로는 식탁에서 커다란 신문을 집어 들고, 두 발을 쾅쾅 구르며, 단장과 신문을 흔들어 대며 그레고르를 그의 방으로 다시 몰아넣으려 했다. 그레고르가 빌어도 소용없었고, 비는 것을 이해받지도 못했다. 그는 머리를 아주 고분고분 돌리고 싶었지만, 아버지는 더욱 세게 두 발을 쾅쾅 구를 따름이었다. 건너편에서는 어머니가 날씨가 쌀쌀한데도 창문을 열어젖히고, 상체를 창밖으로 쑥 내민 채 얼굴을 두 손으로 감싸 쥐었다. 창밖 골목길과 현관 앞 계단 사이로 맞바람이 쳐, 창문의 커튼이 휘날렸고, 식탁 위의 신문들이 펄럭펄럭 날리더니 한 장씩 마룻바닥으로 떨어졌다. 인정사정없이 몰아대면서 아버지는 야만인처럼 씩씩거렸다. 그런데 그레고르는 뒷걸음질은 전혀 익히지 않은 터라 정말이지 몹시 천천히 움직일 수밖에 없었다. 그레고르가 몸을 돌리게 내버려 두었더라면 금방 자기 방으로 들어갔겠으나, 시간을 잡아먹으면서 몸을 빙 돌렸다가는 아버지를 참지 못하게 만들까 봐 두려웠고, 순간순간 아버지의 손에 들린 단장으로부터 그의 등허리나 머리에 치명적인 일격이 날아올 위험이 도사리고 있었다. 그런데도 결국 그레고르에게는 별도리가 없었다. 뒷걸음질을 치면서는 방향조차 제대로 잡을 수 없음을 경악하며 알아차렸던 것이다. 하여 그는 겁먹은 눈으로 아버지 쪽을 끊임없이 곁눈질하며 한껏 잽싸게, 그러나 실제로는 몹시 느리게 몸을 틀었다. 아버지가 그의 선의를 알아차린 것 같았다. 이번에는 그를 방해하지 않고, 멀찌감치서 단장 끝으로 이리저리 몸을 틀 방향을 가리켜 주기까지 했으니 말이다. 아버지가 이 견딜 수 없는 싯싯 소리만 내지 않았더라면 얼마나 좋았을까! 그레고르는 그 소리에 정신이 혼란해졌다. 거의 다 돌았을 때 이 싯싯 소리를 끊임없이 듣다 보니 그만 헛갈려서 조금 되돌아가기까지 했다. 그런데 드디어 다행히도 머리가 열린 문 앞에 이르고 보니, 그의 몸이 너무 넓어 곧바로 들어갈 수가 없었다. 아버지는 물론 지금의 심적 상태로는 그레고르가 수월히 지나가게끔 다른 쪽 문짝마저 열어 줄 생각 같은 건 꿈에도 하지 않았다. 아버지를 사로잡은 생각은 오로지 그레고르가 최대한 빨리 그의 방으로 들어가야 한다는 것뿐이었다. 아버지는 결코 몸을 세우고, 또 어쩌면 그렇게 선 채로 문을 통과하기 위해 그레고르가 필요로 했던 번거로운 준비 같은 것을 해 주지 않을 것이다. 그보다 장애물 따위는 없다는 듯 이제는 그레고르를, 별스럽게 큰 소리를 내면서 앞으로 몰아댔으니 그 소리는 어느덧 그레고르의 등 뒤에서 아버지 한 사람이 내는 목소리 같지 않게 울렸고, 이제는 정말이지 재미 따위가 있을 리 없어 그레고르는 — 에라 모르겠다 하고 — 몸을 밀어 넣었다. 몸 한쪽이 들리더니, 열린 문 사이로 몸이 비스듬히 걸렸는데, 한쪽 옆구리가 쓸리면서 상처가 나 하얗게 칠한 문에 흉한 얼룩이 남았고, 몸이 금세 꽉 끼여 혼자서는 더 이상 움직일 수 없게 되어 버렸다. 한쪽의 작은 다리들은 허공에 높이 떠 있고, 다른 쪽 다리들은 고통스럽게 바닥에 짓눌려 있었다. — 그때 아버지가 뒤에서 지금으로서는 그게 해결책이라는 듯 세차게 발길질을 하여, 그는 많은 피를 흘리며 자기 방으로 날아 들어갔다. 아버지가 단장으로 쳐서 출입문을 닫고 나자, 드디어 사방이 조용해졌다.

2

저녁 어스름에야 그레고르는 혼수 상태와도 비슷한 깊은 잠에서 깨어났다. 충분히 자고 충분히 쉰 느낌이 드는 걸 보면 방해가 없었더라도 오래지 않아 깨었을 것이 분명한데도, 그는 현관으로 나가는 문을 조심스럽게 닫는 소리와 빠른 발걸음 소리가 자기를 깨운 것 같았다. 가로등 불빛이 천장 군데군데 그리고 가구 윗부분에 창백하게 비쳐 들고 있었으나 그레고르가 누워 있는 아래쪽은 어두웠다. 그곳에서 무슨 일이 일어났는지 알아보기 위해, 이제야 비로소 그가 평가하기를 배우게 된 더듬이들로 아직은 서툴게 더듬으면서 문 쪽으로 천천히 몸을 밀어 갔다. 왼쪽 옆구리에 생긴 기다란 한 가닥 흉터가 불편하게 땅겼으며 그는 좌우 두 줄 다리들을 규칙적으로 절뚝거려야 했다. 더군다나 아침 나절에 있었던 사건으로 심하게 다친 다리 하나가 — 다리 하나만 다친 것도 기적에 가까웠다 — 감각을 잃은 채 질질 끌렸다.

문께에 와서야 그는 대체 무엇이 그를 그곳으로 이끌었는지 알아차렸으니, 그것은 무언가 먹을 수 있는 것의 냄새였다. 거기에는 달콤한 우유가 담긴 접시와 잘게 자른 흰 빵 조각이 우유에 적셔진 채 놓여 있었던 것이다. 아침보다 한결 더 배가 고팠던 터라 하마터면 그는 웃을 뻔했으며, 바로 눈이 잠길 만큼 우유 속에 머리를 박았다. 그러나 곧 그는 실망해서 물러났다. 불편한 왼쪽 옆구리 때문에 먹는 것이 힘들었을 뿐만 아니라 — 온몸을 들썩이며 함께 움직여야만 먹을 수 있었다 — 그가 평소에 가장 즐겨 마셨던 것이고 그래서 분명히 누이동생이 들여다 놓았을 우유가 도무지 맛이 없어서, 그는 거의 혐오감을 품고 접시가 놓인 곳으로부터 방 한가운데로 기어 들어와 버렸다.

그레고르가 문틈으로 보니 거실에 가스등이 켜져 있었으나, 여느 때 아버지가 이 시간이면 어머니와 누이에게 오후에 나온 신문을 큰 소리로 읽어 주던 것과는 달리 지금은 아무 소리도 들리지 않았다. 누이가 자기에게 늘 이야기하고 또 편지에도 쓰곤 했던 이 낭독이 최근 들어서는 아예 폐지된 모양이었다. 분명 집이 비어 있지는 않았건만 사방이 너무도 고요했다. "이 얼마나 고요한 생활을 식구들은 영위하고 있는가." 하고 말하며 그레고르는 자기 앞의 어둠을 물끄러미 응시한 채 스스로가 부모와 누이에게 그러한 삶을 마련해 줄 수 있었다는 데 커다란 자부심을 느꼈다. 그런데 지금 모든 고요, 모든 유복함, 모든 만족이 졸지에 충격으로 끝나 버린다면? 이런 생각에 빠지지 않기 위해 그레고르는 몸을 움직여 방 안을 이리저리 기어 다녔다.

그 긴 저녁 동안 한쪽 옆문이 한 번, 다른 한쪽 옆문이 한 번 조금 열렸다가 금세 다시 닫혔다. 누군가가 들어오려다 다시금 고민을 너무 많이 했었나 보다. 들어오려다 망설이고 있는 방문객을 어떻게 해서든 들어오게 하거나 아니면 적어도 그가 누구인지 알아보기로 결심하고 그레고르는 거실로 통하는 문 옆에 바싹 다가가 섰다. 그러나 문이 더 이상 열리지 않아 그레고르는 헛되이 기다렸다. 아침에 문들이 잠겨 있었을 때는 모두가 그의 방으로 들어오려 하더니, 그가 문 하나를 열어 놓았고 다른 문들은 낮 동안 분명히 열어 놓았을 지금은 그의 방에 더는 아무도 오지 않았으며 열쇠도 밖에서 꽂혀 있었다.

밤이 깊어서야 거실의 불이 꺼졌고, 부모님과 누이가

그토록 오래 자지 않고 있었음을 쉽게 확인할 수 있었으니, 이제서야 셋이 모두 발끝으로 걸으며 멀어져 가는 소리가 똑똑히 들렸던 것이다. 이제는 분명 아침까지 아무도 그레고르에게 오지 않을 테니 그는 자신의 삶을 어떻게 새로이 꾸려 가야 할지를 방해받지 않고 생각해 볼 긴 시간을 갖게 되었다. 그러나 그가 넓적하게 바닥에 누워 있을 수밖에 없는 천장 높은 텅 빈 방이, 이미 오 년 전부터 살아온 방이건만, 왠지 모르게 그를 불안하게 해서 — 반은 무의식적으로 몸을 돌려, 그리고 가벼운 수치심을 느끼면서 그는 서둘러 소파 밑으로 기어 들어갔는데, 거기서 그는 등이 약간 눌리고 머리를 들 수 없었음에도 불구하고 곧 아늑함을 느꼈고 다만 너무 넓적해서 머리를 소파 밑으로 완전히 집어넣을 수 없는 것이 유감일 뿐이었다.

밤새 거기서, 그는 선잠에 들었다가 배가 고파 자꾸만 놀라 깨면서, 또 근심과 불분명한 희망에 빠지기도 했다. 그러면서 그는 당분간 조용히 하며 인내로써 그리고 식구들을 최대한 생각하여 자기가 지금의 상태로는 식구들에게 야기할 수밖에 없는 불유쾌한 일들을 그들이 견딜 수 있도록 해 주어야겠다는 결론에 이르곤 했다.

이른 아침, 아직 어둑어둑할 때 그레고르에게는 자기가 방금 한 결심의 힘을 시험해 볼 기회가 생겼다. 현관 쪽에서 누이가, 옷을 거의 다 차려입은 채, 문을 열고 긴장한 얼굴로 방을 들여다보았다. 누이는 그를 금방 발견하지는 못했으나 소파 밑에 있는 그를 보고는 — 맙소사, 그도 어딘가에는 있어야 하지 않겠는가, 날아서 도망칠 수도 없는데 — 너무 놀라서 자신을 가누지 못하고 출입문을 밖에서 쾅 닫아 버렸다. 그러나 그녀는 자신의 행동을 후회하기라도 하듯이, 바로 다시 문을 열고 중환자가 있는 집에서나 낯선 남자 곁에서처럼 발끝으로 걸어 들어왔다. 그레고르는 소파 가장자리까지 머리를 바싹 내밀고 누이를 관찰했다. 그녀는 그가 우유를 먹지 않았다는 것, 더욱이 결코 배가 고프지 않아서가 아님을 알아차리고, 그에게 좀 더 맞는 다른 음식을 가져올 것인가? 누이 스스로 그렇게 하지 않는다면 그는 그녀가 그것을 알아차리게 하느니 차라리 굶어 죽을 작정이었다. 비록 소파 밑에서 기어 나와 누이의 발밑에 몸을 던지고는 뭐든 먹기 좋은 것을 달라고 청하고 싶은 생각이 걷잡을 수 없이 밀려들었으면서도. 그런데 누이 스스로가 주위에 약간 흘렸을 뿐 접시에 아직 우유가 가득 담긴 것을 알아보더니, 놀라서 곧, 그러나 맨손이 아니라 헝겊 조각으로 집어 들고 밖으로 나갔다. 그레고르는 누이가 대신 무엇을 가져올지 극도로 궁금했으며, 거기에 대해 이런저런 생각을 한껏 해 보았다. 그러나 아무리 해도 누이가 마음을 써서 실제로 무엇을 할지 짐작해 낼 수 없었으리라. 누이는 그의 입맛을 시험해 보려고 온갖 음식을 가져와 헌 신문지 위에 골라 보라고 늘어놓았으니 말이다. 반쯤 상한 오래된 야채, 저녁 식사에서 남은 화이트 소스가 굳은 채 잔뜩 묻은 뼈다귀, 건포도와 편도 몇 개, 그레고르가 이틀 전에 맛이 없다고 했던 치즈 한 조각, 마른 빵 하나, 버터 바른 빵 하나, 버터 바르고 소금을 뿌린 빵 하나가 있었다. 그 밖에 그 모든 것에 추가하여 틀림없이 그레고르만의 것으로 정해졌을 접시를 갖다 놓고 거기에 물을 따랐다. 그러고는 그레고르가 그녀 앞에서는 먹지 않으리라는 것을 알았는지, 세심히 신경 써 급히 방을 나가면서, 원하는 대로 편안히 있어도 좋음을 그레고르만이 알아차릴 수 있도록 열쇠를 돌려 잠가 주기까지 했다. 음식을 먹으러 갈 때는 그레고르의 작은 다리들이 윙윙거렸다. 어쨌든 상처는 벌써 깨끗이 나은 게 틀림없었으니, 그는 조금도 장애를 느끼지 못했으며, 거기에 대해 놀라며, 한 달 전 칼에 손가락을 아주 조금 베였던 일과 그 베인 곳이 그저께까지만 해도 꽤 아팠던 일을 생각했다. '지금 나는 감각이 무디어졌단 말인가?' 하고 생각하며 그는 어느새 다른 모든 음식보다 즉시 그리고 강렬하게 구미가 당기는 치즈를 탐욕스럽게 빨아 먹었다. 만족감에 눈물까지 흘리며 그는 치즈, 야채, 소스를 정신없이 잇달아 먹어 치웠다. 반면 신선한 음식은 맛이 없었고, 냄새조차도 견딜 수가 없어서, 그가 먹고 싶은 것들을 그것들로부터 조금 끌어다 놓기까지 했다. 누이동생이 물러가 있으라는 신호로 천천히 열쇠를 돌렸을 때 그는 벌써 모든 것을 끝내고 그 자리에 게으르게 드러누워 있었다. 거의 낮잠이 들었다가 열쇠 돌리는 소리에 그는 깜짝 놀라서 일어나 서둘러 다시 소파 밑으로 기어 들어갔다. 그런데 누이동생이 방 안에 있던 짧은 시간 동안에도 소파 밑에 들어가 있는 일에 그로서는 커다란 자기 극복이 필요했으니, 실컷 먹은 덕분에 그의 몸이 다소 둥그렇게 부풀어 그 협소한 곳에서 숨조차 제대로 쉴 수 없었던 것이다. 문득문득 숨이 턱턱 막혀 오는 가운데 그는 툭 불거진 눈을 쑥 내밀고, 아무 영문도 모르는 누이가 빗자루로 그가 먹다 남긴 것뿐만 아니라 그레고르가 손도 대지 않은 음식들까지 아무짝에도 쓸데없다는 듯 쓸어 모아 재빨리 양동이에 쏟아 넣고 나무 뚜껑을 닫아서 죄다 내다 버리는 것을 지켜보았다. 그녀가 몸을 돌리자마자 그레고르는 소파 밑에서 기어 나와 몸을 쭉 뻗고 부풀렸다.

이런 식으로 이제 그레고르는 날마다 음식을 받아먹었다. 부모님과 하녀가 자는 아침에 한 번, 두 번째는 다들 점심을 먹고 난 뒤였다. 그때 부모님이 또 잠깐 자고 하녀는 누이동생이 뭔가를 사러 보내기 때문이었다. 확실히 부모님도 그레고르가 굶어 죽기를 바라지야 않겠지만, 어쩌면 그가 먹는 것에 대해 간접적으로 아는 것 이상은 견딜 수가 없었으리라. 누이는 어쩌면 부모의 슬픔을 조금이나마 덜어 주고 싶은 것뿐이리라. 실제로 그들이야말로 충분히 괴로워하고 있을 테니까.

어떤 핑계로 저 첫날 오전 의사와 열쇠쟁이를 집 밖으로 되돌려 보냈는지 그레고르는 전혀 듣지 못했다. 그의 말을 알아듣지 못하니 아무도, 누이동생까지도, 그가 다른 사람의 말을 알아들을 수 있으리라고는 생각하지 않았기 때문이다. 그리하여 그는 누이동생이 그의 방에 와 있을 때면 다만 여기저기에서 그녀의 한숨 소리와 그녀가 성자(聖者)들을 불러 대는 소리를 듣는 것으로 만족해야 했다. 나중에 그녀가 모든 것에 다소 익숙해진 — 완전히 익숙해지는 일은 물론 거론조차 할 수 없고 — 뒤에야 비로소 그레고르는 친절한 의도를 담은, 혹은 그렇게 해석될 수 있는 말을 포착해 낼 수 있었다. "오늘은 맛이 있었구나." 그가 남김없이 먹어 치웠을 때면 누이는 그렇게 말했고, 반대일 경우에는, 그 횟수가 점점 늘어 갔는데, 거의 슬퍼하며 말하곤 했다. "또 다 그대로 남았네."

그러나 새로운 소식을 직접 듣지는 못했지만, 그는 많은 것을 옆방으로부터 들었으니, 목소리가 들렸다 하면 그는 얼른 목소리가 들리는 쪽 방문으로 달려가 온몸을 문에 바짝 갖다 댔다. 특히 처음에는 어떤 식으로든, 은밀히라도 모든 대화가 그를 화제로 이루어졌다. 이틀 동안은 식사 때마다 이제 어떻게 할지 상의하는 소리가 들렸고, 식사 시간들 사이에도 같은 주제에 대해 이야기했다. 그도 그럴 것이 아무도 혼자는 집에 있으려 하지 않았고, 그렇다고 집을 아주 비울 수도 없었기 때문이었다. 하녀 역시 바로 첫날 — 그녀가 벌어진 일에 대해 무엇을 얼마만큼 알고 있는지는 아주 분명치 않았다 — 어머니에게 그만두게 해 달라고 무릎을 꿇고 빌다시피 했고,

십오 분 후 떠나면서 그녀는 마치 그것이 여기서 그녀에게 베풀어질 수 있는 가장 큰 적선이라도 되는 듯이, 그만두게 해 준 데 대해 눈물로 감사해하며, 그 누구도 요구하지 않았건만, 아무에게도 눈곱만큼도 누설하지 않겠노라고 엄숙하게 맹세했다.

이제는 누이동생이 어머니와 함께 요리를 해야 했다. 아무려나 그리 힘든 일은 아니었다. 사람들이 거의 아무것도 먹지 않았기 때문이다. 언제나 그레고르는 한 사람이 헛되이 다른 사람에게 먹기를 권하면 "고마워요. 됐어요."나 그 비슷한 대답밖에는 돌아오지 않는 것을 거듭 들었다. 마시는 일은 전혀 없는 것 같았다. 이따금씩 누이동생이 아버지에게 맥주를 들겠느냐고 물었고 직접 가져오겠다고 진심으로 제의를 했는데, 아버지가 말이 없으면 누이는 아버지가 이런저런 생각을 하시지 않게끔 관리실 아주머니를 보낼 수도 있다고 말했고 그러면 마침내 아버지가 커다랗게 "그만둬."라고 하시고, 그러면 더 이상 거기에 대해서는 이야기하지 않았다.

이미 첫날부터 아버지는 어머니와 누이의 전체 재산 상태와 앞날의 전망을 설명했다. 이따금씩 아버지는 테이블에서 일어나, 오 년 전 그의 가게가 파산했을 때 건져 낸 조그만 비밀 금고에서 이런저런 증서나 장부 같은 것을 꺼내 오곤 했다. 아버지가 복잡한 자물쇠를 열어 찾던 것을 꺼내고 나서 다시 잠그는 소리가 들렸다. 아버지의 이런 밝힘은 부분적으로는 그레고르가 갇힌 이래 들을 수 있었던 최초의 즐거운 일이었다. 그는 아버지가 저 사업에서 땡전 한 푼 건지지 못했다고 생각했던 것이다. 적어도 그에게 아버지는 그 반대되는 말은 한 일이 없고 그레고르도 그런 걸 아버지에게 물어보지 않았다. 그레고르의 근심은 오로지 당시 모두를 여지없는 절망으로 몰아넣은 사업의 불운을 식구들이 최대한 빨리 잊어버리게끔 하는 데 진력하는 것이었다. 그리하여 당시 그는 아주 특별한 열의를 다 바쳐 일을 시작했고 거의 하룻밤 사이에 보잘것없는 점원 보조원에서 외판 사원이 되었다. 외판 사원은 물론 돈을 버는 방식이 아주 달랐고 작업의 성과가 즉시 수수료 형식으로 현금으로 변했으니 그것을 놀라고 기뻐하는 식구들 앞 테이블 위에 올려놓을 수 있었다. 그때가 좋은 시절이었다. 그 이후에는 한 번도 그런 시절이, 적어도 그런 빛을 띠고는 되풀이되지 않았던 것이다. 후일 그레고르가 돈을 많이 벌어, 온 식구의 낭비를 감당할 수 있었고 실제로 감당하기도 했지만 말이다. 사람들이 익숙해졌던 것이다. 식구들이나 그레고르 역시도. 식구들은 돈을 감사하게 받았고, 그는 기꺼이 가져다주었으나, 특별한 따뜻함은 더 이상 우러나지 않았다. 다만 누이동생만은 아직도 그레고르의 마음을 떠나지 않았고, 자기와는 달리 음악을 몹시 사랑하고 감동적으로 바이올린을 켤 줄 아는 누이를, 내년에, 돈이 많이 들겠지만 돈이야 어떻게든 만들 테니, 학비에 상관없이 음악 학교에 보내는 것이 그의 남모르는 계획이었다. 그레고르가 도시에 잠깐씩 머무를 때면 누이동생과 대화할 때 음악 학교가 자주 언급되었으나 늘 그 실현은 생각할 수도 없는 아름다운 꿈으로서였고, 부모님은 무심히 하는 이 언급조차도 듣기 좋아한 적이 없었지만 그레고르는 그 생각을 아주 구체적으로 했고, 크리스마스 저녁 엄숙하게 그것을 천명할 계획이었다.

문에 바싹 붙어서 귀를 기울이는 동안 지금 그의 상태로는 아무 쓸모도 없는 그런 생각이 그의 머리를 스쳐 갔다. 이따금씩 그는 온몸이 피곤해 더는 들을 수가 없어 머리를 아무렇게나 문에 부딪히게끔 내버려 둘 때가 있었는데 그랬다가는 바로 다시 꼿꼿이 쳐들었다. 그가 그러면서 내는 조그만 소리까지도 옆방에 들려 그러면 모두 입을 다물었던 것이다. "또 무슨 짓을 하는구나." 하고 아버지가 잠시 후, 분명 문 쪽을 향해서 말했고 그러면 끊어졌던 대화가 점차 다시 이어졌다.

그레고르는 흡족하게도 이제 알게 되었다. 아버지가 자주 설명을 하면서 스스로 그 일들을 벌써 오랫동안 제쳐 두어 왔던 탓이기도 하고, 어머니가 모든 것을 한번 말하면 얼른 알아듣지 못하기도 했던 탓에, 되풀이했기 때문에 — 별별 불운이 다 닥쳤지만 아주 적은 재산이 옛 시절부터 지금까지 아직 남아 있어, 손을 대지 않은 이자가 그사이 약간 불어났다는 것을 말이다. 그 밖에도 그레고르가 다달이 집으로 가져오는 돈이 — 그는 자기 몫으로 몇 굴덴만 가질 뿐이었다 — 남김없이 모여 소자

본이 되어 있었다. 그레고르는 방문들 뒤에서 이 기대하지 않았던 신중함과 절약에 대해 기뻐하며 열성적으로 고개를 끄덕였다. 사실 이 남은 돈으로 아버지는 사장에게 진 빚을 갚아 나갈 수도 있었고, 그랬더라면 그가 이 책무에서 벗어날 그날이 훨씬 앞당겨졌으리라. 그러나 지금으로서는 아버지가 계획해 놓았던 대로 이렇게 된 것이 의심의 여지 없이 더 낫다.

그렇지만 이 돈은 식구들을 예컨대 이자 같은 것으로 먹여 살리기에는 어림도 없이 적었다, 한 해, 기껏해야 두 해 동안 식구들을 지탱해 줄 수는 있을지 모르겠지만 그 이상은 안 되었다. 말하자면 사실 그것은 손을 대서는 안 되고 비상시를 위해 놓아두어야 할 금액에 불과했고, 먹고살 돈은 따로 벌어야 했다. 그런데 아버지는 건강하기는 하지만 이미 오 년 전부터 아무 일도 하지 않았고 아무튼 많은 것은 엄두를 낼 수 없는 노인이었다. 힘들었건만 성과는 없었던 그의 인생에서 맞은 첫 휴가였던 이 오 년 동안 아버지는 기름이 많이 끼어 정말이지 뒤뚱거리게 되었던 것이다. 그러니 이제 어쩌면, 집 안을 돌아다니는 것도 힘이 들 만큼 호흡이 가빠져 하루 건너 하루 열린 창가 소파에서 시간을 보내는, 천식으로 고생하는 늙은 어머니가 돈을 벌어야 한다는 말인가? 열일곱 살에다 아직 어린아이이고 예쁘장하게 옷 입고, 실컷 자고, 살림 조금 돕고, 몇 가지 소박한 오락에 끼고, 무엇보다 바이올린이나 켜면서 살아온 누이동생이 돈을 벌어야 한다는 말인가? 이야기가 이 돈을 벌어야 할 필연성에 미치면, 언제나 그레고르는 문에서 떨어져 문 옆에 놓인 서늘한 가죽 소파에 몸을 던졌다. 수치와 슬픔으로 몸이 뜨거웠기 때문이다.

그는 자주 거기 밤새도록 누워 한순간도 잠을 못 이루었고, 여러 시간을 가죽 소파 위에서 웅크리고 있을 뿐이었다. 아니면 큰 힘이 드는 것을 겁내지 않고, 안락의자를 창가로 밀어다 놓고는 창문 아래 벽을 기어올라, 안락의자에 몸을 버틴 채, 창가에 기대었다. 다만 이전에 창밖을 내다보면 느껴졌던 해방감에 대한 그 어떤 회상 같은 것에 잠겨. 그도 그럴 것이 실제로 그는 날이 갈수록 약간 떨어져 있을 뿐인 사물들도 점점 흐릿하게 보였던 것이다. 맞은편의 병원만 해도 전에는 너무도 자주 보게 되어 욕을 했었는데 이제는 도무지 보이지가 않았으며, 자기가 조용하기는 하되 아주 도시적인 샤로텐가(街)에 살고 있다는 사실을 똑똑히 알고 있지 않았더라면, 창밖으로는 온통 잿빛 하늘과 잿빛 땅이 구분할 수 없게끔 한데 엉겨 있는 황야만 보인다고 믿었을 것이다. 단 두 번 주의 깊은 누이동생이 안락의자가 창가에 놓여 있는 것을 보고 말았는데 그때마다 그녀는 방을 치운 다음 안락의자를 다시 그대로 창가에 밀어 놓고 그때부터는 안쪽 창문을 열어 놓기까지 했다.

그레고르가 누이동생과 이야기하는 것이 가능해 그녀가 그를 위해 해야만 하는 모든 것에 대해 그녀에게 감사의 말을 할 수만 있었더라도 그녀의 봉사는 한결 힘이 덜 들었으리라. 그렇지 못했기에 그는 괴로웠다. 누이동생은 참으로 그 모든 것의 거북함을 최대한 씻어 없애려 했으며, 시간이 지나면 지날수록 물론 그만큼 더 잘하기도 했다. 그러나 그레고르 또한 훨씬 더 정확하게 꿰뚫어 볼 수 있었다. 누이가 방으로 들어오는 것부터가 그는 끔찍했다. 들어오자마자 누이는 한시도 허비하지 않고, 출입문들을 닫았다. 누구도 그레고르의 방을 보지 않아도 되도록 신경을 쓰면서 곧장 창가로 달려가 질식이라도 하겠다는 듯이 창문을 급한 손길로 홱 열어젖히고는 추운 날에도 잠깐 창가에 머물며 깊이 숨을 쉬었다. 이렇게 뛰어다니고 소란을 부림으로써 누이는 날마다 두 번씩 그를 놀라게 했다. 그럴 때마다 그레고르는 소파 밑에서 벌벌 떨었다. 그러면서도 그는 아주 잘 알고 있었다. 누이 역시 자기가 있는 방 같은 곳에서 창문을 닫고 머무를 수만 있었더라면, 기꺼이 그가 그런 꼴을 당하지 않도록 해 주었으리라는 것을.

한번은 그레고르가 변신한 지 벌써 한 달이 되어 이미 누이동생으로서는 그레고르의 모습을 보았다 하여 질겁을 할 특별한 이유 같은 것은 더 이상 없을 무렵이었는데, 누이가 평소보다 조금 일찍 와서, 그가 움직이지 않고 그러니만큼 깜짝 놀라기 십상이게 서서 창밖을 내다보고 있는 것을 보고 말았다. 누이가 곧장 창문을 여는데 장애가 되는 곳에 그가 서 있었던 만큼 누이가 들어오지 않았더라도 뜻밖이랄 수는 없었으리라. 그러나 누이는 들어오지 않았을 뿐만 아니라 펄쩍 뒤로 물러서며 문을 닫고 나갔다. 모르는 사람이 보기라도 했더라면 영락없이 그레고르가 그녀가 오기를 숨어서 기다리고 있다가 그녀를 깨물려고 한 줄로 생각했을 것이다. 그레고르는 물론 즉시 소파 밑으로 몸을 숨겼다. 그러나 정오가 되도록 기다려서야 누이가 다시 들어왔는데 누이는 여느 때보다 훨씬 불안해 보였다. 그 모습을 보며 누이에게는 그를 보는 것이 아직 견딜 수 없는 일이며 앞으로도 분명 견딜 수 없는 일이리라는 것, 그리고 누이가 조금이라도 그의 모습을 보게 되면 도망치지 않기 위해 자신을 억눌러야 하리라는 것을 알아차렸다. 누이가 자기를 보지 않게 해 주기 위해 그는 어느 날 자기의 등에 — 이 작업을 하는 데 네 시간이 걸렸다 — 홑청을 지고 소파로 날라 자기 몸이 죄다 가려져 누이가 몸을 굽히더라도 그를 보지 않을 수 있게끔 정돈을 해 놓았다. 누이가 이 홑청이 불필요하다고 생각했다면, 그런 식으로 숨 쉴 틈 없이 자신을 차단하는 것이 그레고르에게 즐거운 일일 리는 없는 만큼 그것을 치워 버렸겠지만 누이는 홑청을 그대로 가만히 내버려 두었으며, 누이동생이 이 새로운 장치를 어떻게 받아들이는지 보려고 홑청을 한번 조심스럽게 약간 들어 보았을 때 그는 그녀의 고마워하는 눈길을 보지 않았나 하는 생각마저 들었다.

처음 두 주일 동안 그의 부모는 그에게 올 엄두조차 못

냈고 누이가 지금 하는 일에 대해 부모가 전적으로 인정해 주는 말을 그는 자주 들었다. 그때까지는 누이가 별 쓸모 없는 계집아이로 보여 누이에게 화를 내는 일이 잦았던 아버지와 어머니는 자주 누이동생이 방을 치우는 동안 그레고르의 방 앞에서 기다렸고, 누이는 방을 나오는 대로 곧장 방이 어떠했는지, 그레고르가 무엇을 먹었는지, 이번에는 그가 어떻게 처신했는지, 그리고 혹시 조금이라도 나아진 점이 보이는지 어떤지를 아주 자세하게 이야기해 주어야 했다. 아무튼 어머니는 비교적 빠른 시일 안에 그레고르를 찾아봤으면 했으나, 아버지와 누이는 처음에 합당한 이유를 들어 그녀를 만류했는데, 그 근거들은 그레고르가 신중히 들어 봐도 전체적으로 이의 없이 동의할 만한 것이었다. 그러나 나중에는 어머니를 완력으로 제지해야 했는데 그렇게 되어 어머니가 "그레고르에게 가게 좀 해 줘요. 그 애는 불쌍한 내 아들이란 말이에요! 내가 그 애한테 가 봐야 한다는 걸 이해하지 못한단 말이에요?" 하고 소리칠 때면 그레고르는, 어머니가 물론 날마다는 아니더라도 한 주일에 한 번쯤 들어오는 것이 좋을지도 모르겠다는 생각을 했다. 어머니라면, 용기야 있지만 아직 어린아이이고 궁극적으로는 어쩌면 그저 어린아이다운 얕은 생각에서 그 어려운 일을 떠맡은 누이동생보다는 모든 것을 훨씬 더 잘 이해하지 않겠는가.

어머니를 보려는 그레고르의 소원은 곧 이루어졌다.

낮 동안에 그레고르는 부모님을 생각해서라도 창가에 있는 모습을 보이고 싶지 않았으나 몇 제곱미터 되지 않는 방바닥을 많이 기어 다닐 수도 없었고 가만히 누워 있는 일은 밤에만 하기에도 힘들었으며, 먹는 일도 그에게 더 이상은 전혀 낙이 되지 않아서 그는 기분 풀이로 벽과 천장을 이리저리 가로질러 기어 다니는 습관을 들였다. 특히 그는 천장에 즐겨 매달려 있었다. 그건 마룻바닥에 누워 있는 것과는 사뭇 달랐다. 한결 자유롭게 숨 쉴 수 있었으며 가벼운 진동이 온몸을 스쳐 지나갔고, 그러다 보면 그레고르가 거기 꼭대기에서 거의 행복한 방심 상태에 빠져 있다가, 그 자신도 깜짝 놀라게 바닥에 떨어져 털썩 소리를 내는 일도 있었다. 그러나 이제는 물론 전과는 아주 다르게 몸을 마음대로 놀릴 수 있어 그렇게 심하게 떨어져도 상처를 입지는 않았다. 누이동생은 그레고르가 스스로를 위해 찾아낸 새로운 유희를 즉시 알아채고는 — 그가 기어 다니며 여기저기 점액질의 흔적을 남겼던 것이다 — 그레고르가 한껏 기어 다닐 수 있게끔 방해가 될 만한 가구들, 그러니까 우선 장롱과 책상을 치워 버렸다. 그런데 누이는 그 일을 혼자서 해낼 수는 없었고, 아버지에게는 감히 도움을 청하지 못했으며, 하녀가 도와주지 않을 것은 아주 분명했다. 이 열여섯 살 소녀는 전번 요리사가 그만둔 이래 용감하게 버티고는 있지만 부엌 문을 어느 때나 걸어 잠그고 특별한 호출에만 열어 주어도 되게 해 주십사고 빌었으니까. 그래서 누이동생은 아버지가 안 계실 때 한번 어머니를 모셔 오는 수밖에 도리가 없었다. 기쁨에 들뜬 탄성을 지르며 어머니가 다가왔다. 그러나 그레고르의 방문 앞에서는 입을 다물었다. 물론 누이동생이, 우선 방 안이 제대로 되어 있는지 살펴보고 난 뒤에야 비로소 어머니를 들여보냈다. 그레고르는 황급히 더욱 깊숙이 주름이 많이 지게 홑청을 끌어당겼으니, 전체 모습은 정말이지 그저 우연히 소파 위에 던져 놓은 홑청같이 보였다. 그레고르는 또한 이번에는 홑청 밑에서 훔쳐보지 않았다. 이번에 어머니를 보는 것은 포기했고 어머니가 이제 왔다는 사실이 그저 기쁘기만 했던 것이다. "오세요, 보이지는 않는데요." 하고 누이동생이 말했는데 분명 누이는 어머니의 손을 잡고 인도하고 있을 것이다. 두 힘없는 여자가 무겁기만 한 낡은 장롱을 제자리에서 밀어내는데 누이동생이 내내, 무리할까 봐 걱정하는 어머니의 경고에 귀 기울이지 않고, 작업의 대부분을 떠맡아 하는 소리를 그레고르는 듣고 있었다. 매우 오래 걸렸다. 십오 분쯤 지났을 무렵 어머니가 말하길 첫째, 서랍장이 너무 무거워서 아버지가 돌아오실 때까지 일을 끝내지 못해 서랍장이 방 한가운데 있게 되면 그레고르가 오도 가도 못하게 될 터이고, 둘째, 가구를 치워 버리는 것이 그레고르 마음에 들지 어떨지 도무지 확실치 않으니, 서랍장을 차라리 여기 그냥 놔두자고 말했다. 어머니 보기에는 반대의 경우일 것 같다는 것이다. 텅 빈 벽을 보고 있자니 바로 마음이 짓눌리는데, 이 방 안 가구에 오래전부터 익숙한 그레고르야 어찌 이런 느낌이 없겠는가. 그러니 텅 빈 방에서는 버림받은 느낌이 들리라는 것이었다. "그러면 그렇지 않겠니." 하고 어머니가 거의 속삭이다시피 낮은 소리로 말했다. 마치, 어디 있는지 정확하게 모르는 그레고르가 말을 알아듣지 못한다는 것을 확신하고 있는 만큼, 목소리의 울림조차 들려주지 않겠다는 듯이. "그런데 그렇지 않겠니. 마치 우리가 가구를 치워 버림으로써 그 애가 회복되리라는 희망을 아주 버리고 그 애를 함부로 내팽개쳐 두겠다고 시위라도 하는 것 같지 않겠니? 그레고르가 다시 우리에게 돌아오면 모든 것이 변함없다고 느끼도록, 그래서 그만큼 더 쉽게 그동안의 시간을 잊어버릴 수 있도록, 방을 전과 똑같은 상태로 놔두는 게 제일 좋을 것 같구나."

어머니의 말을 들으면서 그레고르는, 식구들 속에서 단조롭게 생활하며 직접 사람으로서의 대화를 전혀 못하다 보니, 이 두 달이 지나면서 그의 판단력이 흐트러져 버렸음에 틀림없음을 알아차렸다. 그가 자기 방이 텅 비워지길 진정으로 원하고 있다는 사실이 달리는 설명되지 않았다. 그렇지 않고서야 아무리 사방으로 방해받지 않고 다닐 수 있다 해도 정말 그가 대를 물려 내려온 가구들로 아늑하게 꾸며진 이 따뜻한 방이 그의 사람으로서의 과거를 동시에, 재빨리, 모조리 잊어버리면서 기어다닐 동굴로 변하도록 내버려 두고 싶어 하겠는가? 벌써 잊어버릴 때가 다가왔단 말인가, 아니면 다만 오래 듣지 못했던 어머니의 목소리가 그의 마음을 뒤흔들어 놓았는가. 아무것도 치워서는 안 된다. 모든 것이 그대로 있어야 한다. 가구들이 자신의 상태에 미치는 좋은 효과들을 그는 포기할 수가 없었던 것이다. 가구가 이 의미 없이 기어 돌아다니는 일을 하는 데 장애가 된다면, 그건 손해될 일이 아니라 오히려 큰 장점이었다.

그러나 유감스럽게도 누이동생은 의견이 달랐다. 그녀는 그레고르 건에 관한 이야기에서는, 그것도 아주 부당하지는 않았지만, 부모 앞에서 특별한 전문가를 자처하고 나서는 데 익숙했는데, 이번에도 어머니의 충고가 누이에게는 서랍장과 책상뿐만 아니라 없어서는 안 될 소파만 빼놓고는 가구들을 모조리 치워 버려야 한다고 주장할 충분한 이유가 되었다. 그녀로 하여금 이런 요구를 하게 만든 것은 물론 어린아이가 가질 만한 반항심과 최근 들어 아주 예기치 않게, 어렵게 획득한 자신감뿐만이 아니었다. 누이는 실제로 그레고르가 기어 다닐 많은 공간을 필요로 하는 반면 가구들은, 최소한 겉으로 보기에는 그에게 조금도 쓸모가 없다는 사실을 실제로 관찰하기도 했던 것이다. 어쩌면 무슨 일이건 할 수 있는 데까지 해야 성이 차는 그 나이 소녀의 몽상적인 감각이 한몫을 하여, 그레테로 하여금 그레고르의 입장을 한층 충격적인 것으로 만들도록, 그러면 지금까지보다 더욱더 그를 위해 무언가를 해 주어야 하게끔, 유혹하고 있는지도 몰랐다. 그도 그럴 것이, 텅 빈 네 벽 가운데에 그레고르 혼자 달랑 남아 있으면, 그런 방에는 그레테 말고는 아무도 감히 발을 들여놓을 엄두를 못 낼 테니 말이다.

그리하여 누이는 어머니가 말리는데도 결심을 꺾지 않았고, 이 방 안에 있는 것만으로도 불안하여 어쩔 줄 몰라 하는 어머니는 곧 입을 다물었고 서랍장을 내가는 누이동생을 힘껏 도왔다. 그런데 그레고르는 서랍장이야 비상시에는 없이 지낼 수도 있었으나 책상만 해도 꼭 필요한 것이었다. 두 여자가 서랍장을, 신음 소리를 내며 그것에 몸을 바짝 붙인 채, 방 바깥으로 내가자마자, 그레고르는 머리를 소파 밖으로 내밀었다. 자기가 조심스럽게, 되도록 신중하게 개입할 수 있을지 보기 위해. 그러나 불행하게도 먼저 되돌아온 것은 어머니였다. 그레테는 옆방에서 서랍장을 부둥켜안고, 물론 그 자리에서 조금도 움직이지 못하면서, 혼자서 이리저리 흔들어 보는 중이었다. 그런데 어머니는 그레고르를 보는 데 익숙하지 않았으니, 어머니의 마음을 상하게 해 드릴 수는 없어서, 그레고르는 놀라서 얼른 뒷걸음질을 쳐 소파의 다른 쪽 끝까지 갔으나, 홑청 앞부분이 약간 흔들리는 것을 막을 도리는 없었다. 그것은 어머니의 주의를 끌기에 충분했다. 어머니는 멈칫하며 잠깐 가만히 서 있다가 그레테에게 돌아갔다.

그레고르는 거듭거듭, 별일이 아니라 그저 가구 몇 가지의 자리를 바꾸어 놓는 것일 뿐이라고 스스로에게 말했지만, 금방 이 여자들이 들락날락하는 소리, 작게 부르는 소리, 가구들이 바닥에 끌리는 소리가 그에게는 사면에서 다가오는 커다란 폭동 같았음을 인정하지 않을 수 없었고, 머리와 다리들을 바싹 오그리고 몸을 바닥에 납작하게 붙였건만 이 모든 것을 오래는 견디지 못하겠노라고 중얼거릴 수밖에 없었다. 그들은 그의 방을 말끔히 치워 버렸다. 그가 아끼던 모든 것을 그로부터 앗아 갔다. 톱과 다른 연장들이 들어 있는 서랍장은 벌써 실어내가 버렸고, 그가 대학을 졸업한 상인으로서, 중고등학생으로서, 심지어 초등학생으로서 거기 앉아 숙제를 했던, 어느새 바닥에 굳게 들어가 박힌 책상도 지금 흔들거리는 참이었으니 — 아직 그는 정말이지 두 여자가 가진 좋은 의도를 가늠해 볼 시간이 없었다. 그들의 존재마저도 그는 거의 잊어버리고 있었다. 지쳐 버린 그들은 어느새 입을 다물고 일만 할 뿐이어서 그들의 무거운 발걸음 소리만 들리고 있었으니까.

그리하여 그는 결연히 나왔다. — 여자들은 마침 옆방에서 잠시 숨을 돌리느라 책상에 기대서 있었다 — 달리는 방향을 네 번이나 바꾸었다, 정말이지 무엇을 먼저 구해 내야 할지 몰랐던 것이다. 그때 그는 비어 버린 벽에 온통 털옷에 감싸인 여자의 사진이 눈에 띄게 걸려 있는 것을 보고 급히 기어 올라가 액자 유리에 몸을 밀착시켰는데, 유리는 그를 꽉 잡아 주었고 그의 뜨거운 배에 기분 좋게 와 닿았다. 최소한 그레고르가 지금 빈틈없이 가리고 있는 이 그림만은 분명 그 누구도 빼앗아 가지 못하리라. 그는 거실 문 쪽으로 고개를 돌렸다. 여자들이 돌아오나 살펴보기 위해.

그들은 얼마 쉬지 않고 되돌아왔는데, 그레테는 팔을 둘러 어머니를 들다시피 하고 있었다. "그럼 이젠 뭘 내 가지?" 하며 그레테가 둘러보았다. 그때 그녀의 시선이 벽에 붙어 있는 그레고르의 시선과 엇갈렸다. 아마도 누이는 오로지 어머니가 거기 있어 평정을 유지하는 듯, 어머니가 둘러보지 않게끔 자기 얼굴을 어머니 쪽으로 돌리더니, 떨면서 되는대로 아무렇게나 말했다. "가요, 우리 거실로 잠깐 되돌아가는 게 좋겠지요?" 그레고르가 보기에는 그레테의 의도는 분명했다. 누이는 어머니를 안전하게 해 놓고 나서 그를 벽에서 쫓아 내리려는 것이었다. 그렇다면, 해 보라지! 그는 그의 그림 위에 앉았고, 그걸 내주지 않을 것이다. 차라리 그레테의 얼굴로 뛰어들면 뛰어들었지.

그러나 그레테의 말이야말로 어머니를 정말 불안하게 만들었으니, 어머니는 옆으로 비켜서면서, 꽃무늬 벽지 위의 거대한 갈색 얼룩을 보고 말았고, 자기가 본 것이 그레고르라는 것을 의식하기도 전에 울부짖는 잠긴 목소리로 "오 하느님, 오 하느님!" 하고 소리치더니, 모든 것을 포기하듯이, 두 팔을 활짝 펼치고 소파 위로 쓰러져 움직이지 않았다. "이럴 거야, 오빠!" 누이동생이 주먹을 쳐들고 날카로운 시선으로 쳐다보며 소리쳤다. 그것은 변신한 이래 누이가 그에게 직접 던진 최초의 말이었다. 누이는 무엇이든 실신한 어머니를 깨울 각성제를 가져오려고 옆방으로 달려갔다. 그레고르도 돕고 싶었다. — 아직 그림을 구할 시간은 있었다 — 액자 유리에 단단히 달라붙어 있었기에 무리하게 몸을 떼어야 했다. 그러고 나서는 자기가 예전처럼 누이동생에게 무슨 충고라도 해 줄 수 있는 듯이 옆방으로 달려갔지만, 그곳에 가 보니 하릴없이 누이 뒤에 서 있을 수밖에 없었다. 그동안 누이는 여러 가지 약병들을 뒤지다가 돌아서더니 또 놀라서 약병 하나를 바닥에 떨어뜨려 깼다. 깨진 유리조각 하나가 그레고르의 얼굴을 상하게 했고, 뭔가 부식성의 약품이 그의 주위로 흘렀다. 그러자 그레테는 오래 머물러 있지 않고 잡을 수 있는 만큼 약병들을 잔뜩 집어 들고 어머니에게 뛰어갔고, 문을 발로 쾅 닫았다. 그레고르는 이제 자기의 잘못으로 죽을 지경에 놓인 어머니로부터 차단되어 있었는데, 문을 열어서는 안 되었다. 어머니 곁에 있어야 하는 누이동생을 쫓아낼 게 아니라면, 기다리는 것밖에는 할 수 있는 일이 없었다. 자책과 걱정으로 마음 졸이며 그는 기어 다니기 시작했다. 벽, 가구, 천장 할 것 없이 온갖 데를 기어 돌아다니다가 마침내, 온 방이 그의 주위에서 빙글빙글 돌기 시작했을 때 그는 절망에 빠져 커다란 책상 한복판에 뚝 떨어졌다.

잠시 시간이 흘렀다. 그레고르가 기운 없이 거기 누워 있었고 사방이 고요했다. 어쩌면 좋은 징조였다. 그때 초인종 소리가 났다. 하녀는 물론 부엌에서 빗장을 걸어 잠그고 있으니 그레테가 문을 열러 가야 했다. 아버지가 오셨다. "무슨 일이냐?"가 아버지의 첫마디였다. 그레테의 모습이 아마 모든 사실을 명백하게 드러내 주었을 것이다. 그레테는 낮은 목소리로 대답했는데, 분명 얼굴을 아버지 가슴에 파묻은 것 같았다. "어머니가 기절하셨는데, 이제 좀 나아지셨어요. 오빠가 불쑥 나왔거든요." "내 그럴 줄 알았다." 하고 아버지가 말했다. "내가 늘 너희한테 말하지 않았느냐, 그래도 너희 여자들은 들으려 하지 않았어." 그레고르가 보기에 아버지가 그레테의 너무나도 짧은 보고를 나쁘게 해석하여, 자기가 무슨 폭력이라도 휘둘러 일을 저질렀다고 미루어 단정하는 게 분명했다. 그래서 그레고르는 지금 아버지를 진정시킬 방도를 구해야 했다. 아버지에게 사실을 밝혀 줄 만한 시간도 가능성도 없었기 때문에. 그리하여 그는 아버지가 현관에 들어서면서 자기가 즉시 자기 방으로 되돌아가려는 최선의 의도를 품고 있으니, 그를 쫓아 들여보낼 필요는 없고 문만 열어 주면 그가 곧 사라지리라는 점을 바로 알아볼 수 있게끔, 자기 방문으로 얼른 도망쳐 문에 몸을 찰싹 붙였다.

그러나 아버지는 그런 섬세함 따위를 알아차릴 기분이 아니었다. "아!" 하고 아버지는 들어서자마자 소리쳤는데, 화도 나고 동시에 기쁘기도 하다는 듯한 음색이었다. 그레고르는 문에서 고개를 돌려 아버지를 마주 보며 쳐들었다. 아버지를 그렇게는, 지금 거기 서 있는 것과 같은 모습으로는, 정말이지 상상하지 못했었다. 아무려나 그는 최근 들어, 그전처럼 집 안에서 일어나는 다른 일들에 대해 걱정할 시간을 새로운 종류의 기어 돌아다니는 일에 허비해 버렸는데, 실은 변화된 상황을 맞닥뜨릴 마음의 준비를 해야 할 터였다. 그럼에도 불구하고, 저 사람이 아버지란 말인가? 전에 그레고르가 업무 여행에서 돌아오면, 지쳐서 침대에 묻혀 누워 있던 사람, 집으로 돌아오는 저녁이면 제대로 일어설 수도 없어서 반가움의 표시로 다만 팔을 들어 올리며 가운을 입은 채 등받이의자에 앉아 그를 맞아 주던 사람, 일 년에 몇 번, 일요일이나 특별한 휴일에 어쩌다 함께 산보라도 나가면 그렇지 않아도 워낙 천천히 걷는 어머니와 그레고르 사이에서 낡은 외투에 감싸인 채 더 천천히 걸으며 언제나 조심스럽게 지팡이를 떼어 놓으며 앞으로 나아갔고, 무슨 말이라도 하려면 거의 언제나 멈춰 서서 같이 가던 사람들을 불러 세우던 사람, 바로 그 사람이란 말인가? 그런데 지금 아버지는 꼿꼿이 똑바로 서 있다. 은행 사환들이 입는 것 같은 금 단추가 달린 빳빳한 푸른색 제복을 입었는데 저고리의 높고 빳빳한 깃 위로 억세게 두 겹 턱이 솟아 있었으며, 수북한 눈썹 아래로는 생기 있고 주의 깊게 검은 눈빛이 뿜어져 나오고 있었고, 여느 때 봉두난발이었던 흰 머리는 거북할 만큼 한 올도 흐트러짐 없이 빛나는 가르마를 타서 납작하게 빗질한 상태였다. 아버지는 아마 은행의 이니셜일 금빛 이니셜이 박힌 모자를 온 방 안 위로 한 바퀴 휘둘러 소파 위로 던지더니, 기다란 제복 저고리의 양 소매를 걷어붙이고 두 손을 바지 주머니에 찌른 채, 얼굴을 찌푸리고 그레고르를 향해 왔다. 무엇을 할 작정인지는 아마 아버지 자신도 모르는 듯, 그러면서도 두 발을 유난히 높이 들어 올리며 걸었는데, 그레고르는 그의 장화 밑창의 엄청난 크기에 놀랐다. 그렇지만 그는 그런 것에 구애받지 않았다. 새로운 생활이 시작된 첫날부터 그는 아버지가 자기에 대해서는 오로지 최대한 엄격하게 대하는 것이 적절하다고 생각하고 있음을 알았던 것이다. 그래서 그는 아버지 앞에서 달아났다가, 아버지가 멈추면 멈추고, 아버지가 움직이면 다시 앞으로 달렸다. 그렇게 하여 부자는 방을 몇 바퀴 돌았다. 아무런 결정적인 일도 일어나지 않은 채, 그 모든 일이 매우 느린 속도로 진행됨으로써 쫓고 쫓긴다는 인상도 주지 않은 채. 그래서 그레고르도 한동안 마룻바닥을 떠나지 않았는데, 무엇보다 그는 아버지가 자신이 벽이나 천장으로 도망치는 걸 보면 각별히 몹쓸 짓으로 여길까 봐 겁이 났던 것이다. 아무튼 그레고르는 이런 느린 달리기조차 오래는 견디지 못하겠노라고 중얼거려야 했다. 아버지가 한 걸음을 떼어 놓는 동안에도 자기는 헤아릴 수 없이 많이 움직여야 했기 때문이다. 그전에도 썩 믿을 만한 폐를 가지지는 못했던 터라, 눈에 띄게 숨이 가빠 오기 시작했다. 달리기 위해 안간힘을 쓰느라

비틀거리며 갈 때 그는 눈도 똑바로 뜨지 못했으며, 그러다 보니 둔감해져 달리는 것에 의하지 않은 다른 구원은 생각지도 못했고, 여기서는 어쨌든 신경을 많이 써서 깎은 모서리와 뾰족한 곳투성이인 가구들에 가려져 있기는 했지만, 그는 자유롭게 네 벽이 비어 있다는 사실마저 거의 잊고 있었다. — 그때 그 바로 곁에 무엇인가가 가볍게 던져져, 날아와 떨어지더니 그 앞으로 굴러왔다. 그것은 사과였다. 곧 두 번째 사과가 뒤이어 날아왔고, 그레고르는 놀라서 멈춰 섰다. 아버지가 사과로 자기에게 폭탄 세례를 퍼붓기로 결심했으므로 더 달려 봐야 소용이 없었다. 식탁 위에 있던 과일 접시에서 아버지는 주머니에 사과를 가득 채워 가지고 와, 얼마간은 제대로 겨냥도 하지 않은 채, 연이어 집어던졌다. 이 작고 붉은 사과들이 전기를 띤 듯 바닥 위를 이리저리 뒹굴며 서로 부딪쳤다. 약하게 던진 사과 하나가 그레고르의 등을 스쳤으나 상처를 입히지 않고 떨어졌다. 바로 또 날아온 것은 그러나 그레고르의 등에 호되게 들어가 박혔다. 그레고르는 몸을 질질 끌며 나아가려 했다. 불시에 찾아온 믿을 수 없는 통증이 자리를 옮기면 스러질 수 있다는 듯. 그러나 꼼짝달싹 못 하게 붙박인 느낌이 들며 모든 감각이 완전히 뒤죽박죽된 채 몸을 쭉 뻗고 말았다. 다만 마지막 시선으로 그는 보았다. 자기 방 문이 화다닥 열리며, 비명을 지르는 누이에 앞서, 실신했을 때 숨을 잘 쉬게 해 주려고 누이가 옷을 벗겼기 때문에 속옷 바람인 채로 어머니가 달려 나와 아버지를 향해 달려갔는데, 도중에 풀어 놓았던 겹겹 치마가 하나씩 잇달아 방바닥에 미끄러져 떨어졌고, 그 치마들 위로 비틀거리며 아버지에게 달려가 한 몸이 되게 껴안더니 — 그때 그레고르의 시력은 이미 말을 듣지 않았다 — 두 손을 아버지의 뒷머리에 감고는 그레고르의 목숨을 보존해 달라고 빌었다.

3

한 달 이상을 그레고르가 시달렸던 심한 부상은 — 아무도 감히 제거하려 하지 않아, 사과는 눈에 보이는 기념으로 그의 살 속에 그대로 박혀 있었다 — 아버지에게까지도, 그레고르가 지금 비록 슬프고 구역질 나는 모습을 하고 있다 하더라도 식구라는 사실을 상기시켜 준 것 같았다. 적으로 취급해서는 안 되고 꺼림칙함을 눌러 삼키고 참는 것이, 별 도리 없이 참는 것이 가족이 마땅히 지켜야 할 계명인 식구 말이다.

그리고 이제 비록 그레고르가 부상 때문에 움직이는 능력을 어쩌면 영영 상실했을지도 모르고 지금으로서는 자기의 방을 가로지르는 데도 늙은 상이 용사처럼 천천히, 시간을 들여야 한다 하더라도 — 높은 곳으로 기어올라가는 것은 생각조차 할 수 없었다 — 그의 상태가 이렇듯 악화된 대신, 그의 생각으로는 아주 충분한 보상을 받았으니, 언제나 저녁 무렵이면, 그가 한두 시간 전부터 날카롭게 관찰하고 있다 보면 거실 문이 열려, 그는 거실에서는 보이지 않게, 자기 방의 어둠 속에 누워 불 밝혀진 식탁에 앉은 온 식구들을 보며 그들의 이야기를, 어느 정도 모두의 허락하에, 그러니까 전과는 아주 딴판이게, 들어도 좋았던 것이다.

물론 그것은 그레고르가 작은 여관방에서 피곤에 지쳐 눅눅한 이부자리에 몸을 던져야 할 때면, 언제나 약간의 그리움을 품으며 생각했던 옛날의 활기찬 담소는 아니었다. 지금은 대체로 몹시 조용하게 지낼 뿐이었다. 아버지는 저녁을 들고 나면 곧 안락의자에 앉은 채 잠이 들었고, 어머니와 누이동생은 서로 조용히 하라고 주의를 주었는데, 어머니는 등불 아래 몸을 앞으로 푹 숙인 채, 양장점에서 맡긴 발 고운 란제리를 바느질했으며, 점원 자리를 얻은 누이동생은, 앞으로 더 나은 지위에 오를까 싶어 속기와 불어를 익혔다. 이따금씩 아버지가 잠이 깨어, 그사이에 본인이 잠을 잤다는 사실을 전혀 모르는 양 어머니에게 "당신 오늘도 바느질 참 오래도 하는구려!" 하고는, 어머니와 누이동생이 지친 채 마주 보며 웃는 사이, 금방 다시 잠이 들었다.

일종의 아집으로 아버지는 집에서도 자신의 사환 제복을 벗지 않았다. 그리하여, 그의 잠옷은 옷걸이에 걸려 있는 반면, 아버지는 옷을 다 차려입은 채 자기 자리에서 졸았다. 마치 언제나 일할 준비가 되어 있고 여기서도 상사의 음성을 기다리고 있다는 듯이. 그래서 처음부터 새

옷 같지 않았던 제복이 어머니와 누이동생이 온갖 신경을 썼음에도 불구하고, 정결함을 잃어, 여기저기 얼룩이 지고 언제나 닦여 있는 금 단추로 빛나는 옷, 그 옷에 감싸여 늙은 잠자 씨가 지극히 불편하게, 그러면서도 고요히 자는 모습을 그레고르는 자주 저녁 내내 보았다.

시계가 10시를 치면 어머니는 곧장 낮은 소리로 아버지를 깨워 잠자리로 가라고 다그쳤다. 그곳에서 자 봐야 제대로 자는 것도 아니고 6시 정각이면 일을 시작해야 하는 아버지로서는 반드시 잠을 잘 잘 필요가 있었기 때문이다. 그러나 사환이 된 이래로 그를 사로잡은 고집에 빠져 아버지는 언제나, 규칙적으로 잠이 들면서도, 식탁 옆에 좀 더 있겠다고 주장했고, 그러면 아버지를 안락의자에서 침대로 데려다 놓기가 더할 나위 없이 힘들었다. 그럴 때 어머니와 누이동생은 조그맣게 이런저런 말로 경고하며 아버지의 마음을 돌려 보려 했는데, 십오 분 동안 아버지는 머리를 흔들며, 눈을 감은 채 일어서지 않았다. 어머니는 아버지 옷소매를 잡아당기며, 귀에다 대고 듣기 좋은 말을 했고, 누이동생은 어머니를 도우려고 할 일을 제쳐 놓았지만 아버지는 끄떡도 하지 않았다. 더욱 깊숙이 안락의자에 파묻힐 뿐이었다. 여자들이 겨드랑이를 잡을 때에야 비로소 아버지는 눈을 번쩍 뜨고, 어머니와 누이동생을 번갈아 보며 "이것이 인생이로구나. 이것이 내 옛 시절의 평화로구나!"라고 말하곤 했다. 그러면 어머니는 바느질거리를, 누이동생은 펜을 황급히 내던지고, 아버지를 뒤따라 달려가 계속 도와주려 했던 반면, 아버지는 두 여자에게 의지하여, 마치 자기 자신이 스스로에게 더없이 무거운 짐이나 되는 듯이, 성가셔 하며 몸을 일으켜, 여자들이 자신을 문까지 이끌어 가게 내버려 두었다가 문에 이르면 물러가라고 손짓하고는 거기서부터는 혼자 걸어갔다.

이 닳도록 일하고 지칠 때로 지친 식구들 중에서 누가, 꼭 필요한 것 이상으로 그레고르 걱정을 해 줄 시간이 있겠는가? 가계가 점점 빠듯해져 갔다. 하녀는 내보냈고, 아주 힘든 일은 뼈대가 굵고 흰 머리를 풀어 헤친 거구의 파출 가정부가 아침저녁으로 와서 처리했고, 나머지 모든 일은 어머니가 삯바느질을 많이 하면서 해냈다. 전에 어머니와 누이동생이 즐거운 모임이나 축제일 같은 때 기쁨에 넘쳐 달았던 대를 물려 내려온 여러 가지 장신구들을 팔아야 하는 지경에까지 이른 것이었다. 그레고르는 저녁에 식구들이 그것들을 얼마에 내놓을지 다 같이 상의하는 것을 들었다. 그러나 가장 큰 탄식은 언제나, 그레고르를 어떻게 옮겨야 할지 아무리 궁리해도 해결책이 떠오르지 않아 지금의 형편으로는 지나치게 큰 이 집을 떠날 수 없다는 것이었다. 그레고르는 자기야 적당한 상자에 공기구멍이나 몇 개 내면 쉽게 옮길 수 있는 만큼 이사를 가로막는 것이 그에 대한 고려뿐만은 아니라는 사실을 간파했다. 식구들로 하여금 이사를 망설이게 만드는 것은 오히려 여지없는 절망과, 일가친척 중에서도 예를 찾아볼 수 없을 만큼, 자신들이 불운에 아주 져 버렸다는 생각이었다. 세상이 가난한 사람들에게 요구하는 것을 식구들은 그 극단까지 충족시키고 있었으니, 아버지는 하급 관리들에게 아침 식사를 날라다 주었고, 어머니는 모르는 사람들의 속옷을 위해 헌신하고 있었으며, 누이동생은 고객들의 명령에 따라 판매대 뒤에서 이리저리 뛰었으나, 식구들이 힘을 낼 수 있는 것은 딱 거기까지였다. 그리고 어머니와 누이동생이 아버지를 잠자리로 데려다 놓고 돌아와서 일거리는 놔두고 서로 가까이 다가앉으며, 뺨을 바싹 대고는 어머니는 그레고르의 방을 가리키며 "저기 문 닫아라, 그레테." 했고 그렇게 옆에서는 여자들이 눈물을 섞거나 아니면 눈물조차 흘리지 않고 식탁을 응시하고 있는데 자기는 다시금 어둠 속에 있을 때면, 그레고르는 등허리의 상처가 처음처럼 아파 왔다.

며칠 밤낮을 그레고르는 거의 잠을 자지 못했다. 이따금씩 그는 다음번에 문이 열리면 가족의 문제를 전과 똑같이 자기가 떠맡아야겠다고 생각했다. 그의 생각 속에 사장과 지배인, 점원들, 워낙 아둔한 심부름꾼인 견습생, 다른 매장의 친구 두셋, 어떤 시골 여관의 하녀, 사랑스러운 잠깐의 추억, 그가 진정으로, 그러나 너무나 뜸 들이며 구혼했던 어떤 모자점 여회계원이 오랜만에 다시 나타났다. — 그들 모두가 낯선 사람 혹은 이미 잊힌 사람들 속에 섞여 나타났으나, 그와 그의 가족을 돕기는커

넝 가 닿을 수도 없는 사람들이었다. 그들이 사라지자 그는 기뻤다. 그러나 그러고 나면 그는 다시 식구들 걱정은 조금도 하고 싶지 않았고, 자기를 잘 돌봐 주지 않는 데 대한 분노로 가득 찼고, 자기가 무엇을 먹고 싶은지 상상하지도 못하면서, 어떻게 하면 찬광 안에 들어가, 거기서, 배는 고프지 않지만, 자기 입에 맞는 것을 먹을 수 있을지 계획을 세웠다. 누이동생은 무엇을 주어야 그레고르 마음에 들지 이제 더는 깊이 생각해 보지 않고, 아침과 점심에 가게로 달려가기 전, 황급히 아무 음식이나 되는대로 그레고르의 방 안에 발로 밀어 넣었다가 저녁이면 음식을 맛이라도 보았는지 아니면 — 매우 자주 그랬다 — 손도 대지 않았는지에 대해서는 신경도 쓰지 않고 빗자루를 한번 휙 휘둘러 쓸어 냈다. 이제는 늘 저녁에 하는 방 청소도 그보다 더 빠를 수가 없었다. 벽들을 따라 더러운 띠가 생겨났고, 여기저기 먼지 덩어리와 쓰레기 뭉치가 널려 있었다. 처음에 그레고르는 누이동생이 올 때면 그녀를 좀 나무라기 위해, 쓰레기가 널린 곳처럼 특별히 눈에 띄는 구석에 서 있어 보았다. 그러나 그가 여러 주일을 거기 꼼짝 않고 있었더라도 누이동생을 개선시키지는 못했으리라. 누이는 그와 꼭 마찬가지로 더러운 것을 보면서도 내버려 두기로 결심했기 때문이다. 그러면서도 누이는 아주 유별나게 예민해져서, 식구들이 모두 예민해지기는 했지만, 그레고르의 방을 치우는 사람은 자기뿐이어야 한다는 데 신경을 곤두세웠다. 한번은 어머니가 그레고르 방의 대청소를 시작하여, 물을 몇 양동이나 쓰고 나서야 마쳤는데 — 아무려나 많은 습기가 그레고르를 괴롭히기도 해서 그는 성이 나 꼼짝 않고 소파 위에 퍼져 누워 있어야 했다 — 어머니도 벌을 면치 못했다. 저녁에 누이동생은 그레고르의 방이 달라진 것을 알아차리자마자 극도로 마음이 상해서 거실로 달려 나오더니 어머니가 진정시키려 두 손을 쳐들었지만 그에 아랑곳없이 발작적인 울음을 터뜨려, 부모님은 — 아버지는 물론 놀라 안락의자에서 벌떡 일어섰다 — 처음에는 놀라서 어쩔 줄을 모르고 바라보기만 하더니 드디어 자기들도 움직이기 시작하여, 오른쪽에서는 아버지가 그레고르 방을 누이동생이 청소하게 맡겨두지 그랬느냐고 어머니를 나무라는 한편 왼쪽에서는 누이동생이 이제는 오빠 방 청소도 못 하게 한다고 고래고래 소리를 지르기 시작하고, 그러는 동안에 어머니는 흥분해서 어쩔 줄 모르는 아버지를 침실로 끌고 갔고, 누이동생은 흐느끼느라 몸을 덜덜 떨며 작은 두 주먹으로 식탁을 쳤고, 그레고르는 문을 닫아 이 광경과 소음을 막아 줄 생각을 하는 사람이 아무도 없다는 사실에 화가 나서 커다랗게 씩씩거렸다.

누이동생이 직장 일로 기진맥진해, 그레고르를 전처럼 돌봐 주는 일이 지긋지긋해져 버렸다 해도, 아직은 어머니가 절대로 누이 대신 들어와서는 안 되었는데 그러면서도 그레고르가 관심 밖의 대상이 된 것은 아니었다.

이제는 가정부가 있었기 때문이다. 이 늙은 과부는 그녀의 긴 인생에서 자기의 튼튼한 뼈 덕분에 더없이 고약한 일마저도 극복해 온 듯, 그레고르를 기실 조금도 혐오하지 않았다. 한번은 호기심 때문이 아니라 우연히 가정부가 그레고르의 방 문을 열었다가 그레고르를 보아 버렸는데, 화들짝 놀란 그는 아무도 몰아대지 않았건만 이리저리 내달리기 시작했고, 그녀는 두 손을 포개 가슴을 감싸 안은 채 놀라서 꼼짝 않고 서 있었던 적이 있었다. 그때 이래로 그녀는 늘 아침저녁에 잠깐씩 문을 조금 열고 그레고르를 들여다보았으니, 처음에는 "이리 와 봐, 쇠똥구리야!"라느니, "이 늙은 쇠똥구리 좀 봐라!" 따위의 자기 딴에는 친절하다고 여기는 말을 해 가며 자기한테 오라고 부르기도 했다. 그렇게 그녀가 말을 걸면 그레고르는 아무 대답도 하지 않고, 자기 자리에 꼼짝 않고 있었다. 마치 문이 열려 있지도 않다는 듯이. 이 가정부가 기분 내키는 대로 쓸데없이 그를 방해하게 내버려 두는 대신 차라리 그의 방을 날마다 청소하라는 명령을 내렸으면! 한번은 이른 아침에 — 어쩌면 벌써 다가오는 봄의 표시인 듯, 거센 비가 유리창을 때리고 있었다 — 그레고르는 가정부가 또다시 그녀의 수다를 늘어놓기 시작했을 때, 하도 화가 나서 공격이라도 하려는 듯, 그러나 느리고 힘없이 몸을 돌려 그녀와 맞섰다. 그러나 가정부는 무서워하기는커녕 문 가까이 있던 의자를 높이 쳐들었는데, 입을 크게 벌리고 거기 서 있는 품을 보니 손에

든 안락의자를 그레고르의 등허리에 내리치고 나서야 입을 다물겠다는 의도가 분명했다. 그레고르가 다시 몸을 돌리자 그녀는 "그러니까 더는 안 되겠지?" 하며 안락의자를 태연히 구석에 다시 세워 놓았다.

그레고르는 이제 아무것도 먹지 않다시피 했다. 우연히 갖다 놓은 음식 옆을 지나게 되었을 때만 그는 장난삼아 한 입 집어 가지고는 여러 시간 그대로 물고 있다가 대개는 다시 뱉어 버렸다. 처음에 그는 스스로 음식을 멀리하는 것이 자기 방의 상태에 대한 슬픔의 표현이라고 생각했으나, 곧 방의 변화를 받아들였다. 사람들은 달리 어질러 둘 곳이 없는 물건들을 이 방에 들여다 놓는데 익숙해졌는데, 그런 물건들이 이제는 많았다. 방 하나를 세 하숙인에게 세놓았기 때문이다. 이 진지한 신사들은 — 그레고르가 한번 문틈으로 보니 셋 모두 텁석부리였다 — 자기들 방에서뿐만 아니라, 이제 여기에 일단 세 들어 있기 때문에, 전체 살림의, 특히 부엌에서의 질서를 거북스러울 정도로 존중했다. 쓸모없는 잡동사니나 심지어 때 묻은 자질구레한 것들까지도 그들은 견디지 못했다. 게다가 그들은 대부분 자기 자신의 집기들을 가져왔다. 이런 이유로 팔 수는 없고 그렇다고 버리고 싶지도 않은 물건들이 남아돌았다. 이 모든 것들이 그레고르의 방으로 떠돌아 왔다. 부엌에서는 재를 담는 통과 쓰레기통까지도. 당장 쓰는 것이 아니면 뭐든 언제나 몹시 서두르는 가정부는 그레고르의 방에 처넣었는데, 그레고르에게는 다행히도 대개 해당 물품과 그것을 잡은 손만 보였다. 가정부는 시간과 기회가 될 때 물건들을 다시 가져가거나 한꺼번에 내다 버릴 생각인 것 같았으나, 실제로는 그레고르가 그 잡동사니를 헤치고 들어가 움직여 놓지 않았더라면 물건들은 처음 던져졌던 그 자리에 마냥 놓여 있었을 터였다. 처음에는 기어 다닐 자리가 남아 있지 않았기 때문에 하는 수 없이 그랬으나 나중에는 점점 재미가 나서 그랬다. 비록 그렇게 돌아다니고 나면 죽도록 피곤하고 슬퍼져 다시 여러 시간을 꼼짝달싹 못 했으면서도.

하숙인들이 이따금씩 집의 함께 쓰는 거실에서 저녁을 먹었기 때문에 거실로 통하는 문은 저녁에도 종종 잠겨 있었다. 그레고르는 문이 열리기를 바라지도 않았고, 문이 열리는 저녁들조차 다 이용하질 않고, 식구들은 알아차리지 못했어도, 자기 방의 가장 어두운 구석에 누워 있었다. 그런데 한번은 가정부가 거실로 통하는 문을 약간 열어 두었는데, 하숙인들이 저녁에 들어와 불을 켰을 때까지도 그대로 열려 있었다. 그들은 전에 아버지, 어머니, 그레고르가 식사를 했던 식탁 윗자리에 앉아 냅킨을 펼치고 나이프와 포크를 손에 쥐었다. 곧 고기 접시를 든 어머니가 문에 나타나고 어머니 뒤에 바싹 붙어 켜켜로 높이 쌓은 감자 접시를 든 누이동생이 나타났다. 음식은 무럭무럭 김을 냈다. 하숙인들은 그들 앞에 놓인 접시 위로, 마치 먹기 전에 검사라도 하려는 듯이 몸을 숙였고,

실제로 다른 두 사람에 대해 권위가 있어 보이는 가운데 앉아 있는 사람이 고기 한 점을 자기 접시에 옮겨 담지도 않은 채 잘라 보았는데, 음식이 충분히 연하게 익었는지 혹은 부엌으로 되돌려 보내기라도 해야 할 것인지 확정하기 위해서 그러는 게 분명했다. 그는 만족했고, 긴장하여 보고 있던 어머니와 누이동생이 숨을 내쉬며 웃음을 짓기 시작했다.

식구들은 부엌에서 식사했다. 그런데도 아버지는 부엌으로 들어가기 전에 거실로 들어와, 모자를 손에 쥔 채, 목례를 한번 하면서 식탁을 한 바퀴 돌아서 갔다. 하숙인들은 모두 일어나서 턱수염에 덮인 입으로 뭐라고 중얼거렸다. 그러고 나서 자기들만 남으면 대화라고는 거의 없이 식사를 했다. 그레고르에게 이상했던 것은 식사 중에 나는 온갖 소리들 가운데서 언제나 거듭 음식을 씹고 있는 그들의 이가 내는 소리를 가려 들을 수 있었다는 점이었다. 마치 그레고르에게, 사람은 먹기 위해 이가 필요하며 이 없이는 제아무리 멋진 턱이 있다 한들 아무것도 처리할 수 없다는 사실을, 보여 주기라도 하려는 듯했다. "나도 먹고는 싶다." 그레고르는 근심에 차 혼잣말을 했다. "그러나 저런 것들을 먹고 싶지는 않아. 저 하숙인들이 먹고 사는 대로라면, 나는 죽고 말겠다!"

바로 이날 저녁 — 그레고르는 자기가 저녁 내내 그 소리를 들었는지는 기억하지 못했다 — 바이올린 소리가 부엌에서 울려왔다. 하숙인들은 벌써 저녁 식사를 끝내고, 가운데 앉았던 사람이 신문을 꺼내 다른 둘에게 각각 한 장씩 나누어 주고, 이제 의자 뒤로 기대어 신문을 읽으며 담배를 피우던 참이었다. 바이올린이 연주되기 시작했을 때, 그들은 주의를 기울이더니 일어서서 발끝으로 현관문 쪽으로 가 거기서 서로 바싹 붙어 서 있었다. 부엌에서 그들의 기척이 들린 것이 분명했다, 아버지가 "연주가 혹 신사분들을 불쾌하게 했습니까? 즉시 중단시킬 수 있습니다." 하자 "그 반대인걸요." 하고 가운데 신사가 말했다. "따님께서 괜찮으시다면 저희에게 와서 한결 편안하고 아늑한 여기 이 방에서 연주를 해 주셨으면 좋겠습니다만?" "오 괜찮고말고요." 하고 아버지가 마치 자신이 바이올린 연주가인 것처럼 소리쳤다. 신사들은 방으로 돌아와 기다렸다. 곧 아버지는 보면대를, 어머니는 악보를, 누이동생은 바이올린을 들고 왔다. 누이동생은 연주를 위해 모든 것을 침착하게 펼쳐 놓았고, 전에 한 번도 방을 세놓아 본 적이 없어 하숙인들을 필요 이상으로 공손히 대하고 있는 부모는 감히 자기들의 안락의자에 앉지도 못한 채 아버지는 오른손을 꼭 여민 사환 제복의 두 단추 사이에 찌르고 문에 기대서 있었고, 그래도 어머니는 신사 한 명이 안락의자를 권해 앉기는 했지만 안락의자를 그 신사가 무심코 갖다 놓은 자리에서 옮기지 못해 외진 한쪽 구석에 그대로 있었다.

누이동생이 연주하기 시작했고, 아버지와 어머니가 각기 자기 자리에서 누이의 손의 움직임을 좇았다. 그래고르는 연주에 매료되어 약간 앞으로 가 볼 엄두를 내 어느새 머리를 거실에 들이밀고 있었다. 그는 자기가 최근 들어 다른 사람들을 그토록 고려하지 않게 된 사실도 거의 놀랍지 않았다. 전에는 그러한 조심성이 그의 자랑이었는데 말이다. 게다가 바로 지금이야말로 몸을 숨겨야 할 이유가 있는데도 말이다. 왜냐하면 그의 방에는 조금이라도 움직일라치면 사방으로 날리는 먼지가 가득하여 그 역시 먼지를 뒤집어쓰고 있었고, 실오라기, 머리카락, 음식 찌꺼기를 등과 옆구리로 질질 끌고 돌아다녔던 것이다. 전에 하루에도 몇 번씩이나 그랬듯이 벌렁 드러누워 양탄자에 몸을 닦기에는 모든 것에 대한 그의 무관심이 너무도 컸다. 그리고 이러한 상태인데도 그는 거실의 흠잡을 데 없는 바닥 위로 서슴없이 조금 나아갔다.

아무려나 아무도 그를 눈여겨보지 않았다. 식구들은 온통 바이올린 연주에 매달려 있었던 반면 하숙인들은 처음에는 손을 바지 주머니에 찌른 채, 분명 누이동생을 방해할 터이련만, 그들 모두가 악보를 읽을 수 있으리만큼 누이동생의 보면대 뒤에 바싹 다가서 있더니, 금세 고개들을 숙인 채 낮은 소리로 이야기를 나누며 창가로 물러나 아버지의 근심스러운 눈길을 받으며 그 자리에 머물렀다. 이제는 정말이지 그들이 아름답고 즐거운 바이올린 연주를 듣겠거니 했다가 실망한 듯, 연주 전체가 지겨워졌는데 다만 예의상 그들의 안식을 방해하게끔 내버려 두고 있다는 듯한 태도가 완연한 인상이었다. 특히 그들 모두가 시가 연기를 코와 입으로 공중에다 뿜어 내는 태도를 보아 대단히 신경질이 나 있음이 역력했다. 그런데도 누이동생은 참 아름답게도 연주했다. 누이는 얼굴을 옆으로 숙이고, 음미하며 슬프게 눈으로는 악보의 행을 좇고 있었다. 그레고르는 조금 더 앞으로 나아가, 될 수 있으면 혹시라도 누이와 눈길이 만날 수 있도록, 머리를 바닥에 바싹 붙였다. 음악이 그를 이토록 사로잡는데 그가 한낱 버러지란 말인가? 마치 그리워하던, 미지(未知)의 양식에 이르는 길이 그에게 나타난 것만 같았다. 그는 누이동생한테까지 나아가 누이의 치마를 당김으로써, 여기서는 그 누구도 자기처럼 연주를 들을 만한 자격이 없으니 바이올린을 들고 자기 방으로 좀 들어와 달라는 암시를 해야겠다고 결심했다. 누이가 들어오면 다시는 내보내지 않으리라, 적어도 자기가 살아 있는 한은. 그의 끔찍스러운 모습이 처음으로 쓰임새 있게 될지니, 자기 방의 문이란 문에는 동시에 다 가 있다가 공격하는 자들에게 맞서리라. 그러나 누이동생은 강요를 받아서는 안 되고, 자유의사로 그의 곁에 머물러 있어야 한다. 누이는 그에게 귀를 기울일 수 있도록 그의 곁 소파에 앉을 것이고, 그러면 그는 누이에게 자기가 누이를 음악 학교에 보내겠다는 확고한 의도를 가지고 있었으며, 이 사실을, 그사이의 불행한 일만 일어나지 않았더라면, 지난 크리스마스에 — 크리스마스는 아마 지나가 버렸겠지? — 그 어떠한 반대도 무릅쓰고 모두에게 말했을 것이라고 털어놓을 생각이었다. 이렇게 천명을 하면 누이동생은 감동의 눈물을 쏟으리라. 그러면 그레고르는 그녀의 겨드랑이 높이까지 몸을 일으켜, 누이가 가게에 나가고부터 리본이나 칼라를 두르지 않은 채 드러내 놓고 있는 목에다 키스를 하리라.

"잠자 씨!" 가운데 신사가 아버지에게 소리쳐 놓고는 말을 잇지 못하고 집게손가락으로, 천천히 앞으로 움직이고 있는 그레고르를 가리켰다. 바이올린 소리가 그쳤고, 가운데 하숙인은 처음에는 한번 머리를 흔들며 자기 친구들을 보고 웃더니 다시 그레고르를 바라보았다. 아버지는 그레고르를 몰아내는 대신 하숙인들을 진정시키는 것이 급선무라고 여긴 듯했다. 하숙인들은 전혀 흥분하지 않았으며 바이올린 연주보다는 그레고르가 한결 흥미롭다는 듯했는데도 아버지는 그들에게 달려가 두 팔을 활짝 벌려 그들을 그들 방으로 밀어 넣으려 하면서 동시에 머리로는 그레고르를 향한 그들의 시선을 차단하려 했다. 그들은 이제 정말로 약간 화가 났는데, 아버지의 태도 때문인지 아니면 그레고르 같은 이웃을 두고 있었으면서 그것을 모르고 지냈음을 분명하게는 아니나마 이제 막 깨달았기 때문인지는 알 수 없었다. 그들은 아버지에게 해명을 요구했고, 팔을 들어 불안하게 수염들을 잡아당기며 천천히 자기들 방 쪽으로 물러갔다. 누이동생은 연주가 중단된 후 갑자기 빠져들게 된 망연자실한 상태를 극복했다. 한동안 아무렇게나 늘어뜨린 두 손에 바이올린 활을 들고도, 마치 아직도 연주하고 있기라도 하듯, 악보를 들여다보고 나더니, 돌연 정신을 추슬러 악기를 호흡 곤란으로 헐떡이며 아직 자기 안락의자에 앉아 있는 어머니의 무릎에 내려놓고는 옆방으로 달려 들어갔는데, 그 방으로는 하숙인들이 아버지가 밀어붙이는 가운데 더 빨리 다가가고 있었다. 누이동생이 익숙한 손길로 침대 위의 이불이며 베개를 공중으로 날리면서 잽싸게 정돈하는 모습이 보였다. 신사들이 미처 방에 들어오기 전에 누이는 잠자리 정돈을 끝내고 살짝 빠져나왔다. 아버지는 다시금 자신이 하숙인들에 대해 늘 마땅히 지녀 왔던 존경심조차 모조리 잊을 만큼 자기 고집에 사로잡힌 것 같았다. 아버지는 다만 밀고 또 밀었다. 어느덧 방문 앞에 이르러 신사들 중 가운데 사람 우레같이 발을 굴러 아버지를 멈추게 할 때까지. "이로써 천명하건대,"라고 말하며 그는 손을 들었고 눈으로는 어머니와 누이동생도 찾았다. "나는 이 집안과 식구들 가운데 만연한 꺼림칙한 상태를 고려하여" — 여기서 그는 선뜻 결심하여 바닥에 침을 뱉었다 — "나의 방을 즉각 비우겠소. 물론 내가 여기서 지낸 기간에 대해 한 푼도 내지 않을 것이오. 그리고 내가 당신에게 어떤 — 내 말을 믿으시오 — 매우 타당한 요구를 할지 말지 생각도 좀 해 볼 것이오." 무엇인가를 기대하는 듯 그는 입을 다물고 앞을 똑바로 보았다. 실제로 그의 두 친구가 얼른 말을 가로막고 나섰다. "우리도 즉각 방을 비우겠소." 이어 그는 문손잡이를 잡더니 요란한 소리를 내며 문을 닫았다.

아버지는 두 손으로 더듬으며 자신의 안락의자로 휘청거리며 걸어와 털썩 주저앉았다. 늘 그러던 대로 잠깐 초저녁잠을 자려고 기지개를 켜기라도 하는 듯 보였으나 머리를 가누지 못하고 세차게 끄덕이는 것으로 보아 그는 전혀 자고 있지 않았다. 그레고르는 하숙인들에게 발각되었던 그 자리에 가만히 있었다. 자신의 계획이 실패한 데 대한 실망, 또한 많이 굶어서 비롯된 허약이 그를 움직일 수 없게 만들었을 것이다. 그는 어느덧 다음 순간 자기에게 모두가 한꺼번에 폭발하여 덮쳐 오리라는 것을 어떤 확실함을 가지고 두려워하며 기다리고 있었다. 어머니의 떨리는 손가락 아래로 미끄러져 나와 무릎에서 떨어져 울리는 소리를 낸 바이올린에도 그는 놀라지 않았다.

"아버지 어머니," 하고 누이동생이 서두를 떼며 손으로 탁자를 쳤다. "계속 이렇게 지낼 수는 없어요. 아버지 어머니께서 혹시 알아차리지 못하셨대도 저는 알아차렸어요. 저는 이 괴물 앞에서 오빠의 이름을 입 밖에 내지 않겠어요. 우리는 이것에게서 벗어나도록 해 봐야 한다는 것만 말하겠어요. 우리는 이것을 돌보고, 참아 내기 위해 사람으로서의 도리는 다했어요. 그 누구도 우리를 눈곱만큼도 비난하지 못할 거라고 생각해요."

"저 애가 백번 옳아." 하고 아버지가 혼자말을 했다. 그

때까지도 충분히 숨을 돌리지 못한 어머니는 눈으로 갈피를 못 잡는 표정을 지으며 손으로 입을 막고 소리 죽여 기침을 하기 시작했다.

누이동생이 어머니에게 달려가 이마를 받쳐 주었다. 아버지는 누이동생의 발언으로 보다 확실한 생각에 이른 듯 곧추앉더니, 하숙인들이 저녁 식사를 하고 나서 여태 식탁 위에 있던 접시들 사이로 그의 사환 모자를 굴리며 이따금씩 가만히 있는 그레고르를 건너다보았다.

"우리는 이걸 떨치도록 해 봐야 해요." 하며 누이동생은, 어머니는 기침을 하느라 아무 말도 듣지 못했으므로, 오로지 아버지를 상대로 말했다. "이게 아버지 어머니 두 분을 죽일 거예요, 그럴 게 뻔해요. 우리 모두처럼 이렇게 힘들게 일하지 않을 수 없으면 사람이 집에서까지 이 한도 끝도 없는 고통을 견디지는 못해요." 그러고는 어찌나 격렬하게 울음을 터뜨렸는지 누이의 눈물은 어머니의 얼굴 위로 흘러내렸고, 어머니는 기계적인 손놀림으로 눈물을 훔쳐 냈다.

"얘야," 하고 아버지가 동정에 차서, 그리고 눈에 뜨이게 이해심을 보이며 말했다. "그러자면 우리가 무얼 해야겠니?"

누이동생은 조금 전의 확고했던 모습과는 반대로 울다 보니 사로잡히게 된 속수무책의 표시로 어깨를 움찔할 뿐이었다.

"혹시 저 애가 우리 말을 알아듣기라도 한다면," 하고 아버지가 반은 묻듯이 말하자, 누이동생은 울다 말고 그런 것은 생각조차 할 수 없다는 표시로 격하게 손을 내저었다.

"만일 저 애가 우리 말을 알아듣기라도 한다면," 하고 아버지가 되풀이했는데, 눈을 감음으로써 그런 일은 불가능하다는 누이동생의 확신을 받아들였다. "그렇기라도 하다면 저 애와 협상이라도 되련만. 그런데 저렇게 — ."

"내보내야 해요." 누이동생이 소리쳤다. "그게 유일한 방법이에요, 아버지. 이게 오빠라는 생각을 버리셔야 해요. 우리가 이렇게 오래 그렇게 믿었다는 것, 그것이야말로 우리의 진짜 불행이에요. 그런데 도대체 이게 어떻게 오빠일 수가 있죠? 만약 이게 오빠였더라면, 사람이 이런 동물과 함께 살 수는 없다는 것을 진작에 알아차리고 자기 발로 떠났을 거예요. 그랬더라면 오빠가 없더라도 살아가면서 명예롭게 그에 대한 기억을 간직할 수 있었을 거예요. 그런데 이렇게 이 동물은 우리를 박해하고, 하숙인들을 쫓아내고, 분명 집을 독차지하여 우리로 하여금 골목길에서 밤을 지새우게 하려는 거예요. 보세요, 좀, 아버지." 누이동생이 갑자기 소리쳤다. "벌써 또 시작하네요!" 그레고르로서는 도무지 영문을 모를 놀라움에 사로잡힌 누이동생은, 마치 그레고르 가까이에 있느니 차라리 어머니를 희생시키겠다는 듯, 어머니마저 저버리고 그야말로 안락의자를 박차고 일어나더니 아버지

뒤로 달려갔고, 아버지 또한 누이의 태도에 한층 더 흥분하여 몸을 일으키고는 누이동생을 보호하려는 듯이 두 팔을 누이동생 앞에서 반쯤 쳐들었다.

그러나 그레고르는 그 누군가를, 더구나 자신의 누이동생을 불안하게 할 생각은 꿈에도 없었다. 그는 다만 자기 방으로 되돌아가기 위해 몸을 돌리기 시작했는데, 괴로운 상태여서 힘들게 몸을 틀다 보니 머리의 힘도 빌려야 했고 그러다 보니 여러 번 머리를 쳐들다 바닥에 찧었기 때문에, 결국 눈에 띄게 되었다. 그는 멈추고 주위를 둘러보았다. 사람들이 그의 선의를 알아차린 것 같았다. 아까는 그저 순간적인 충격이었던 것이다. 이제 모두가 그를 말없이 슬프게 바라보았다. 어머니는 두 다리를 뻗어 가지런히 모은 채 안락의자에 누워 있었는데, 두 눈은 피로하여 거의 감기다시피 했고, 아버지와 누이동생은 나란히 앉았는데 누이동생은 아버지 목에 손을 올려놓고 있었다.

'이제는 몸을 틀어도 되려나 보다.'라고 생각하고 그레고르는 하던 일을 다시 시작했다. 그는 힘이 들어 헐떡이지 않을 수 없었고 또 간간이 쉬어야만 했다. 아무튼 아무도 그를 몰아대지 않았고, 모든 것이 그 자신에게 내맡겨져 있었다. 몸을 다 돌리고 나자, 그는 즉시 똑바로 되돌아갔다. 그는 자기가 자기 방으로부터 먼 곳에 있다는 데 놀랐고 어떻게 조금 전 자신이 허약한 몸을 이끌고 같은 길을, 그러한 사실을 거의 알아차리지도 못한 채, 왔었는지 도무지 이해할 수가 없었다. 한시라도 빨리 기어가겠다는 생각에만 골몰하여 그는 식구들이 말을 하거나 소리를 질러 그를 가로막고 있지 않다는 것에도 거의 주의를 기울이지 못했다. 어느덧 방문에 이르렀을 때에야 비로소 그는 목이 뻣뻣해진 느낌에 완전히는 아니었지만 머리를 돌려 자신의 뒤에는 누이동생이 일어서 있을 뿐 아무것도 달라진 것이 없음을 확인했다. 그의 마지막 눈길이 이제는 아주 잠이 들어 버린 어머니를 스쳤다.

그가 방에 들어서자마자 문이 황급히 닫히고, 단단히 빗장이 질려 차단되었다. 등 뒤에서 난 갑작스러운 소음에 그레고르는 너무도 놀라 그의 작은 다리들이 팍 꺾였다. 그렇게도 서두른 것은 누이동생이었다. 똑바로 벌써부터 거기 일어서서 기다렸다가는 가벼운 발걸음으로 앞으로 튀어 왔기 때문에 그레고르는 누이동생이 오는 소리조차 못 들었던 것이다. 그러고는 문에 꽂힌 열쇠를 돌려 잠그며 누이는 "됐어요!" 하고 부모를 향해 소리쳤다.

"그럼 이제 어쩐다?" 자문하며 그레고르는 어둠 속을 둘러보았다. 곧 그는 자기가 이제는 도무지 꼼짝을 할 수 없게 되었음을 발견했다. 그것이 놀랍지는 않았다. 지금까지 이 가느다란 작은 다리를 가지고 실제로 몸을 움직일 수 있었다는 것이 오히려 부자연스럽게 생각되었다. 그는 제법 쾌적한 느낌이었다. 온몸이 아프기는 했으나, 통증이 점점 약해지다가 마침내 아주 없어져 버리는 것 같았다. 그의 등에 박힌 썩은 사과와, 온통 부드러운 먼지로 덮인 곪은 부위 언저리도 그는 어느덧 거의 느끼지 못했다. 감동과 사랑으로 식구들을 회상했다. 그가 없어져 버려야 한다는 데 대한 그의 생각은 누이동생의 그것보다 한결 더 단호한 듯했다. 시계탑의 시계가 새벽 3시를 알릴 때까지 그는 내내 이런 텅 비고 평화로운 숙고의 상태였다. 그는 사위가 밝아지기 시작하는 것도 보았다. 그러고는 그의 머리가 자신도 모르게 아주 힘없이 떨어졌고 그의 콧구멍에서 마지막 숨이 약하게 흘러나왔다.

이른 아침 가정부가 왔을 때 — 힘이 넘치고 성급해서 이미 그러지 말아 달라고 자주 부탁을 받았지만 그녀는 집에 온 뒤로 더 이상 조용히 잠을 잘 수가 없을 만큼 온 집 안의 문이란 문을 쾅쾅 닫아 댔다 — 그녀는 늘 그러듯이 잠깐 그레고르를 들여다보면서 처음에는 아무 특별한 점도 발견하지 못했다. 그녀는 그가 일부러 그렇게 꼼짝 않고 누워 모욕당한 자 시늉을 하고 있거니 했다. 그녀는 그에게 있을 수 있는 이해력은 다 있다고 믿었던 것이다. 마침 기다란 빗자루를 손에 들고 있었기 때문에 그녀는 문에 선 채 그것으로 그레고르를 간질여 보려 했다. 아무런 효과가 보이지 않자 그녀는 화가 나서 그레고르를 살짝 찔러 보았는데, 아무 저항 없이 있던 자리에서 밀려 가는 것을 보고 나서야 비로소 그녀는 주의 깊게 살펴보았다. 곧 진상을 알아차린 그녀는 눈을 크게 뜨고, 혼자 나직이 쉿소리를 냈으나, 오래 머물지는 않고 침실의 문을 확 열어젖히더니 어둠 속에 대고 큰 소리로 외쳤다. "이보세요, 이게 뒈졌어요, 저기 누워 있는데요, 아주 영 뒈졌다니까요!"

잠자 내외는 부부 침대에서 벌떡 일어나 앉아, 가정부가 전하는 말을 이해하기에 앞서 그녀의 기습으로 인한 놀라움을 삭여야 했다. 그러고 나서 내외는 각자 자기 자리에서 황급히 침대 밖으로 나왔는데, 잠자 씨는 이불을 어깨에 두르고 있었고, 잠자 부인은 잠옷 바람이었다. 그렇게 그들은 그레고르의 방 안으로 들어섰다. 그사이에, 하숙인들이 들어오고부터는 그레테가 자게 된 거실의 문도 열렸다. 그녀는 전혀 자지 않았던 것처럼 옷을 다 입고 있었고, 그녀의 창백한 얼굴도 그 점을 증명하는 것 같았다. "죽었다고?" 하며 잠자 부인은, 모든 것을 직접 살펴볼 수 있고, 또 살펴보지 않고도 알 수 있건만 물으면서 가정부를 쳐다보았다. "제 생각은 그렇습니다요." 하며 가정부는 증거로 그레고르의 사체를 빗자루로 좀 더 멀리 밀쳤다. 잠자 부인은 빗자루를 못 내밀게 하려는 듯이 움직였으나 그러지는 않았다. "자아," 하고 잠자 씨가 말했다. "이제 우리는 신에게 감사할 수 있겠다." 그가 성호를 그었고 세 여자가 그를 따라 했다. 사체에서 눈도 떼지 않으며 그레테가 말했다. "좀 보세요, 그가 얼마나 비쩍 말랐는지. 그는 벌써 퍽 오랫동안 아무것도 먹지 않았잖아요. 식사가 들어가도 그대로 되나왔지요." 실제로 그레고르의 몸은 아주 납작하게 말라 있었다. 사람들은 그걸 이제서야 비로소 알아보았다. 이제는 작은 다리들이 몸을 받치고 있지 않은 데다 그 밖에 달리 시선을 돌려 놓는 것도 없었으니까.

"그레테, 잠깐 우리 방으로 들어오너라." 잠자 부인이 쓴웃음을 띠고 말하자, 그레테는 사체를 돌아보지 않은 채 부모 뒤를 따라 침실로 들어갔다. 가정부는 출입문을 닫고 창문을 있는 대로 열어젖혔다. 이른 아침인데도 신선한 공기에는 벌써 미지근한 기운이 약간 섞여 있었다. 어느덧 3월 말이었던 것이다.

세 하숙인들이 그들의 방에서 나와 놀라서 자기들의 아침밥을 찾아 두리번거렸다. 주인이 그들을 잊고 있었던 것이다. "아침은 어디 있나요?" 하고 신사들 중 가운데 사람이 투덜거리며 가정부에게 물었다. 그러나 가정부는 얼른 손가락을 입에 대며 신사들에게 그레고르의 방으로 들어가 보라고 말없이 손짓했다. 그들 역시 다소 닳은 저고리 주머니에 손을 찌른 채 이제 어느덧 아주 밝아진 방 안에서 그레고르의 사체를 둘러싸고 섰다.

그때 침실 문이 열렸고, 잠자 씨가 제복을 입은 채 한쪽 팔에는 부인을, 다른 쪽에는 딸을 거느리고 나타났다. 모두가 조금씩 운 얼굴이었다. 그레테는 이따금씩 아버지의 팔에 얼굴을 묻었다.

"즉시 우리 집에서 나가시오!" 하며 잠자 씨가 여자들을 떼어 놓지 않은 채 출입문을 가리켰다. "무슨 말씀이시죠?" 신사들 중 가운데 사람이 다소 당황해서 말하며 들큰하게 미소를 지었다. 다른 둘은 뒷짐을 지고 서서 커다란, 그러나 그들에게 유리하게 끝날 것이 틀림없는 싸움을 기쁘게 기다리는 듯 두 손을 끊임없이 맞비비고 있었다. "내가 말한 그대로요."라고 대답하며 잠자 씨는 동반한 두 여자와 한 줄을 이룬 채 하숙인들을 향해 갔다. 하숙인은 일단 거기 가만히 서서, 사물들이 머릿속에서 새로운 질서로 조합되기라도 하는 듯이, 바닥을 내려다보았다. 그러더니 "그러시다면야 저희가 떠나지요." 하며, 갑자기 그를 사로잡은 겸양에서 심지어 이 결심에 대해 새로운 승인을 바라기라도 하는 듯이 잠자 씨를 바라보았다. 잠자 씨는 그저 몇 번 눈을 크게 뜨고 그에게 짧게 고개를 끄덕였다. 그러자 그 신사가 정말로 즉시 성큼성큼 현관으로 나갔고, 그의 두 친구는 잠시 손놀림을 그치고 귀를 기울이더니 겁을 집어먹은 듯, 곧장 그를 따라 껑충 뛰어나갔다. 잠자 씨가 그들에 앞서 현관으로 나가 그들의 영도자와의 연결을 끊어 놓을 수도 있었으리라. 셋은 모두 현관에서 옷걸이에 걸린 모자를 집어 들고, 지팡이통에서 지팡이를 뺀 뒤 말없이 목례를 하고는 집을 떠났다. 드러난 바와 같이 도무지 근거 없는 불신 같은 것에 사로잡혀 잠자 씨는 두 여자와 함께 현관 밖에까지 나서서, 난간에 기대 세 신사가 느리기는 하나 꾸준히 긴 층계를 내려가며, 층마다 계단이 일정하게 구부러져 있는 곳에서 사라졌다가는 잠시 후 다시 나타나곤 하는 것을 지켜보고 있었다. 그들이 밑으로 점점 멀리 내려갈수록 그만큼 그들에 대한 잠자 일가의 관심도 멀어져 갔고,

그들과 엇갈리며, 그다음에는 그들 위로 정육점 점원이 머리에 들것을 이고 당당한 태도로 올라오자 곧 잠자 씨와 여자들은 계단을 떠나 모두가 마음이 가벼워진 듯, 그들의 집으로 되돌아왔다.

그들은 오늘 하루는 휴식을 취하고 산보를 하기로 했는데, 그들에게는 이렇게 일을 멈추고 쉴 만한 자격이 있었을 뿐만 아니라 절대적으로 휴식이 필요하기도 했다. 그리하여 그들은 테이블에 앉아 세 통의 결근계를 썼다. 잠자 씨는 그의 감독관에게, 잠자 부인은 주문자에게, 그레테는 그녀의 상점 주인에게. 쓰는 동안 가정부가 아침 일이 끝났으니 돌아간다고 말하러 들어왔다. 결근계를 쓰고 있던 세 사람은 쳐다보지도 않고 고개만 끄덕였는데, 그래도 가정부가 자리를 뜨지 않자 비로소 화가 나서 쳐다보았다. "그런데?" 잠자 씨가 물었다. 가정부는 마치 자기가 식구들한테 커다란 행운을 알려야겠는데, 그들이 자기한테 전말을 남김없이 물어본 후에나 그렇게 하겠다는 듯이, 웃으며 문에 서 있었다. 모자에 거의 수직으로 꽂힌 작은 타조 깃털이, 잠자 씨는 이미 그 깃털 때문에 이미 그녀가 일하는 시간 내내 화가 나던 것인데, 이제는 사방으로 가볍게 흔들렸다. "그러니까 대체 무슨 일이죠?" 가정부가 그래도 그중 존경심을 품고 있는 잠자 부인이 물었다. "네," 하고 대답하며 가정부는 친절하게 웃느라 얼른 말을 잇지 못했다. "그러니까 말씀입니다. 옆방의 저 물건을 어떻게 치워 버려야 할지, 그 점에 대해서는 염려 놓으시라 이겁니다. 벌써 다 해결됐으니까요." 잠자 부인과 그레테는 계속 쓰려는 듯이 쓰고 있던 편지 위로 몸을 숙였고, 가정부가 이제 모든 것을 상세히 묘사하려는 것을 알아차린 잠자 씨는 손을 뻗쳐 그것을 단호히 막았다. 이야기를 늘어놓을 수가 없게 되자 그녀는 자기가 굉장히 바쁘다는 것이 생각났고, 분명 마음이 상해 "모두 안녕히 계세요." 하고 소리치고는 거칠게 돌아서더니 문들을 무섭게 쾅쾅 닫으며 집을 떠났다.

"저녁에는 그녀를 내보냅시다." 하고 잠자 씨가 말했으나 아내로부터도 딸로부터도 대답을 듣지 못했다. 간신히 회복되려던 평온을 가정부가 다시 뒤흔들어 놓았기 때문이다. 그녀들은 일어서서 창가로 가 서로 껴안고서 있었다. 잠자 씨는 안락의자에 파묻혀 그들을 향해 몸을 돌리고 잠시 그들을 조용히 바라보았다. 그러고는 외쳤다. "자, 이리들 와. 지난 일은 이제 그만 잊어버리고. 그리고 내 생각도 좀 해 줘야지." 곧 여자들은 그 말에 따라 그에게로 달려가 애교를 좀 부리고는 얼른 결근계를 마저 끝냈다.

그러고 나서는 셋이 함께 집을 나섰다. 벌써 여러 달 전부터 하지 못했던 일이다. 그리하여 전차를 타고 교외로 향했다. 그들이 탄 칸에는 따뜻한 햇볕이 속속들이 들어와 있었다. 그들은 좌석에 편안히 기대고, 장래의 전망에 대해 논의했는데 좀 더 자세히 관망해 보니 미래가 그렇게까지 암담하지만은 않다는 사실이 드러났다. 실은 서로 전혀 상세히 물어보지 않았던 세 사람의 일자리가 썩 괜찮았으며 특히 앞으로는 상당히 희망적이기 때문이었다. 지금으로서 가장 큰 상황의 개선은 물론 한번 이사를 함으로써 쉽게 이루어질 것임에 틀림없었다. 그들은 이제 좀 더 작고 값싼, 그러나 위치가 낫고 전반적으로 보다 실용적인 집을 갖고자 했다. 마치 지금 집은 그레고르가 찾아낸 것이라는 듯이. 그들이 그렇게 환담하고 있는 동안 잠자 씨와 잠자 부인은 점차 생기를 띠어가는 딸을 보며 거의 동시에 딸이 이즈음 워낙 고달프다 보니 두 뺨이 창백해지기는 했어도, 아름답고 풍염한 소녀로 꽃피었다는 생각이 들었다. 말수가 적어지며, 또 거의 무의식적으로 서로 눈짓을 주고받으며, 내외는 이제 딸을 위해 착실한 남자도 찾아야 할 때가 된 것 같다고 생각했다. 그리하여 그들의 목적지에 이르러 딸이 제일 먼저 일어서며 그녀의 젊은 몸을 쭉 뻗었을 때 그들에게는 그것이 그들의 새로운 꿈과 좋은 계획의 확증처럼 비쳤다.

시골의사

나는 몹시 당황했다. 급히 가야 할 곳이 있었던 것이다. 중환자 한 사람이 10마일 떨어진 마을에서 기다리는 중이었는데, 그와 나 사이의 넓은 공간을 거센 눈보라가 채우고 있었다. 마차는 있었다. 우리 시골길에 알맞은 가볍고 바퀴가 큰 마차였다, 털옷을 꼭꼭 동여 입고 왕진 가방을 든 채 나는 여장을 갖추고 이미 뜰에 서 있었다. 그런데 말이 없었다, 말이. 내 말이 이 얼어붙은 겨울날 힘에 부쳤는지 간밤에 죽었다. 하녀가 말을 한 필 빌리려고 지금 마을을 이리저리 뛰어다니고 있다. 하지만 가망이 없다는 것을 나는 알았고, 눈은 점점 덧쌓여, 점차 운신조차 할 수 없어지는데, 나는 속절없이 그곳에 서 있었다. 대문에 하녀가 혼자 나타나 등불을 가로저었다. 당연하지, 누가 지금 이런 길에 말을 내주겠는가? 나는 다시 한번 뜰을 가로질러 걸었다. 아무런 가능성도 찾아내지 못하고, 망연히, 괴로워하며 벌써 여러 해 사용하지 않은 돼지 우리의 망가진 문을 발로 걷어찼다. 문이 돌쩌귀에 걸린 채로 삐그덕거리며 열렸다 닫혔다 했다. 말의 그것 같은 온기와 냄새가 흘러나왔다. 흐릿한 축사등(畜舍燈)이 그 안 끝에 매달려 흔들거리고 있었다. 남자 하나가, 낮은 칸막이 너머로 웅크린 채, 푸른 눈의 민얼굴을 보였다. "말을 매어 드릴까요?" 네 발로 기어 나오며 그가 물었다. 나는 무슨 말을 해야 할지 몰라 축사 안에 뭐가 또 있나 보기 위해 몸을 굽혔을 뿐이었다. 하녀가 내 곁에 서 있었다. "제 집 안에 무슨 쓸 만한 물건이 있는지도 모르고들 지내는군요." 해서 우리 둘은 웃었다. "어이, 형, 어이, 누이." 마부가 외치자, 말 두 마리가, 힘차고 옆구리 탄탄한 놈들이, 두 다리는 몸통에 바싹 오그려 붙인 채, 모양 좋은 대가리들은 낙타처럼 숙이고, 몸통을 비트는 힘만으로, 몸뚱어리가 여지없이 꽉 차는 문틈으로 비비적거리며 나왔다. 그러나 이내 그놈들은 똑바로 섰다, 껑충하게, 콧김을 거세게 내쉬는 몸으로. "저 사람을 도와주오." 내가 말하자 말 잘 듣는 하녀는 서둘러 마부에게 마구를 건네주었다. 그런데 하녀가 곁으로 가자마자 마부가 그녀를 껴안으며 자기 얼굴을 그녀의 얼굴에 부벼 댔다. 그녀가 비명을 지르며 내게 도망쳐 오는데 그녀의 뺨에는 빨갛게 두 줄로 잇자국이 나 있다. "이런 짐승 같은 놈." 나는 화가 나 소리쳤다, "채찍으로 얻어맞고 싶으냐?" 그러나 곧 그가 낯선 사람이라는 것, 나는 그가 어디서 왔는지도 모르는 데다, 그는 어느 누구도 나서지 못하는 판국에 자발적으로 나를 돕고 있다는 데 생각이 미친다. 그는 나의 생각을 알고 있기라도 한 듯 나의 협박 따위는 대수롭지 않게 여기면서, 계속 말을 다루는 데만 열중하며, 나를 한 번 힐끗 돌아볼 뿐이다. 그러고는 "타시지요." 하는데 정말로 모든 것이 준비되어 있었다. 아직껏 한 번도 그런 멋진 마구를 갖추고 타 본 적은 없었다는 데 생각이 미치면서 나는 즐겁게 마차에 오른다. "아무래도 말은 내가 몰아야겠는걸, 자네는 길을 모를 테니." 내가 말했다. "물론입죠." 그가 말했다. "저는 함께 타고 가지도 않습니다요. 로자 곁에 있겠는뎁쇼." "안 돼요." 로자가 외치면서 그녀의 피할 수 없는 운명을 분명히 예감하여 집 안으로 달려가는데, 그녀가 거는 문고리 사슬의 철그럭 소리가 들린다. 자물쇠 잠기는 소리가 들린다, 그녀가 그것도 모자라 마루에서 또 온 방들을 뛰어 돌아다니며 자기를 못 찾도록 불이란 불은 다 끄는 것이 보인다. "자네도 같이 가든가," 내가 마부에게 말한다. "아니면 내가 그만두겠네, 그렇게까지 절박한 것은 아니니, 마차를 타고 가는 대가로 저 처녀를 내줄 생각은 조금도 없어." "이랴!" 하며 그가 손뼉을 치자 마차는 물살에 휩쓸린 나무토막같이 마냥 쏜살같이 내달린다. 내 집의 문이 마부의 돌격으로 와지끈 부서지는 소리가 아직 들리고, 그런 다음 내 눈과 내 귀는 오관을 고루 파고드는 굉음으로 채워졌다. 그러나 그것도 잠시뿐이었다, 나의 집 대문 앞에 곧바로 환자 집의 마당이 열리기라도 한 듯 나는 벌써 도착해 있었던 것, 말들이 조용히 멈추었다. 눈은 그쳤다. 사방에는 달빛. 환자의 부모가 집 밖으로 서둘러 달려 나온다. 그들 뒤에는 환자의 누이. 사람들은 나를 마차에서 들어 내리다시피 한다. 뒤엉킨 이야기들에서 나는 아무것도 알아내지 못한다. 환자의 방 안 공기는 숨을 쉬기 어려울 지경이다. 내버려 둔 화덕에서 연기가 나고 있다. 창문을 열어젖혀야지. 그러나 먼저 환자를 보아야겠다. 마르고, 열은 없이, 차갑지도 따뜻하지도 않게, 퀭한 눈초리로, 내의도 입지 않은 채 깃털 이불 속에 누워 있던 소년이 몸을 일으켜 내 목에 매달리며 귀에 대고 속삭였다. "의사 선생님 저를 죽게 해 주세요." 나는 주위를 둘러본다. 아무도 그 말을 듣지 못했다. 부모는 묵묵히 구부정하게 서서 나의 선고를 기다리고 있고 누이는 내 왕진 가방을 놓으라고 의자를 가져왔다. 나는 가방을 열어 의료기를 찾고, 소년은 침대 위로 계속 몸을 일으키며 자기의 부탁을 내게 상기시키기 위해 나를 더듬어 찾는다. 나는 핀셋 하나를 집어 촛불에 비춰 살펴보고는 도로 놓는다. "그래." 나는 불경스러운 생각을 한다. "저런 경우에는 신(神)들이 돕는다니까. 없는 말을 보내 주고, 급하니까 한 필 더 붙여 주고, 넘치게시리 마부까지 적선을 하시지 ―." 이제 비로소 다시 로자 생각이 난다. 내가 무엇을 할 것인가. 어떻게 그녀를 구하나. 어떻게 내가 마부에게 눌린 그녀를 빼낸단 말인가. 그녀로부터 10마일이나 떨어져, 통제할 수 없는 말을 마차 앞에 매어 놓은 채? 어떻게 해서인지 지금은 마구를 헐겁게 만들어, 어떻게 해서인지는 모르겠지만, 창문을 바깥 쪽에서부터 열어젖힌 그 말들을? 창문마다 하나씩 대가리를 들이밀고 말들은 식구들이 소리쳐도 끄떡없이 환자를 지켜보고 있다. "곧 돌아가야지." 하고, 나는 말들이 떠나라고 권하기나 하는 듯이 생각했으나, 내가 후텁지근함에 질려 있다고 믿은 누이가 내 털외투를 벗기는 것을 그냥 내버려 두었다. 럼주도 한 잔 나오고 늙은 아버지가 내 어깨를 두드린다, 자식을 내맡겼으니 이런 허물없는 태도가 괜찮은 것. 나는 머리를 흔든다, 노인의 소견이 좁은 것이 역겨워지려 하는 것 같다, 오직 그 이유에서 나는 마시기를 거절한다. 어머니가 침대 곁에서 나를 그리로 오라고 하고 나는 다가가, 말 한 마리가 방천장을 향해 커다랗게 힝힝거리고 있는 사이, 머리를 소년의 가슴에 댔고, 내 젖은 수염 때문에 소년은 몸을 떤다. 짐작했던 대로다. 소년은 건강한 것이다, 혈색이 약간 나쁘고 걱정하는 어머니가 커피를 흠뻑 먹여 놓았을 뿐, 건강하고, 그저 발길로 뻥 차 침대 밖으로 몰아내는 것이 상책일 것이다. 하지만 내가 세계를 개선하는 사람이 아닌 바에야 누워 있게 내버려 두자. 나는 구역(區域)에 고용되어 있는데, 이건 너무하다 싶은 지경까지 나의 의무를 수행하고 있다. 봉급은 적은데도 나는 가난한 사람들에게는 인색하지 않고 그들을 도와줄 준비가 되어 있다. 로자부터 돌보아야 하고 그다음에야 소년이 권리가 있을 터이며 나 역시 죽고 싶다. 여기 이 끝없는 겨울에 내가 무엇을 하겠는가! 내 말은 죽었고 내게 자기 말을 빌려줄 사람은 마을에 없다. 돼지 우리에서 마차에 맬 마소를 끌어내야만 한다, 만일 그것이 우연히도 말이 아니었다면 나는 암퇘지를 타고 달려와야 했을 테지. 일이 그렇다. 나는 식구들을 향해 고개를 끄덕였다. 그들은 그 사정이야 모른다, 설령 그들이 사정을 알았더라도 믿지 않을 것이다. 처방전을 쓰기는 쉬우나 사람들과 의사소통을 하기는 어렵다. 자, 그럼 여기서 내 왕진은 끝난 것 같다, 사람들이 또다시 내게 헛수고를 시킨 것이고, 그런데에 나는 익숙해져 있다, 야간 비상종 덕분으로 관할 구역 전체가 나를 고문한다, 그러나 이번에는 내가 로자까지 내주었으니, 그 어여쁜 소녀는 여러 해, 나의 주목을 받지 않았으나, 내 집에서 살아왔는데 — 이 희생은 너무 크다, 하니 나는 이 일을, 아무리 선의를 가져 봐야 내게 로자를 돌려줄 수는 없는 이 가족에 매달려 애쓰지 않으려면, 자구책으로 꼬치꼬치 따져 머릿속에서 어떻게든 정리해야만 한다. 그러니 내가 왕진 가방을 닫고 털외투를 달라고 눈짓할 때 손에 든 럼주 잔을 킁킁거리는 아버지, 분명 내게 실망해서 — 그렇다 도대체 이 백성들은 무엇을 기대하는가? — 눈물을 머금고 입술을 깨무는 어머니, 피가 많이 묻은 손수건을 흔드는 누이, 온 가족이 함께 모여 서 있는데 나는 어떻게 해서인지 사정에 따라서는 소년이 어쩌면 아프다고 인정할 태세를 하고 있었다. 내가 소년에게 다가가자 소년은 내가 금방 기운

날 수프라도 갖다주는 양 나를 향해 미소 짓는다. — 아, 이제 말 두 마리가 히힝거리는구나, 그 소음이, 높은 데서 나니, 아마도 진단을 쉽게 해 주나 보다. — 그리하여 나는 이제 발견한다. 소년은 정말로 아프다. 그의 오른쪽 옆구리, 허리께에 손바닥만 한 크기의 상처가 벌어져 있었다. 상처는 여러 가지 농담(濃淡)의 장밋빛, 깊은 곳은 진하고 가장자리께로 올수록 옅어지며 고르지 않게 모인 피로 연하게 오톨도톨한 것이 파헤친 광산처럼 열려 있었다. 멀리서 보니 그랬다. 가까이에서 들여다보니 상태가 더 심했다. 누가 그것을 나직이 으흑 소리를 토하지 않고 들여다보겠는가? 굵기와 길이가 내 작은 손가락만 한 벌레들이 본디 색깔에다가 피까지 뿌려져 분홍색으로, 상처의 안쪽에 들러붙은 채 조그만 흰 머리와 수많은 작은 발들로 빛 있는 쪽으로 꿈틀거리고 있었다. 불쌍한 아이야, 너를 도울 길은 없구나. 나는 너의 큰 상처를 찾아냈다, 네 옆구리의 이 꽃으로 말미암아 너는 죽을 것이다. 가족은 행복하다, 내가 일하고 있는 것을 보는 것이다, 누이가 어머니에게 내가 일하고 있다고 이야기하고, 어머니는 아버지에게, 아버지는, 발꿈치를 든 채 펼친 두 팔로 중심을 잡으며 열린 문의 달빛을 지나 들어오는, 몇몇 손님들에게 이야기한다. "저를 구해 주시겠지요?" 소년이 훌쩍이며 속삭였다, 자기 상처 속에 있는 생명체에 완전히 압도되어. 내 사는 곳 사람들은 이렇다니까. 언제나 불가능한 일을 의사한테 요구하지. 오랜 신앙을 그들이 잃어버렸고 신부는 집에 들어앉아 미사복이나 하나씩 가닥가닥 풀어 뜯고 있는데, 의사더러는 모름지기 섬세한 외과의의 손으로 모든 것을 해내라는 것이다. 자, 그럼 좋으실 대로. 내 쪽에서 나선 것이 아닌 바에야, 너희가 나를 성스러운 목적에 쓴다면, 나도 되는대로 내버려 두겠다, 무슨 더 나은 것을 내가 바라겠는가, 하녀를 강탈당한 늙은 시골 공의(公醫)가! 그러자 식구들과 촌로들이 와서 내 옷을 벗긴다, 선두에 선생이 선 학교 합창대가 집 앞에 서서 이런 가사의 극도로 단순한 멜로디를 노래한다.

그의 옷을 벗겨라. 그러면 그가 치료하리라.
그러고도 치료하지 않거든, 그를 죽여라!
그건 그냥 의사, 그건 그냥 의사.

그러고 나서 나는 옷을 벗기었고 수염 속에 손가락을 넣고 숙인 머리로 사람들을 응시한다. 나는 어디까지나 침착하고 그들 모두보다 우월하고 앞으로도 그럴 것이다, 그러함에도 불구하고 그러한 사실이 아무런 도움이 되지 않는다, 이제 그들이 내 머리와 두 발을 잡아 나를 침대 속에 들여다 놓았으니 말이다. 담벼락에다, 상처 옆에다 그들은 나를 내려놓는다. 그런 다음 모두 방을 나가고, 문이 닫히고, 노래가 잠잠해진다, 구름이 달을 가린다, 침구가 따뜻하게 나를 감싸고 있고, 창구멍 안에는 말 대가리들이 그림자처럼 흔들리고 있다. "아세요," 내 귀에 대고 하는 말이 들린다. "저는 선생님을 별로 안 믿어요. 선생님도 그냥 어디엔가 떨구어졌을 뿐이지, 선생님 발로 오신 게 아니잖아요? 도와주시기는커녕 죽어 가는 제 잠자리만 좁히시는군요. 선생님 눈이나 후벼 파냈으면 제일 좋겠어요." "옳다." 내가 말한다. "이건 치욕이다. 그런데 나는 의사야. 내가 무엇을 해야겠니? 믿어 다오, 이건 나한테도 쉬운 일은 아니라는 걸 말이다." "저더러 그 따위 변명으로 만족하라고요? 아, 그래야 하겠지요. 언제나 나는 만족해야 하지요. 아름다운 상처를 가지고 나는 세상에 왔지요, 그것이 내가 갖추어 온 모든 장비였지요." "젊은 친구, 자네의 결점은 전체를 보는 조망(眺望)을 갖지 못했다는 점이야. 이미, 두루, 온갖 병실에 있어 본 내가 자네에게 말하는데, 자네 상처는 그다지 나쁘지 않아. 쇠스랑을 두 번 예각으로 쳐서 난 것일 뿐이지. 많은 사람들이 옆구리를 드러내 놓고도 이미 숲에서 나고 있는 쇠스랑 소리도 거의 듣질 못하지. 쇠스랑이 자기에게 다가오는 소리는커녕." "정말 그런가요, 아니면 열에 들뜬 저를 속이시나요?" "정말 그렇다. 공직을 가진 의사가 명예를 걸고 하는 말을 들어 둬." 그리하여 그 소년은 그 말을 받아들이고 잠잠해졌다. 그러나 이제는 나의 구원을 생각할 시간이었다. 아직도 말들은 충실하게 자기들 자리에 서 있다. 나는 옷과 털외투 그리고 가방을 주섬주섬 뭉쳐 들었다, 옷을 입느라고 지체할 생각이 없었던 것이다. 말들이 올 때처럼 서둘러 준다면 나는 말하자면 이 침대에서 내 침대 안으로 뛰어들다시피 할 것이다. 얌전히 말 한 마리가 창에서 물러섰다. 나는 옷 뭉치를 마차 안에 던졌는데, 털외투가 너무 멀리 날아가 소매 하나만 갈고리에 걸렸다. 그만하면 됐다. 나는 날 듯이 말 위에 올랐다. 가죽끈들을 느슨하게 질질 끌며, 말 두 필을 서로 제대로 잡아매지도 못한 채, 마차는 갈피를 못 잡고 이끌려 오고, 맨 끝에는 털외투가 눈 속에서 펄럭였다. "이랴!" 했으나 이랴! 한 대로 가지는 않았다. 늙은이들처럼 천천히 우리는 황량한 눈 속을 갔다, 오래도록 우리 등 뒤에서는 아이들의 새로운, 그러나 어딘가 잘못된 노래가 울렸다.

기뻐하라, 환자들아, 의사를 너희 침대 속에 눕혀 놓았다.

절대로 이런 식으로 집에 돌아가지는 않겠다. 나의 번창하는 의사 생활은 망했다, 후임자가 내 자리를 넘본다, 그러나 소용없는 짓, 그가 나를 대신하지는 못하니까 말이다, 내 집 안에서는 구역질 나는 마부가 날뛰고, 로자는 그의 제물이다, 그건 생각하고 싶지 않다. 벌거벗은 채, 이 불운은 극한 시대의 혹한에 맨몸으로 내던져져, 지상(地上)의 마차에다 지상의 것이 아닌 말들로, 늙은 나는 나를 이리저리 내몰고 있구나. 내 털외투가 마차 뒤에 걸려 있다, 하지만 내 손은 거기까지 닿지 않고 변덕스러운 환자 주위의 불한당들 중 어느 누구도 손가락 하나 까딱하지 않는다. 속았구나! 속았어! 한번 야간 비상종의 잘못된 울림을 따랐던 것 — 그것은 결코 보상받을 수가 없구나.

2부

"실로 다행스러운 것은 이야말로
다시없는 정말 굉장한 여행이란 것이다."

—「돌연한 출발」

옆 마을

우리 할아버지께서는 늘 이렇게 말씀하셨다.

인생이란 놀랍게도 짧구나. 지금 돌이켜 생각해 보니 이렇게 한마디로 말할 수 있겠는걸. 예를 들자면 한 젊은 이가 — 우연히 맞닥뜨린 횡액이야 제쳐 놓더라도 — 별 탈 없이 흘러가는 평범한 나날조차도 그런 나들이를 하기에는 턱없이 모자란다는 점을 두려워하지 않고서 어떻게 옆 마을로 말을 타고 나설 작정을 할 수 있는지, 나는 이해하기 힘들다는 것으로 말이다.

돌연한 출발

나는 내 말〔馬〕을 마구간에서 끌어내 오라고 명했다. 하인이 내 말을 알아듣지 못했다. 나는 몸소 마구간으로 들어가 말에 안장을 얹고 올라탔다. 먼 데서 트럼펫 소리가 들려오기에 나는 하인에게 무슨 일이냐고 물었다. 그는 영문을 몰랐다. 그 소리조차 듣지 못했던 것이다. 대문에서 그가 나를 가로막으며 물었다 "어딜 가시나이까? 주인 나리." "모른다." 내가 대답했다. "그냥 여기를 떠난다. 그냥 여기를 떠난다. 그냥 여기를 떠나 내처 간다, 그래야만 나의 목적지에 다다를 수 있노라." "그렇다면 나리의 목적지를 알고 계시는 거지요?" 그가 물었다. "그렇다." 내가 대답했다. "내가 '여기를 떠난다.'라고 했으렷다. 그것이 나의 목적지이니라." "나리께서는 양식도 준비하지 않으셨는데요." 그가 말했다. "나에게는 그따위 것은 필요 없다." 내가 말했다. "여행이 워낙 길 터이니 도중에 무얼 얻지 못한다면, 나는 필경 굶어 죽고 말 것이다. 양식을 마련해 가 봐야 양식이 내 몸을 구하지는 못하지. 실로 다행스러운 것은 이야말로 다시없는 정말 굉장한 여행이란 것이다."

인디언이 되려는 소망

인디언이 되었으면! 질주하는 말 등에 잽싸게 올라타, 비스듬히 공기를 가르며, 진동하는 대지 위에서 거듭거듭 짧게 전율해 봤으면, 마침내 박차를 내던질 때까지, 실은 박차가 없었으니까, 끝내 고삐를 집어 던질 때까지, 실은 고삐가 없었으니까, 그리하여 눈앞에 보이는 땅이라고는 매끈하게 풀이 깎인 광야뿐일 때까지, 이미 말 모가지도 말 대가리도 없이.

집으로 가는 길

폭풍우가 지나간 후 대기의 설득력을 보시라! 내가 이루어 놓은 온갖 일들이 모습을 드러내며 나를 압도한다, 아무리 맞서 보아도.

나는 씩씩하게 걸어가고, 씩씩하게 걸어가는 나의 속도는 이 길섶, 이 길, 이 구역의 속도다. 나는 마땅히, 문 두드리는 모든 소리들, 식탁 판을 두드리는 모든 소리들, 모든 축배의 말들, 침대 혹은 짓고 있는 건물의 뼈대 속에 누운 연인들, 어두운 골목 담벼락에 바싹 붙어 선, 그리고 홍등가의 소파에 몸을 묻고 앉은 연인들에 대해 책임이 있다.

나는 미래에 견주어 나의 과거를 평가해 보나, 둘 다 탁월해서 그중 어느 것이 더 낫다고 할 수 없고 나를 이토록 총애하는 섭리의 부당함이나 탓할 수밖에 없다.

다만 나의 방으로 들어설 때면 생각에 좀 잠기게 된다. 그렇다고 층계를 올라가는 동안에 무언가 골똘히 생각해 볼 거리를 발견한 것도 아니다. 창문을 활짝 열어젖혀

도, 어느 정원에서인가 아직도 음악이 연주되고 있어도
내게는 별 도움이 되질 않는다.

귀가

내가 집으로 돌아왔다. 벌판을 가로질러 와 주위를 둘러본다. 내 아버지의 해묵은 뜨락이다. 한가운데 작은 웅덩이. 쓸모없는 낡은 기구 등의 잡동사니가 나뒹굴어 다락방 올라가는 계단으로 난 길을 바꾸어 놓고 있다. 고양이가 난간 위에 도사리고 있다. 언제던가 노느라고 막대기에 매어 놓은 찢어진 수건 하나가 바람결에 펄럭이고 있다. 내가 돌아왔다. 누가 나를 맞아 줄 것인가? 누가 부엌문 뒤에서 기다리는가? 굴뚝에서는 연기가 피어오르고, 저녁 식사 때 마실 커피가 끓고 있다. 그대는 아늑한가, 집에 있는 듯한 느낌인가? 모르겠다. 아주 애매하다. 내 아버지의 집이기는 하지만 물건 하나하나가 그 나름의 용무에 골몰하기라도 하듯 냉랭하게 서 있다. 그들의 용무를 나는 더러는 잊었고 더러는 알았던 적이 없다. 내가 그것들에 무슨 소용이 닿겠는가. 내가 그것들에 무엇이겠는가. 내 비록 아버지의, 늙은 농부의 아들이라 해도 말이다. 나는 부엌문을 두드릴 엄두도 못 내고 그저 멀리서 귀 기울이고 있다, 그저 멀리서 선 채로 귀 기울이고 있다, 귀 기울이되 누구에게 들키기라도 하면 깜짝 놀랄 그런 형세는 아니다. 멀리서 귀 기울이고 있는 까닭에 나는 아무 소리도 듣지 못한다, 오직 가벼운 괘종시계 소리 한 가닥만 들린다, 아니 어쩌면 그저 듣는다고 믿는다, 저 유년의 나날에서 들려오는 시계 소리를. 그 밖에 부엌에서 일어나는 일은 그들이 내게 감추는, 거기 앉아 있는 사람들의 비밀이다. 문 앞에서 오래 망설이면 망설일수록 그만큼 더 서먹해지는 법. 지금 누군가가 문을 열고 나한테 무얼 묻기라도 한다면 어떨까. 그렇다면 나 역시도 자기 비밀을 감추려는 사람 같지나 않을까.

승객

나는 전차의 입구 쪽 입석에 서 있다. 이 세계, 이 도시, 나의 가족 안에서 나의 위치를 헤아려 보니 여지없이 불확실하기만 하다. 그 어느 방향에서든 내가 이러이러한 권리를 마땅히 내세울 수도 있을 거라고는 나는 지나가는 말로라도 할 수가 없을 것이다. 나는 내가 이 입구 쪽 입석에 서서 가죽 손잡이에 매달려 이 전차로 하여금 나를 실어 가게 하고 있다는 사실, 사람들이 전차에서 비켜서거나 말없이 지나치거나 쇼윈도 앞에 멈추어 서 있다는 사실조차도 확신할 수가 없다. — 하기야 누가 나더러 그러라고 하지도 않는다, 그러나 그 또한 아무래도 상관없는 일이다.

전차가 어느 정류장에 가까워지자 한 처녀가 발판에 다가서며 내릴 채비를 한다. 그녀는 내가 그녀를 더듬어 보기라도 한 듯이 분명하게 보인다. 검은 옷을 입었는데 치마 주름은 미동도 하지 않고 블라우스는 꽉 끼이며 촘촘히 짠 흰 레이스 깃이 달렸고, 왼손은 펴서 벽을 짚고,

오른손에 든 우산 끝은 위에서 두 번째 발판에 닿아 있다. 그녀의 얼굴은 갈색이고 양 끝이 살짝 눌린 코는 둥글넓적하게 마무리지어져 있다. 머리는 숱이 많은 갈색에다, 오른쪽 관자놀이에는 귀밑머리가 나부끼고 있다. 그녀의 작은 귀가 납작하게 붙어 있는데도, 내가 가까이 서 있기 때문에, 오른쪽 귓바퀴의 뒷면 모두와 귀뿌리 언저리의 그늘이 보인다.

그때 나는 자문했다. 어떻게 이런 일이 있는가, 그녀가 스스로에 대해 의아해하지 않으며, 입을 굳게 다물고 그 비슷한 말도 하지 않는 일이?

골목길로 난 창

쓸쓸하게 살고 있으면서도 여기저기 그 어디든 끼어 보고 싶어 하는 사람, 하루의 시간이나 날씨, 직장 사정의 변화 따위를 생각하다 보면 그만 그 어느 것이든, 매달릴 수 있을 팔이 보고 싶기만 한 이 — 그는 골목으로 난 창 없이는 오랫동안 그렇게 지내지 못할 것이다. 그리고 그의 상황이, 전혀 그가 무얼 찾는 게 아니라 다만 눈이 세상과 하늘 사이를 오르내리는 피곤한 사람으로 창벽에 다가서는 것이라면, 그가 별 뜻 없이 머리를 약간 뒤로 젖혀도 저 아래 있는 말〔馬〕들이 그의 마음을 사로잡는다. 말에 딸린 마차와 소음 그리고 그런 것들로써 드디어 인간적인 융화에로 잡아끄는 것이다.

회랑 관람석에서

만일 어느 곡마단의 폐결핵을 앓는 허약한 여자 곡마사(曲馬師)가 흔들리는 말 위에 앉은 채 지칠 줄 모르는 끈질긴 관중 앞에서 채찍을 휘두르는 인정사정없는 단장에 의해 몇 달이고 쉼 없이 빙빙 사방으로 내몰려, 휙휙 말을 타고 지나며, 키스를 던지며, 가는 허리로 몸을 가누고 있다면, 그리고 만일 잠시도 그치지 않는 악대와 환풍기의 소음 속에서 이 곡예가, 잦아들다가는 새롭게 솟구치곤 하는, 기실은 피스톤인 손들의 갈채에 이끌려, 점점 더 크게 열려 오는 잿빛 미래로 이어진다면 — 그렇다면 아마도 회랑 관람석에 앉았던 젊은 관객 하나가 온갖 등급의 좌석을 모조리 지나가는 긴 계단을 달려 내려와 공연장 안으로 뛰어들어 그만! 하고 외칠 것이다. 늘 분위기에 구색 갖추게 마련인 악단의 팡파르를 꿰뚫고.

그러나 사실이 그렇지 않기 때문에, 예복 입은 당당한 사람들이 그녀 앞에서 개막하는 휘장 사이로 붉고 희게 치장한 아리따운 여인이 나부끼듯 들어오고, 단장은 백

골난망인 양 그녀의 눈길을 놓치지 않고 짐승들을 어르며 숨결을 그녀에게 맞추고, 조심스럽게 그녀를 잿빛 점박이 백마 위에 들어 올리며, 아슬아슬한 말타기에 나서는 그녀가 눈에 넣어도 안 아플 손녀딸이나 되는 양, 채찍질로 신호할 결심을 차마 못 하다, 마침내는 스스로를 추슬러 요란한 신호를 보내고는, 말 곁에서 입을 벌린 채 따라 달리며, 여자 곡마사의 도약을 일일이 날카로운 눈초리로 추적하며, 그녀의 말 다루는 솜씨에는 아랑곳하지 않고 영어로 경고를 하려 안간힘을 다하며, 타 넘고 지나갈 바퀴를 든 마동(馬童)들에게는 노기등등해서 정신 바짝 차리라고 외쳐 대며, 죽음의 대공중도약을 하기 직전에는 두 손을 치켜들어 악대로 하여금 연주를 멈추도록 환기시키고, 대단원에 이르러서는 그 작은 여인을 버둥거리는 말에서 들어 올린 후 두 뺨에 입 맞추고 관객이 아무리 경의를 표해도 그쯤은 어림도 없다고 생각하는데, 한편 그녀 자신은 그에게 기대어 발끝으로 아스라하게 서서는 휘날리는 먼지 속에서 두 팔을 벌리고 작은 머리를 뒤로 젖히며 그녀의 성공을 전체 곡마단과 나누고자 한다. — 일인즉슨 이러하므로 회랑 관람석 손님은 얼굴을 난간에 내민 채 마지막 행진 때는 아득한 꿈에 잠겨 자신도 모르는 사이 눈물을 흘리는 것이다.

황제의 전갈

황제가 — 그랬다는 것이다 — 그대에게, 한 개인에게, 비천한 신하, 황제의 태양 앞에서 가장 머나먼 곳으로 피한 보잘것없는 그림자에게, 바로 그런 그대에게 황제가 임종의 자리에서 한 가지 전갈을 보냈다. 황제는 사자(使者)를 침대 곁에 꿇어앉히고 전갈을 그의 귓속에 속삭여 주었는데 그 일이 황제에게는 워낙 중요해서 다시금 자기 귀에다 전갈을 되풀이하게끔 했다. 황제는 머리를 끄덕이며 했던 말에 착오가 없음을 확인했다. 그리고 그의 임종을 지키는 모든 사람 앞에서 — 장애가 되는 벽들을 허물고, 넓고도 높은 만곡형 노천 계단 위엔 제국의 강자들이 서열별로 서 있다 — 이 모든 사람들 앞에서 황제는 사자를 떠나보냈다.

사자는 즉시 길을 떠났다. 그는 지칠 줄 모르는 강인한 남자로 이리저리 팔을 번갈아 앞으로 뻗쳐 가며 사람의 무리를 헤쳐 길을 텄는데, 제지를 받으면 태양 표지가 있는 가슴을 내보였다. 그는 역시 다른 누구보다 수월하게 앞으로 나아간다. 그러나 사람의 무리는 아주 방대하고 그들의 거주지는 끝나지 않는다. 벌판이 열린다면 그는 날 듯이 달려올 것을, 곧 그대의 문에 그의 두 주먹이 두드려 대는 멋진 울림이 들릴 것을. 그러나 그는 그러는 대신 속절없이 애만 쓰고 있다. 아직도 그는 가장 깊은 내궁(內宮)의 방들을 힘겹게 지나고 있는데, 결코 그 방들에서 벗어나지 못할 테고, 설령 그 방들을 벗어난다 해도 아무런 득이 없을 것이니, 계단을 내려가기 위해 그는 또 싸워야 할 터다. 설령 싸움에 이긴다 해도 아무런 득이 없을 테니, 뜰을 지나야 할 것이고, 뜰을 지나면 그것을 빙 둘러싼 또 다른 궁전이 있고, 다시금 계단들, 궁전들이 있고, 또다시 궁전이 있고 계속 수천 년을 지나 드디어 가장 바깥쪽 문을 뛰쳐나온다면 — 그러나 결코, 결코 그런 일은 일어날 수 없다 — 비로소 세계의 중심, 그 침전물이 높다랗게 퇴적된 왕도(王都)가 그의 눈앞에 펼쳐질 것이다. 그 어떤 자도 이곳을 통과하지 못한다. 심지어 고인의 전갈을 가지고 있더라도 말이다. — 그런데도 그대는 그대의 창가에 앉아 저녁이 오면 그 전갈을 꿈꾼다.

가장의 근심

어떤 사람들은 오드라덱이란 말의 어원이 러시아어라고 하며 그것을 바탕으로 해서 이 말의 형성을 증명하고자 한다. 또 다른 사람들은 그 어원은 독일어인데 러시아어의 영향을 받았을 뿐이라는 의견이다. 그러나 이 두 가지 해석의 애매함으로 미루어 보아 그 어느 것도 맞지 않으며 특히 그 어느 해석으로도 이 말의 의미를 찾을 수 없다는 것이 옳은 추론인 듯하다.

물론 오드라덱이라고 불리는 존재가 실제로 없다면, 그 누구도 그런 연구에 골몰하지는 않을 것이다. 그것은 우선 납작한 별 모양의 실패처럼 보이며 실제로도 노끈과 연관이 있어 보인다. 노끈이라면야 틀림없이 끊어지고 낡고 가닥가닥 잡아맨 것이겠지만 그 종류와 색깔이 지극히 다양한, 한데 얽힌 노끈들일 것이다. 그런데 그것은 실패일 뿐만 아니라 별 모양 한가운데에 조그만 수평봉(棒)이 하나 튀어나와 있고 이 작은 봉에서 오른쪽으로 꺾어져 다시 봉이 한 개 붙어 있다. 한편은 이 후자의 봉에 기대고 다른 한편은 별 모양 봉의 뾰족한 한 끝에 의지되어 전체 모양은 두 발로 서기나 한 듯 곧추서 있을 수가 있다.

이 형상이 이전에는 어떤 쓰임새 있는 모양을 하고 있었는데 지금은 그냥 깨어진 것이라고 믿고 싶은 유혹을 받을 수도 있으리라. 그렇지만 이것은 그런 경우는 아닌 것 같다. 적어도 그런 낌새는 없으니 그 어디에도 뭔가 그런 것을 암시하는 다른 부분이 이루어지는 곳이나 부러져 나간 곳이 없고 전체 모양은 비록 뜻 없어 보이기는 하지만 그래도 그 나름으로 마무리되어 있는 것처럼 보인다. 아무튼 그것에 대해서 보다 상세한 것은 말로 표현할 수 없다. 오드라덱이 쏜살같이 움직이고 있어 잡히지 않기 때문이다.

오드라덱은 번갈아 가며 다락이나 계단, 복도 마루에 잠깐씩 머무른다. 이따금씩 몇 달이고 보이지 않다가, 그럴 때는 아마 다른 집들로 옮겨 가 버린 모양이지만, 그래도 그런 다음에는 틀림없이 우리 집으로 되돌아온다. 간혹 문을 나서다 오드라덱이 마침 계단 난간에 기대서 있는 것을 보면 말을 걸고 싶어진다. 물론 그에게 어려운 질문을 할 수는 없고, 그를 — 워낙 작은 생김새부터가 그렇게 하게끔 유혹한다 — 어린아이처럼 다룬다. "너 대체 이름이 뭐냐?" 하고 묻는다. 그가 "오드라덱이에요." 한다. "그럼 어디에 사니?" "아무 데나요." 하면서 그가 웃는데 그것은 폐(肺)가 없이 웃는 듯한 웃음일 뿐이다. 그것은 마치 낙엽들* 속에서 나는 서걱임처럼 울린다. 그것으로 대화는 대개 끝난다. 아무튼 이런 대답들조차 늘 들을 수는 없으니 그는 대개 오랫동안 아무 말도 하지 않는다. 나무토막처럼, 그가 바로 그것인 듯 보이는 나무토막처럼.

쓸데없이 나는 그가 어떻게 될 것인가 자문한다. 대관절 그가 죽을 수 있는 걸까? 죽는 것은 모두가 그전에 일종의 목표를, 일종의 행위를 가지며, 거기에 부대껴 마모되는 법이거늘 이것은 오드라덱의 경우에는 해당되지 않는다. 그렇다면 훗날 내 아이들과 내 아이들의 아이들의 발 앞에서도 그는 여전히 노끈을 끌며 계단을 굴러 내려갈 것이란 말인가? 그는 명백히 그 누구에게도 해를 끼치지 않는다. 그러나 내가 죽은 후까지도 그가 살아 있으리라는 상상이 나에게는 거의 고통스러운 것이다.

* '떨어진 종이'라고도 번역된다.

선고

—펠리체 B.를 위하여

절정을 이룬 봄 어느 일요일 오전이었다. 젊은 사업가 게오르크 벤데만은 강물을 따라 길게 늘어선, 단순하게 지어 놓아 높이와 빛깔에 의해서만 겨우 구별할 수 있는 야트막한 집들 가운데 한 채의 2층에 위치한 자기 방에 앉아 있었다. 그는 외국에 나가 있는 어린 시절의 친한 친구에게 보내는 편지를 막 끝내고 나서 장난하듯 천천히 봉하고는 팔꿈치를 책상에 괸 채로, 창 너머 강물이며 다리 그리고 연한 녹색을 띤 강 건너편 언덕을 바라보았다.

이 친구가 집에서 지내는 데에 만족하지 못해서 여러 해 전에 이미 러시아로, 그야말로 도피를 한 사실에 대해 곰곰이 생각해 보았다. 지금 그는 페테르부르크에서 사업을 하고 있는데 그 친구가 어쩌다 뜸하게 고향을 찾아와서 탄식하는 바로는, 처음 시작은 아주 잘되었으나 벌써 오래전부터 침체된 듯싶었다. 그렇게 그는 낯선 곳에서 소득도 없이 지치도록 일하다 보니, 외국풍의 터부룩

한 수염도 어린 시절부터 익히 아는 그 누런 색깔의 병색을 나타내는 듯한 얼굴을 제대로 가려 주지는 못했다. 그가 이야기하는 바로는 그곳에 사는 동향인 거류민과는 별로 연락하지 않았고, 또한 그 고장 사람의 가정들과도 거의 사교적인 교류를 하지 않았으며, 결국 그렇게 결정이 나 버린 총각 생활을 그 나름대로 해 오고 있었다.

그런 사람, 명백히 궤도에서 벗어나 버렸고, 딱하기는 해도 도울 수 없는 사람에게 무슨 말을 쓴단 말인가. 어쩌면 그에게 다시 집으로 돌아와 그 자신의 생활 터전을 이리로 옮겨 옛날의 친구 관계를 다시 — 장애가 있는 것도 아니니 — 회복하여 어쨌든 친구들의 도움에 매달려 보라고 권해야 할 것인가. 그러나 그렇게 한다면 그것은 그를 좀 더 아껴 주는 처사이기는 하지만 동시에 그만큼 그를 더 모욕하며, 그의 지금까지의 시도들이 실패했으니 이제는 다 집어치우고 돌아와 어디까지나 되돌아온 자로서 모든 사람들의 놀란 눈총을 받아야 마땅하다고 말하는 것이리라. 그뿐 아니라 친구들만은 대략 이해하고 있으니 그에게 집에 머물러 있으면서 성공한 친구들이 하라는 대로 그저 따라야 하는 늙은 어린아이에 불과하다고 말해 주는 것과 다를 바 없다. 그렇게 되었을 때 아마 사람들이 그에게 가할 게 틀림없는 모든 고통에 과연 무슨 의미가 있으리라고 확신할 수 있을까? 어쩌면 그를 집으로 데려오는 일은 결코 이루어지지 않을 것이고 — 그 자신이 고향 사정을 이제는 통 모르겠노라고 말했다. — 그런 만큼 그는 아무리 사정이 나빠도 충고의 말들에 기분이 상해서 친구들과는 한 치 더 멀어진 채로 그 타향에 머물러 있을지도 모른다. 그러나 그가 정말로 충고에 따라 여기에 — 물론 의도로써가 아니라 사정에 의해 — 주저앉는다면 친구들 속에서도 그리고 친구들이 없어도 어찌할 바를 모를 테고, 수치에 시달릴 것이며, 그때 가서는 정말이지 고향도 친구도 없어져 버릴 테니 그를 위해서는 그대로 타향에 머물러 있는 편이 낫지 않을까. 어떻게 그런 상황에서 여기로 와 있는다고 그의 형편이 실제로 좀 나아지리라 생각할 수 있을까?

이러한 이유들 때문에, 비록 편지 왕래나마 제대로 유지하고 싶었지만, 아주 먼 관계의 사람에게도 스스럼없이 할 수 있을 그런 바른말을 그에게는 할 수가 없었다. 친구는 벌써 삼 년 이상을 고향에 들르지 않았고 그 까닭을 매우 궁색하게도 러시아의 불안정한 정치적 상황으로 설명했는데, 그의 말에 따르면 소규모의 실업인이 잠깐 출국하는 것조차 허락되지 않는다고 한다. 다른 한편으로는 러시아인 수십만 명이 유유히 세계를 돌아다니고 있는데도 말이다. 그러나 이삼 년이 지나는 동안 바로 게오르크에게도 많은 것이 달라졌다. 두 해쯤 전에 있었던 어머니의 죽음, 그 이래로 게오르크가 늙은 아버지와 함께 산다는 이야기를 그 친구도 전해 들은 듯 한번은 편지에서 건조하게 조의를 표했다. 건조했던 이유는 오로지 그런 사건에 대한 슬픔을 객지에서는 도저히 상상할 수 없었다는 데 있었을 터다. 그런데 게오르크는 그 무렵부터 다른 모든 사람들과 마찬가지로 사업에도 대단한 결심으로 달려들었다. 아마도 아버지는 어머니가 살아 계셨을 때엔 사업에 있어서 자신의 견해만 관철시키려 함으로써 게오르크가 진정 독자적으로 행동하는 것을 방해했던 듯싶고, 어쩌면 아버지는 어머니가 돌아가신 후에도 여전히 사업에 간여했으나 보다 소극적으로 그러했고, 어쩌면 행운이 — 그럴 공산이 매우 크기까지 하다 — 보다 중요한 역할을 했다고 보아야 할 것이다. 어쨌든 가게는 이 이 년 동안 아주 예상 밖으로 발전해서 종업원을 두 배로 늘려야 했고, 매상은 다섯 배로 늘어났다. 앞으로도 의심의 여지 없이 더 나아질 것이다.

그러나 친구는 이러한 변화를 꿈에도 몰랐다. 전에 마지막으로, 아마도 저 조의를 표한 편지에서 그는 러시아로 이민해 오라고 게오르크를 설득하려 했었고 페테르부르크에 게오르크의 사업 지부를 낼 경우의 전망을 소상히 적어 보냈다. 그 수치들은 게오르크의 현재 사업 규모에 비하면 보잘것없었다. 그러나 게오르크는 친구에게 자기 사업의 성공에 대해 쓸 기분이 아니었고, 지금 와서 뒤늦게 그런다면 정말이지 이상해 보이리라.

그래서 게오르크는 친구에게 언제나 별 뜻 없는 사건들에 대해서나 써 보내는 데 그쳤다, 한가한 어느 일요일, 곰곰이 생각해 보면 기억 속에 두서없이 쌓인 듯한 것들 말이다. 다름 아니라, 그는 친구가 그 긴 시간 동안

고향에 대해 가졌을지도 모르는, 일단 그것만으로 만족하고 있을 심상을 흐리게 하지 않고 놔두고 싶었을 따름이었다. 그러다 보니 게오르크는 자기와 별 무관한 사람이, 역시 그만큼 별 무관한 처녀와 약혼했다는 사실을 상당히 띄엄띄엄 써 보낸 편지를 통해 친구에게 세 번씩이나 알려 주었고, 그러자 드디어 친구가 게오르크의 의도와는 정반대로 이 기이한 사건에 흥미를 갖게 되었던 적도 있었다.

그 자신이 한 달 전에 유복한 가정의 아가씨 프리다 브란덴펠트와 약혼했다는 이야기보다, 게오르크가 친구에게 훨씬 즐겨 쓴 내용은, 오히려 그런 시답잖은 일들이었던 것이다. 그는 자주 약혼녀에게 이 친구에 관해 그리고 자기가 그자와 맺고 있는 특별한 문통(文通)에 대해 이야기를 했다. "그럼 그분은 우리 결혼식에는 오지 않겠군요." 그녀가 말했다. "그래도 내겐 당신 친구 모두를 알고 지낼 권리가 있는데요." "그에게 심적 부담을 주고 싶지는 않아." 게오르크가 대답했다. "나를 바로 이해해 줘요. 아마 그는 오게 될 거요. 적어도 나는 그렇게 믿어. 그러나 그는 강요받으면 상처 입은 듯이 느끼고, 어쩌면 나를 부러워할 거요. 서운하고 초라하게 느껴져서, 그 서운함을 털어 버리기 위해, 혼자 되돌아갈 거요. 혼자 — 그게 무슨 뜻인지 당신은 알겠소?" "네. 그럼 그 사람이 다른 방법으로 우리 결혼을 알게 될 리는 없나요?" "그렇게 된다면야 막을 수는 없지. 그러나 그 친구가 사는 방식으로 봐서 그런 일은 생기기 어렵지." "게오르크, 당신 친구들이 그렇다면 도대체 약혼 같은 건 하지 말 걸 그랬나 봐요." "그래요. 그건 우리 둘이 책임질 일이오. — 그러나 나는 지금도 사정이 달라졌으면 하고 바라는 생각 따위는 없소." 그러고 나서 그녀가 그의 입맞춤 속에 숨을 가쁘게 쉬면서도 또 "사실은 마음이 상했단 말이에요."라고 말하니, 그는 친구에게 모든 것을 알리는 일이 정말로 무해하게 여겨졌다. "나라는 위인이 그렇고, 그도 나를 그렇거니 하고 있다."라고 그는 스스로에게 말한다. "그와의 우정을 유지하는 데 혹시 더 나을까 해서 있는 그대로의 나보다 더 적합한 어떤 인간을 내게서 재단해 낼 수는 없지."

그리하여 실제로 그는 자기 친구에게, 자신이 이번 일요일 오전에 쓴 긴 편지를 통해 약혼이 성사됐다는 내용을 다음과 같은 말로 보고했다. '좋은 새 소식을 마지막까지 아껴 뒀었네. 프리다 브란덴펠트라는 아가씨와 약혼을 했다네. 자네가 떠난 지 훨씬 뒤에야 이곳으로 이주해 왔고 따라서 자네가 거의 알 리 없는 유복한 가정의 규수지. 자네에게 내 약혼녀에 대해 좀 더 자세한 이야기를 들려줄 기회가 또 있을 테지. 내가 아주 행복하다는 것. 우리들 서로의 관계는, 자네가 이제 지극히 평범한 친구 대신에 행복한 친구를 가지게 됐다는 정도로만 다소 달라졌네. 오늘은 이걸로 만족하게. 그 밖에 나의 약혼녀는 자네에게 진심으로 안부를 전하고, 머지않아 한번 자네에게 직접 편지를 쓸 거야. 솔직한 여자 친구를 얻은 셈이지. 총각에게는 아주 무의미한 일은 아니지 않은가. 여러 가지 사정이 있어서 자네가 우리를 한번 보러 오기는 어려울 줄 알지만, 내 결혼식이야말로 온갖 잡다한 일들을 한꺼번에 쓰레기 더미로 내던져 버릴 절호의 기회가 될지도 모르겠네. 그러나 그건 어찌 되었든 간에 이것저것 생각하지 말고, 그냥 자네 좋은 대로 행동하게.'

이 편지를 손에 들고 게오르크는 오래, 창을 바라보면서 책상에 앉아 있었다. 아는 사람 하나가 골목을 지나가다 인사를 했는데도 생각은 딴 데 두고 무심히 웃었을 뿐 제대로 답례도 못 했다.

마침내 그는 편지를 호주머니에 넣고 자기 방을 나와 짧은 복도를 가로질러 벌써 여러 달째 출입하지 않은 아버지의 방으로 갔다. 여느 때엔 굳이 아버지 방으로 들어갈 일이 없었다. 아버지와는 매장에서 끊임없이 마주쳤으니까, 그들 부자는 한 식당에서 같은 시간에 점심을 들었고 저녁은 각자 자기 편한 대로 차려 먹기는 했지만 그런 다음에는, 게오르크가 전에 빈번히 그랬듯 친구들과 어울리거나 요즈음 들어 그러듯 약혼녀를 찾아가는 일이 없을 때면, 각각 자기 신문을 들고 함께 사용하는 거실에 잠시 더 앉아 있고는 했다. 게오르크는 아버지의 방이 이처럼 볕 밝은 오전에조차 얼마나 어두운지를 알고 놀랐다. 어두운 그늘은 좁은 뜰 저편에 솟아 있는 담장이 던지고 있었다. 아버지는 돌아가신 어머니와 관련된 여러 가지 기념품으로 장식된 창가 한구석에 앉아 신문을 눈앞에 비스듬히 대고 읽고 계셨다. 그렇게 해서 침침해진 시력을 상쇄해 보려는 것이었다. 탁자 위에는 아침에 먹다 남은 음식이 놓여 있었는데, 많이 드신 것 같지는 않았다.

"아, 게오르크로구나." 아버지가 얼른 일어나 맞이했다. 아버지의 무거운 가운이 걷는 중에 벌어져, 양 끝이 주위에서 펄럭였다.—'우리 아버지는 여전히 거인이구나.' 게오르크는 속으로 중얼거렸다. 그러고 나서 "여기는 참 견딜 수 없게 어둡군요." 했다.

"그래, 어둡긴 어둡지." 아버지가 대답했다.

"창문도 닫으셨군요."

"그러는 게 더 낫더라."

"바깥은 아주 따뜻해요." 게오르크는 후세인(後世人)이 전 시대 사람에게 말하듯 대꾸하며 앉았다.

아버지는 아침이 담긴 그릇들을 치워 장 위에 놓았다.

"실은 그냥 아버지께 말씀드리려 했어요." 노인의 거동을 아주 멍한 눈초리로 좇으며 게오르크는 계속 말했다. "이제 페테르부르크로 제 약혼을 알렸다고요." 그는 편지를 주머니에서 조금 꺼냈다가 도로 떨어뜨렸다.

"어째서 페테르부르크로?" 아버지가 물었다.

"제 친구가 있거든요." 하며 게오르크는 아버지의 눈길을 찾았다.— 매장에서는 전혀 다르신데, 하고 생각한다. 여기 떡 버티고 앉아 팔짱을 끼신 모습이라니…….

"그래. 네 친구가……." 아버지가 강조해서 말한다.

"아시잖아요, 아버지, 처음에는 그 친구한테 제 약혼을 숨기려 했던 것 아시지요. 신중을 기한 것이지, 다른 이유는 아무것도 없어요. 아버지도 아시지요. 그 친구는 어려운 사람입니다. 혼자서 생각했지요, 다른 데서 제 약혼 얘기를 들을지도 모르겠다고요, 그렇게 외롭게 살고 있으니 거의 그럴 리야 없겠지만요. — 제가 막을 수는 없지요. — 그래도 한번은 저한테서 직접 들어야지요."

"그런데 지금은 또 달리 생각을 해 보았느냐?" 아버지가 물으며 큰 신문을 창문턱에 놓고 그 위에 안경을 둔 다음 손으로 덮었다.

"네, 지금 다시 생각해 보았어요. 그가 저의 좋은 친구라면, 하고 독백을 했었지요, 저의 행복한 약혼이 그에게도 행복이리라고 말입니다. 그래서 더 이상 그 친구한테 알리는 것을 망설이지 않았어요. 그래도 우체통에 편지를 넣기 전에 아버지께 말씀드리려 했어요."

"게오르크." 하며 아버지가 치아 없는 입의 양 끝에 힘을 주었다.

"어디 한번 들어 봐라! 너는 이 일 때문에 나와 상의하려고 내게 왔다. 그것은 의심할 바 없이 너 자신을 명예롭게 하는 일이다. 그러나 그것은 아무것도 아니다, 아니 아무것도 아닌 것보다 더 고약한 일이다, 만일 네가 지금 나에게 진실을 전부 말하지 않는다면 말이다. 여기에 관련되지 않은 것들은 들추어 내지 않겠다. 네 어미가 세상을 떠난 다음부터 무언가 불미스러운 일들이 있었다. 그런 일을 위한 때가 올 거고, 어쩌면 우리가 생각하는 것보다 훨씬 더 빨리 그런 때가 올지도 모르겠다. 사업상으로 많은 것이 나의 손을 떠나갔고, 그게 내게 숨겨지지도 않는 것 같다. — 지금 나한테 숨기는 것이 있다고는 가정(假定)하지도 않겠다만 — 나는 이제 기운이 빠지고, 기억력도 예전 같지 않아, 그 숱한 일들을 다 살펴보지는 못한다. 그것은 첫째 자연의 순리요, 둘째 네 어미의 죽음이 너보다는 나를 훨씬 더 낙담시킨 것이다. — 그러나 우리가 바로 이 문제, 이 편지 문제를 다루고 있으므로 말이다. 부탁이니, 게오르크, 나를 속이지 말아라. 그건 사소한 일이야, 눈곱만큼의 가치도 없어. 그러니 나를 속이지 말아라. 너 정말 페테르부르크에 그런 친구가 있느냐?"

게오르크는 당황해서 일어섰다. "친구 문제는 내버려 두지요. 친구 1000명이 아버지를 대신하지는 못합니다. 제가 무슨 생각을 하는지 아세요? 아버지는 스스로를 아끼지 않고 계세요. 그러나 사람의 나이라는 것은 자신을 아껴 줄 권리를 요구해요. 아버지는 제게 사업상 없어서는 안 될 분이세요. 그건 아버지께서도 잘 아시잖아요. 그렇지만 사업이 아버지의 건강을 위협한다면, 저는 내일이라도 영영 그걸 막겠어요. 안 될 말이지요. 우리는 아버지를 위해서 이제 생활 방식을 바꾸어야겠어요. 그것도 근본적으로요. 아버지는 여기 어둠 속에 앉아 계신데, 거실에서라면 좋은 볕을 쬘 수 있으실 텐데요. 아버지는 아침을 드는 둥 마는 둥 조금씩 잡숫고 계세요. 제대로 기운 차릴 음식을 잡수시는 대신 말이에요. 창문을 모두 닫아 놓고 계시는데 신선한 공기가 아버지한테 썩 좋을 거예요. 안 됩니다, 아버지! 제가 의사를 불러올 테니 그 처방대로 따르세요. 아버지와 제가 방을 바꿔, 아버지는 앞쪽 방으로 옮기시고 제가 이리로 오지요. 그 일은 아버지에게 큰 변화는 아닐 거예요, 물건들을 전부 같이 옮길 테니까요. 여하튼 그 모든 것은 적절한 시간에 하도록 하고, 지금은 침대에 누우세요, 아버지에게는 절대 휴식이 필요합니다. 자, 옷 벗으시는 것을 도와 드리겠어요, 제가 그럴 수 있다는 걸 보게 되실 거예요. 아니면 아버지께서 바로 앞쪽 방으로 가시겠다면 잠시 제 침대에 누우시지요. 어쨌든 그러는 게 사리에 맞을 것 같군요."

게오르크는 아버지 곁에 바싹 붙어 섰는데, 아버지는 엉클어진 하얀 머리카락이 성성한 머리를 가슴팍에 떨구었다.

"게오르크." 아버지가 나지막이, 움직이지 않고 말했다.

게오르크는 얼른 아버지 곁에 꿇어앉았다. 아버지의 지친 얼굴에서 동공이 너무도 크게, 눈 가장자리에서 쏟아져 나와 자기에게로 쏠린 것을 보았다.

"너는 페테르부르크에 친구가 없어. 너는 언제나 재담꾼이었고 내 앞에서도 삼가지를 않았어. 도대체 어째서 바로 그곳에 네 친구가 있다는 거냐! 도무지 믿을 수가 없구나."

"다시 한번 생각 좀 해 보세요, 아버지." 게오르크가 말하면서 아버지를 안락의자에서 일으킨 다음, 아버지가 이제 정말로 힘없이 그곳에 서 있기에, 잠옷 가운을 벗겼다. "그 일이 벌써 삼 년 전인데요, 그때 제 친구가 우리 집에 왔었어요. 아버지께서 그를 별로 탐탁해하지 않으셨던 것도 기억이 나는데요. 그래서 최소한 두 번쯤, 제게 그런 친구가 없는 척한 적이 있었지요, 바로 제 방에 앉아 있었는데도 말이에요. 저는 그 친구를 아버지께서 꺼리시는 것을 아주 잘 이해할 수 있었어요, 제 친구는 아주 독특한 데가 있거든요. 그렇지만 나중에는 아버지께서도 다시 그와 이야기를 아주 잘 나누셨어요. 저는 그때만 해도 아버지께서 그의 말에 귀 기울이시고 고개를 끄덕이고 묻고 하시는 게 굉장히 자랑스러웠는걸요. 잘 생각해 보면 틀림없이 생각이 나실 겁니다. 그 친구는 그때 러시아 혁명에 관한 믿기지 않는 이야기를 했어요. 예를 들면 사업상의 여행 중에 폭동이 일어난 키예프의 어느 발코니에서 한 성직자가 손바닥에다 넓게 피의 십자가를 새겨서, 그 손을 들어 군중을 부르는 모습을 보았다는 따위의 이야기를 말입니다. 아버지께서도 직접 그 이야기를 여기저기서 되풀이하셨잖아요."

그사이 게오르크는 아버지를 다시 내려 앉히고 리넨 팬티 위에 입은 타이츠 면내의와 양말을 조심스럽게 벗겨 낼 수 있었다. 별로 깨끗하지 않은 속옷을 보고 그는 아버지를 잘 돌봐 드리지 않았다고 자책했다. 아버지가 속옷을 갈아입는 일에 유의하는 것 역시 분명 그의 의무였으리라. 그는 자신과 자기 약혼녀가 아버지의 장래를 어떻게 마련할지에 대해서는, 아직 분명하게 이야기를 하지 않았다. 서로 말은 하지 않았으나 아버지는 홀로 쓰시던 집에 남아 있으리라고 전제를 했기 때문이다. 그런데도 이 순간 그는 얼른 한껏 단호하게 결심했다. 아버지를 장차 자기가 살림을 꾸릴 가정에 모시겠다고, 좀 더 깊게 보면, 심지어 장래의 본인 가정에서 아버지에게 해 드려야 마땅한 보살핌이 너무 뒤늦을 수 있을지도 모른다는 생각마저 들었다.

아버지를 두 팔에 안고 침대로 걸어갔다. 침대를 향해 그 몇 걸음을 떼어 놓는 사이에 아버지가 자신의 가슴에서 자기 시계 끈을 만지작거린다는 사실을 알아차렸을 때는 한순간 섬뜩했다. 그는 아버지를 곧바로 침대에 누일 수가 없었다, 그토록 꽉 시곗줄에 매달려 있었던 것이다.

그러나 침대 속에 들어가자마자 모든 것이 괜찮아 보였다. 손수 이불을 덮고 나서도 이불을 어깨 위로 굉장히 많이 당겨 올렸다. 그는 게오르크를 올려다보았는데, 언짢아 보이지 않았다.

"그렇잖아요, 그 친구가 벌써 기억나셨죠?" 하고 물으며 게오르크는 부추기듯 아버지에게 고개를 끄덕여 보였다.

"이불이 잘 덮였느냐?" 아버지는 마치 발이 충분히 덮였는지 살펴볼 수 없기라도 한 듯이 물었다.

"침대에 누우시니 벌써 편안하신 거예요." 하며 게오르크는 이불을 더 잘 여며 주었다.

"이불이 잘 덮였느냐?" 아버지가 다시 한번 물었는데 무슨 대답이 있을지 각별히 주의를 기울이는 것 같았다.

"안심하세요. 이불은 잘 덮여 있어요."

"아니다!" 아버지는 물음에 대답이 튕겨 나갈 만큼 소리쳤다. 이불을, 그것이 한순간 날리며 반듯이 펼쳐질 만한 힘으로, 뒤로 던지고 나서는 침대 위에 꼿꼿이 섰다. 한 손만을 천장에 가볍게 짚고 있었다. "너는 내가 이불에 덮였다고 주장했다, 하지만 나는 안다, 내 새끼야, 이불은 아직 덮이지 않았어. 비록 마지막 힘이라 해도 너한테는 충분하게, 아니 지나치게 난 힘이 많이 있단 말이다. 나는 네 친구를 잘 안다. 그 아이가 내 마음에 드는 아들일지도 모른다. 그래서 너는 그 아이를 여러 해를 두고 온통 속이기도 했다. 그렇지 않다면 어째서? 내가 그 애를 두고 울지 않았다고 생각하느냐? 그 때문에 너는 네 사무실에 틀어박혀 아무도 방해하지 못하게 한 거지, 사장님은 바쁘시다고 — 오로지 러시아로 못된 편지 따위나 쓰려고 말이다. 그렇지만 다행스럽게도, 아비한테 아들의 생각을 들여다보라고 가르칠 필요는 없다. 네가 지금 믿는 바대로 너는 그 애를 억눌렀다, 너무도 억눌렀어, 네 엉덩이로 그 애를 깔고 앉아 그 애가 꼼짝달싹 못

하도록, 그래 놓고는 우리 아드님께서는 결혼을 결심하셨지!"

게오르크는 아버지의 끔찍스러운 모습을 올려다보았다. 아버지가 느닷없이 그토록 잘 알게 된 페테르부르크의 친구가 지금까지의 그 어느 때보다도 그의 마음을 사로잡았다. 먼 러시아 땅에서 실종된 친구의 모습이 보였다. 남김없이 털린 가게의 문 앞에, 부서진 진열대, 갈기갈기 찢긴 상품들, 떨어져 내리는 가스관 사이에서 친구는 가까스로 서 있었다. 왜 그는 그토록 멀리 떠나야 했었던가!

"나 좀 봐라." 아버지는 소리쳤고, 게오르크는 거의 정신이 빠진 채, 뭐든 붙잡기 위하여 침대로 달려가다가 중간에서 멈추었다.

"그 여자가 치마를 들어 올렸기 때문이야!" 아버지가 들척지근한 목소리로 말하기 시작했다. "그년이 치마를 이렇게 들어 올렸기 때문에, 그 추잡한 년이." 하면서 셔츠를 높이 쳐들자 전시(戰時)에 허벅지에 입은 상처 자국이 보였다. "그년이 치마를 이렇게, 이렇게 쳐들었기 때문에 네가 그년한테 들러붙었지. 그래, 그년한테서 걸리적거리는 것 없이 욕심을 채우려고 네 어미의 영전을 더럽히고, 친구를 배반하고 네 아비를 꼼짝달싹 못 하도록 침대에 처박아 놓았다. 그렇지만 어디 아비가 꼼짝달싹 할 수 있나, 없나?"

그러면서 아버지는 아무것도 붙잡지 않고 서서 발을

내질렀다. 아버지는 상황을 통찰하며 만면에 웃음을 번뜩였다.

게오르크는 아버지한테서 가능한 한 멀찌감치 떨어져 한구석에 서 있었다. 한참 전에 그는 모든 것을 빈틈없이 자세히 관찰하기로 굳게 결심했었다. 뒤로부터든, 위로부터든, 여하간에 우회로에서 기습을 당하지 않도록. 그는 지금 벌써 잊어버렸던 그 결심을 다시금 기억해 냈다가 잊어버렸다, 짧은 실오라기를 바늘귀에 꿸 때처럼.

"그런데도 네 친구가 배반당한 건 아니다!" 아버지가 소리쳤는데 둘째 손가락을 쳐들어 흔들어 댐으로써 그 말을 강조했다. "내가 그 친구의 이곳, 현지 대리인이거든!"

"광대로군!" 게오르크가 더 이상 참지 못하고 소리를 질렀으나 즉시 그 해(害)를 알아차리고 혀를 깨물었다. — 두 눈이 굳어졌다 — 그는 아픔으로 허리를 꺾었으나 너무 늦었을 따름이었다.

"그래 물론 나는 어릿광대짓을 했다. 어릿광대짓을! 좋은 말이다. 홀아비가 된 늙은 아비한테 무슨 다른 위안이 남았겠느냐? 말해 봐라, — 대답하는 순간에는 아직 살아 있는 내 아들이거라 — 불성실한 고용인에게 쫓겨나 뒷방에 들어앉은, 뼛속까지 늙은 내게 무엇이 남았겠느냐? 그런데 내 아들은 신이 나서 세상을 활개 치며 돌아다니고, 내가 마련해 놓았던 가게들을 닫고, 노는 데 빠져 곤두박질치면서, 제 아비 면전에서 신사인 양 과묵

한 표정을 지으며 살그머니 도망쳤다! 내가, 너를 낳은 내가, 너를 사랑하지 않았다고 생각하느냐?"

'이제 앞으로 몸을 구부리겠지.' 게오르크는 생각했다. '제발 굴러떨어져 산산조각이 나 버렸으면!' 이 말이 그의 머릿속을 가득 채우고 식식 소리를 내며 끓었다.

아버지가 몸을 앞으로 굽혔으나 떨어지지는 않았다. 게오르크가 다가오지 않자 예상했던 대로 다시 몸을 일으켰다.

"있는 곳에 그대로 있거라, 나는 네가 필요 없어. 너는 네가 아직 이리로 올 힘은 있지만 네 뜻이 그렇기 때문에 그냥 그대로 있는 거라고 생각하는데, 착각하지 말아라! 아직은 여전히 내가 훨씬 더 강자(強者)다. 혼자라면 내가 물러나야 했을지도 모르지만 네 어미가 나한테 자기의 힘을 주고 갔다. 네 친구와 나는 멋지게 결합되어 있어. 나는 네 거래처 명단도 여기 주머니에 가지고 있어!"

"속셔츠에까지도 주머니가 있구나!" 하고 혼잣말을 하면서 게오르크는 자기가 이 말 한마디로 아버지를 온 세상에서 있을 수 없는 사람으로 만들 수 있다고 생각했다. 다만 한순간만 그는 그렇게 생각했다, 자꾸 모든 것을 잊어버렸기 때문이다.

"네 약혼녀 팔짱을 척 끼고 똑바로 나를 향해 와 봐라! 그 여자를 네 옆에서 싹싹 쓸어 내 버릴 테다, 내가 무슨 방법을 쓸지 네가 알 리 없지!"

게오르크는 믿지 못하겠다는 듯이 얼굴을 찡그렸다.

아버지는 그저 자기가 하는 말의 진실을 확인하듯 게오르크가 선 구석을 향해 고개를 끄덕일 뿐이었다.

"네가 오늘 내게 와서 네 친구한테 약혼에 관해 이야기해야 할지 어떨지를 물었을 때, 너 날 참 즐겁게 하더구나. 그 아이는 이미 다 안단 말이다. 어리석은 놈아! 그 아이는 다 알고 있어! 내가 그 애한테 썼단 말이다. 네가 나한테서 필기도구를 뺏는 것을 잊어버렸기 때문이지. 그래서 그 애는 벌써 몇 년 전부터 오지 않는 거다. 그 애가 모든 것을 너 자신보다 백배는 더 잘 알고 있거든. 네 편지는 읽지도 않은 채 왼손에 구겨 들고, 오른손으로는 내 편지를 읽으려고 눈앞에 받들어 모시고 있단 말이다!"

아버지는 감격한 나머지 팔을 머리 위로 흔들었다. "그 애가 모든 것을 천배는 더 잘 알고 있어!"라고 소리쳤다.

"만 배겠지요!" 게오르크는 아버지를 비웃기 위해 대꾸했지만 그 말은 입에서 더할 나위 없이 진지하게 울렸다.

"여러 해 전부터 나는 벌써 네가 이 질문을 가지고 올까 봐 조심하고 있었다. 그 밖에 달리 나를 근심시킬 게 있다고 믿느냐? 내가 신문을 읽는다고 믿지? 자!" 그러면서 그는 어찌 된 영문인지 침대 속으로 섞여 들어간 신문지 한 장을 게오르크에게 집어 던졌다. 게오르크로서는 이름조차 전혀 알 수 없는 낡은 신문이었다.

"너는 철이 들기까지 얼마나 오래 꾸물거렸느냐! 어미는 세상을 버려야 했고 경사스러운 날은 겪어 보지도 못했다. 친구는 러시아에서 몰락했다, 이미 삼 년 전에 그는 다 내던져 버릴 만큼 얼굴이 노래져 있었다. 그리고 나, 나의 형편이 어떤지는 너도 보겠지. 그런 걸 보라고 눈은 달렸을 테니!"

"그러니까 아버지는 숨어서 몰래 저의 동정을 살폈군요!"

게오르크가 소리쳤다. 아버지가 연민을 품고 지나가는 듯한 투로 말했다. "너는 그 말을 아마도 벌써 하고 싶었겠지. 이제 와서는 전혀 어울리지 않아." 그러고는 더 크게 "이제 그럼 너 말고도 이 세상에 뭐가 있는지 알았지, 지금까지 너는 너밖에 몰랐다. 너는 본디 순진무구한 아이였지, 그러나 근본을 보면 너는 악마 같은 인간이었어! — 그러니 명심하거라! 내가 너를 지금 익사형에 처하노라!"

게오르크는 방에서 내몰린 듯한 느낌이었다. 아버지가 자기 뒤에서 침대 위로 자빠지며 낸 쿵 하는 울림이 아직도 그의 귀에서 쟁쟁하게 울렸다. 그 계단을, 경사진 평지인 양 서둘러 층계를 달려 내려가다 그는, 마침 오전 청소를 하러 올라오던 하녀와 맞닥뜨렸다. "맙소사!" 하고 소리치며 그 여자는 앞치마로 얼굴을 가렸다. 그러나 그는 벌써 그곳에 없었다. 그는 대문 밖으로 튀어나오듯 뛰었다. 그는 차도를 넘어 물가로 내몰린 듯 달렸다. 벌써 그는 굶주린 자가 먹을 것을 움켜쥐듯 난간을 꽉 잡고 있었다. 그는 넘었다, 소년 시절에 양친의 자랑이었던 뛰어난 체조 선수가 다시 되어, 그는 난간 너머로 몸을 날렸다. 아직은 힘이 빠져 가는 두 손으로 자신을 꽉 잡았다. 그는 난간 막대기들 사이로, 자신이 추락하는 소리를 가볍게 눌러 버릴 버스를 엿보았고 낮게 부르짖었다. "부모님, 저는 그래도 당신들을 언제나 사랑했었답니다." 그러고는 몸을 떨어뜨렸다.

마침 이 순간 다리 위에는 끝이 없을 것처럼 차들이 오가고 있었다.

학술원에의 보고

학술원의 고매하신 신사 여러분!

여러분께서 소생에게 원숭이로서 소생의 전력에 대한 보고를 제출하게끔 스스로에게 명하는 명예를 주셨습니다.

이런 뜻에서는 저는 유감스럽게도 권고를 따를 수가 없습니다. 원숭이다움과 지금의 저 사이에는 오 년 가까운 세월이 가로놓여 있습니다. 달력으로 재면 짧을지도 모르겠습니다만, 제가 해 왔듯이, 박차를 가해 달음질치기에는, 끝없이 긴 시간이었습죠. 구간에 따라서는 탁월한 인간, 충고, 갈채 그리고 오케스트라 음악이 동반되었습니다만, 근본에서는 혼자였습죠. 함께했던 모든 것들이, 경관(景觀)에 머무르기 위해, 멀리 차단 목책(木柵) 앞에 멈추어 있었으니까요. 만일 제가 고집스럽게도 저의 근본, 젊은 시절의 기억에 매달리려고 했더라면 이러한 성과는 불가능했을 겁니다. 고집이라면 다 포기해 버리는 것이야말로 제가 저 자신에게 부과한 지고(至高)의 계명이었습죠, 저, 자유로운 원숭이가, 이 계명의 멍에에다 자신을 맞추었던 거죠. 그럼으로써 제게 있어서 기억은 기억 편에서 점차 스스로를 폐쇄했습니다. 처음에는 제게 되돌아가는 일이, 만약 사람들이 원했더라면, 열려 있었습니다, 하늘이 땅 위에 펼치고 있는 넓은 문을 다 지나가게 말이에요, 앞으로 앞으로 채찍질된 저의 발전과 더불어 그 문은 동시에 점점 보잘것없어지고, 점점 더 옹색해졌습니다. 인간 세상에서 저는 한결 편안하고 동화된 느낌을 가졌거든요, 저의 과거로부터 뒤쫓아 불어오던 폭풍은 가라앉고, 오늘 저의 발꿈치를 식혀 주는 것은 한 가닥 바람일 뿐이지요, 그리고 그 바람이 거쳐 왔고 또 제가 언젠가 지나왔던 먼 곳의 구멍은 워낙 작아져서 막상 그곳까지 되돌아갈 기력과 뜻이 있더라도 제가 그 구멍을 통과하기 위해서는 제 살에서 가죽을 벗겨야 할 정도입니다. 솔직히 말하자면, 이런 사안들에 대해서는 비유를 택하고 싶지만 그래도 솔직히 말하자면 여러분의 원숭이다움은, 여러분, 여러분이 그런 무언가를 전력(前歷)으로 가지고 있는 한, 제게 있어서 저의 원숭이다움보다, 여러분에게서 더 멀리 있을 수는 없습니다. 그것은, 여기 땅 위를 딛고 다니는 모두의 발뒤꿈치를 간질이고 있습니다, 그것이 작은 침팬지든 위대한 아킬레스든. 그러나 저는 아마도 지극히 한정된 뜻에서 여러분의 질의에 답변할 수는 있을 것이고 또한 기꺼이 그렇게 하겠습니다. 제가 제일 처음으로 배운 것은 악수였습니다.

악수라는 것은 솔직함을 증명하지요. 제가 제 생애의 절정에 서 있는 오늘에도 예의 첫 악수부터 하고 난 다음에야 솔직한 말도 덧붙여지는 것 같습니다. 이런 말은 학술원에 무언가 본질적으로 새로운 것을 가르쳐 줄 리 없거니와 저에게서 요구하는 바와도 거리가 멀 겁니다. 사람들이 저에게 요구하는 것, 그러나 제가 아무리 좋은 뜻을 가져도 말할 수는 없는 것 — 그건 어디까지나 예전의 원숭이가 인간 세계로 뚫고 들어와 거기서 기반을 굳히게 된 과정의 지침 같은 것을 가르쳐 달라는 것이겠지요. 만일 제가 저 자신에 대한 확신이 없다거나, 문명화된 세계의 모든 위대한 쇼 무대에서 저의 지위가 확고부동하지 않았더라면 저는 다음 이야기를 눈곱만큼도 해 드릴 수 없었을 게 틀림없습니다.

저는 황금 해안 출신입니다. 어떻게 제가 사로잡히게 되었는지에 대해서는 타인의 보고에 의존해야겠습니다. 하겐벡 상사(商社)의 사냥 원정대가 — 그 대장과 저는 그때부터 이미 고급 적포도주를 여러 병 같이 비운 사이입니다만 — 제가 저녁에 무리 한가운데서 물을 먹으러 갔을 때, 물가 풀숲에 숨어 노리고 있었습니다. 총을 쐈는데 제가 총에 맞은 유일한 놈이었습니다. 두 방을 맞았죠.

하나는 뺨에 맞았는데, 그건 가벼웠습니다. 그러나 털이 싹 밀려 나간 커다란 빨간 상처를 남겼습니다. 이게 제게는 꺼림칙하기만 하고 영 맞지 않는, 그야말로 원숭이나 생각해 냈음직한 빨간 페터라는 이름을 달아 주었습죠, 마치 저 자신이 얼마 전에 뻗어 버린 널리 알려진 조련된 동물 원숭이 페터와는 그저 뺨 위에 난 빨간 얼룩만으로 다 구별되기라도 하듯이 말입니다. 이건 지나가는 이야기고요.

두번째 총알은 아랫도리에 맞았습니다. 그 상처는 심해서 오늘까지도 제가 약간 절뚝거리는 것은 그 때문입니다. 최근에 저는 신문에 저에 관해 마구 써 대는 수만의 사냥개들 중 어느 한 놈이 어떤 논문에서 저의 원숭이 본성은 아직 완전히 억제되지 않았다, 그 증거로 제가 손님이 오면 저 총알이 지나간 자리를 보여 주기 위해 각별히 즐겨 바지를 벗는다는 점을 들 수 있다,라고 쓴 것을 읽었습니다. 그따위를 쓰는 그런 작자의 손가락은 하나하나 있는 대로 분질러 놓아야 마땅합니다. 저는, 저는 저 좋을 대로 누구 앞에서든 바지를 벗을 수 있고, 거기서 보이는 거라곤 잘 손질된 털과 저 — 여기서는 하나의 특정 목적을 위해 특정한 하나의 어휘를, 그러나 오해되어서는 안 될 말을 택하기로 하죠 — 악의에 찬 총격이 남긴 흉터뿐이니까요. 모든 것이 분명하게 드러나 있죠, 감출 거라고는 아무것도 없어요, 진실이 문제될 때면, 위대한 생각을 하시는 분들은 누구나 세련된 매너쯤은 내팽개쳐 버리잖습니까. 그렇지만 저 글을 쓰신 분께서 손님이 왔을 때 바지를 벗기라도 한다면 그건 어쨌든 다른 양상을 띨 테지요, 그러니만큼 저는 그분이 그러시지 않는다는 사실이 현명함의 표시로 인정되게끔 내버려 두겠습니다. 그러니 그분도 그분의 섬세한 감각도 저를 부디 내버려 두어 주시기를!

저 총격이 있은 뒤 저는 — 그런데 여기서 점차 저 자신의 회상이 시작됩니다 — 하겐벡 상사 증기선의 중간 갑판에 있는 우리에서 깨어났습니다. 그것은 네 벽이 쇠창살로 된 네모난 우리가 아니었어요. 그보다는 셋뿐인 벽이 궤짝 하나에 고정되어 있었어요. 그러니까 궤짝이 네 번째 벽을 이루고 있었던 거지요. 그 우리는 똑바로 일어서기에는 너무 낮고 주저앉기에는 너무 좁았습니다. 그랬기 때문에 저는 무릎을 접어 넣고 무척이나 떨면서 쪼그리고 앉아 있었습니다, 그것도, 처음에는 아마 아무도 보고 싶지 않고 언제나 어둠 속에만 있고 싶었기 때문에 궤짝 쪽으로 돌아앉았는데, 그러노라면 등에서는 쇠창살들이 살로 파고들어 왔지요. 야생 동물들을 그런 식으로 가두어 놓는 것은 금방 잡힌 시기에는 장점이 있다고들 생각하는데, 이것저것 겪고 보니 저도 이제는 그것이 인간적인 의미에서 실제로 그러한 경우였음을 부인할 수가 없습니다.

그 생각을 그러나 당시에는 하지 못했습니다. 저는 난생처음으로 출구가 없는 상황에 처했던 겁니다, 적어도 똑바로 되지는 않았지요, 똑바로 제 앞에는 궤짝이 있고 널빤지가 널빤지에 단단히 붙어 있었습니다. 널빤지들 사이에 길쭉한 틈이 하나 있기는 해서 처음 그걸 발견했을 때는 무지했던 탓에 기쁨에 넘친 어리석음의 울부짖음을 토하며 환영을 했었건만, 이 틈바구니는 꼬리를 들이밀기에도 너무 좁았고, 있는 원숭이 힘을 다해도 넓힐 수 없는 것이었습니다.

사람들이 뒷날 저에게 말한 바에 의하면 저는 비상하리만치 작은 소음밖에 내지 않아서 그 점으로 보아 제가 틀림없이 곧 죽거나 아니면 이 최초의 시련기를 넘기고 살아남을 경우 매우 잘 길들여질 것으로 추론했답니다. 저는 이 시기를 넘기고 살아남았습니다. 소리 죽여 흐느끼기, 고통스러운 벼룩 수색, 야자 하나를 지치도록 핥기, 머리로 궤짝 벽을 짓찧기, 누가 가까이 오면 혀 내밀기 — 그런 것이 새로운 생활에서의 최초의 일이었습니다. 그러나 온갖 짓을 다 해 봐도 출구는 없다는 그 한 가지 느낌뿐이었습니다. 물론 그 당시에는 원숭이답게 느꼈던 것을 제가 오늘 인간의 말로 그릴 수가 있고 또 그럼으로써 그것을 기록하고 있습니다만, 비록 제가 옛날의 원숭이의 진실에 더 이상 이를 수는 없다 하더라도 최소한 저의 기술(記述)의 방향에는 그 진실이 들어 있습니다. 그 점에는 의심의 여지가 없습니다.

저는 그전까지 출구를 무척 많이 가지고 있었건만 그때부터는 하나도 남아 있지 않았던 겁니다. 제가 아주 들러붙어 버렸던 겁니다. 설령 사람들이 저를 못질해 박아 놓았다 하더라도 그로써 저의 이동의 자유가 이보다 더 줄어들지는 않았을 겁니다. 왜 그럴까? 발가락 사이의 살을 긁어 보아라, 그 이유를 찾지는 못할 거다. 등을 쇠창살에 대고, 그게 너를 두 쪽 낼 지경까지 눌러 보아라, 너는 그 이유를 찾지 못할 것이다. 저는 출구가 없었습니다, 그렇지만 출구 없이는 살 수 없으니 만들어 내야만 했습니다. 언제까지나 이 궤짝 벽에 붙어 앉은 채 — 저는 어쩔 도리 없이 죽어 버렸을지도 모릅니다. 원숭이들이란 하겐벡 상사에서는 궤짝 벽에 붙어 있어야 하는 동물이거든요 — 자, 그리하여 저는 원숭이이기를 그쳤습니다. 제가 어찌어찌해서 배로 짜냈음에 틀림없는 명석하고 멋진 사고의 과정이었습죠, 원숭이는 배로 생각하니까요.

제가 출구란 말을 무슨 뜻으로 쓰는지 똑바로 이해받지 못할까 봐 걱정이 됩니다. 저는 이 말을 가장 일상적이고 가장 빈틈없는 의미로 쓰고 있습니다. 저는 일부러 자유라고 말하지 않습니다. 사방을 향해 열려 있는 자유라는 저 위대한 감정을 뜻하는 게 아니거든요. 원숭이였을 때 저는 아마도 그런 감정을 익히 알고 있었을 것이고 그것을 그리워하는 인간들을 알게 되었습니다. 그러나 저로서는, 그때도 오늘날도 자유를 요구하지 않았습니다. 말이 나왔으니 말이지 자유로써 사람들은 인간들 가운데서 너무도 자주 기만당합니다. 그리고 자유가 가장 숭고한 감정의 하나로 헤아려지는 것과 같이, 그에 상응하는 착각 역시 가장 숭고한 감정의 하나입니다. 저는 쇼에서 제가 등장하기에 앞서 곡예사 한 쌍이 저 위 천장에서 그네식 철봉을 타는 것을 자주 보았습니다. 그들은 서로 훌쩍 뛰어넘고, 그네를 타고, 도약을 하고, 서로가 둥실 떠 서로의 품 안으로 떨어지고, 하나가 이로 상대방의 머리카락을 물어 나릅니다. '이것도 인간 자유로구나.' 하고, 저는 생각했습니다, '자기를 돋보이게 하려는 이 안하무인의 율동도.' 신성한 자연을 이따위로 경멸하다니! 그 어떤 건축물도 이 광경을 보고 원숭이다움이 터뜨린 웃음 앞에서는 지탱하지 못할 것입니다.

아닙니다, 자유는 제가 원하지 않았습니다. 다만 하나의 출구를 원했죠, 오른쪽, 왼쪽, 그 어디로든 간에 출구라는 게 비록 하나의 착각일 뿐이라고 하더라도, 다른 요구는 일체 하지 않았습니다. 요구는 작았고 착각이 더 크지야 않을 테지요. 계속 나아가자, 계속 나아가자! 계속 나아가자! 궤짝 벽에 몸을 눌러 붙인 채 팔을 쳐들고 가만히 서 있지만은 말아야지.

오늘 저는 똑똑히 알고 있습니다, 지극히 큰 내면의 평정이 없었더라면 제가 결코 벗어날 수 없었으리라는 걸요. 그리고 실제로 제가 이렇게 된 것은 아마 모두 배에서의 처음 며칠이 지나고 나서 저에게 찾아든 그 평정 덕분일 것입니다. 그러나 그 평정은 다시금 배에 타고 있던 인간들 덕분에 찾아들었던가 봅니다.

좋은 사람들이었죠, 그래도. 오늘까지 저는 즐겨 그 당시 반쯤 든 잠 속에서 메아리처럼 들리던 그들의 묵직한 발소리를 기억합니다. 그들은 모든 것을 극도로 천천히 개시하는 습관이 있었습니다. 어떤 사람이 눈을 비비고자 하면 그는 손을 늘어진 추처럼 들어 올렸습니다. 그들의 농담은 거칠었으나 다정했지요. 그들의 웃음에는 언제나 위험하게 울리는, 그러나 아무 뜻 없는 기침 소리가 섞여 있었고요. 언제나 그들은 입안에 무언가 뱉어 낼 것을 가지고 있었고 어디로 뱉느냐는 그들에게는 아무래도 상관이 없었습니다. 늘 그들은 저의 벼룩이 자기들한테로 튀어 간다고 불평했습니다만, 한 번도 그렇다고 저한테 정색을 하고 화를 내지는 않았어요. 그들은 제 살가죽 안에서는 벼룩이 번성하고, 또 벼룩이란 뛴다는 것을 알고 있었던 겁니다, 그걸로 그만이었던 거죠. 비번일 때면 그들은 이따금씩 반원을 이루어 저를 둘러싸고 앉아 말은 거의 하지 않고 서로 구시렁거리기만 했는데 궤짝 위에 몸을 쭉 뻗은 채로 파이프를 피웠고, 제가 조금이라도 움직일 양이면 금세 서로 무릎을 쳤고, 그러고는 여기저기서 누구든 하나가 나와서 막대기를 집어 들어 제가 시원해하는 곳을 간질였습니다. 오늘 제가 이 배를 같이 타자고 초대라도 받는다면 분명 거절하겠지만, 또 꼭 그만큼 분명한 것은 제가 거기 중간 갑판에서 잠길 수도 있을 회상이 흉한 것들만은 아니라는 점입니다.

제가 이 사람들의 테두리 안에서 얻은 평정이 저를, 무엇보다 온갖 도망치려는 시도로부터 막아 주었습니다. 오늘날로부터 보건대 저는 최소한 살고자 한다면 출구를 찾아야 한다는 것, 그러나 이 출구는 도망쳐서는 얻어질 수 없다는 것을 예감하기라도 했던 것 같습니다. 도망이 가능했는지 어땠는지는 이젠 모르겠습니다만, 믿고 있습니다, 원숭이는 언제나 도망칠 수 있다고요. 저의 지금의 이빨로는 보통의 호두 깨물기에서조차 조심을 해야 합니다만 당시에는 아마 시간이 흐르면 문 자물쇠는 이빨로 깨물어 부술 수 있었음에 틀림없을 겁니다. 저는 그러지 않았습니다. 그래 봐야 무슨 득이 있었겠어요? 머리를 밖으로 내밀자마자 사람들은 저를 다시 사로잡아 더욱 고약한 우리에 가두었을 테죠, 아니면 저는 눈에 띄지 않게 다른 동물들, 예컨대 저 맞은편에 있던 구렁이들한테로나 도망칠 수 있었을 테고 그러면 그놈들한테 둘둘 감겨 숨을 거두었을 테지요, 그도 아니면 갑판 위에까지 살짝 올라가 뱃전을 뛰어넘을 수 있었다고 하더라도, 그다음에는 잠깐 망망대해에서 흔들리다가 물에 빠져 죽었을 겁니다. 절망의 행위들이지요. 제가 인간적으로 계산하지는 못했습니다만, 제 주변의 영향으로, 저는 마치 계산이라도 했던 것처럼 처신했습니다.

계산은 하지 못했으나, 아마도 아주 침착하게 관찰을 했나 봅니다. 저는 사람들이 언제나 같은 얼굴, 같은 동작으로, 이리저리 걸어 다니는 것을 보았습니다. 자주 제 눈에는 그들이 단 한 사람인 것처럼 보였습니다. 그러니까 이런 사람, 혹은 이런 사람들은 아무런 제지를 당하지 않고 돌아다녔습니다. 저는 높은 목표가 하나 어렴풋이 떠올랐습니다. 그 누구도 저에게, 제가 그들처럼 된다면 쇠창살이 열릴 거라고 약속하지는 않았습니다. 그처럼 성취가 불가능해 보이는 약속은 하지 않는 법이죠. 그러나 성취시키고 나면, 나중에 가서, 그런 약속들도, 이전에는 헛되이 혹 거기 있나 하고 찾았던 바로 그곳에서 모습이 보입니다. 그런데 이 사람들 자체에는 제 마음을 특별히 유혹하는 것이라곤 아무것도 없었습니다. 만약 제가 앞서 말씀드린 저 자유의 신봉자였더라면, 저는 분명히 사람들의 침울한 눈길에서 제게 보인 출구보다는 망망대해 쪽이 낫다고 했을 겁니다. 그러나 아무튼 저는 그런 일들을 생각하기 벌써 오래전부터 그들을 관찰했죠, 네, 집적된 관찰이 저를 비로소 확정된 방향으로 밀어 넣었던 거죠.

사람들 흉내 내기는 아주 쉬웠습니다. 침 뱉기는 처음 며칠 만에 벌써 할 수 있었지요. 그래서 우리는 서로서로 얼굴에다 침을 뱉었는데 차이라면 저는 제 얼굴을 나중에 깨끗이 핥는데 그들은 그러지 않는다는 것뿐이었습니다. 파이프는 곧 영감처럼 피웠는데, 그럴 때 제가 엄지손가락으로 파이프 대가리를 누르기까지 할라치면 온 중간 갑판이 환호성을 울렸죠, 다만 빈 파이프와 채워진 파이프의 차이를 저는 오랫동안 이해하지 못했습니다.

가장 힘들게 한 건 소주병이었습니다. 냄새가 저를 괴롭혔어요, 저는 있는 힘을 다해 억지로 해 보았습니다, 그래도 자신을 극복하기까지는 여러 주일이 걸렸습니다. 이 내면의 투쟁을 사람들이 이상하게도 제게 있어서의 그 어떤 다른 것보다 더 진지하게 받아들였습니다. 저는 회상에서조차 사람들을 분류하지는 않습니다만, 어떤 사람이 있었는데, 혼자, 혹은 동료들하고, 낮에, 밤에, 별별 시각에, 자꾸자꾸 와서는 제 앞에 술병을 내밀고 저를 가르치는 거예요. 그 사람은 저를 납득시키지 못했어요, 제 존재의 수수께끼를 풀려고 했습니다. 그는 천천히 병의 코르크 마개를 빼고 나서는 제가 이해했는지 못 했는지 살피려고 저를 유심히 바라보았어요, 고백건대 저는 항상 세심하지 못한 주의력, 성급한 주의력을 기울여 그를 바라보았습니다. 인간 스승이 온 땅덩이 위를 다 돌아다녀도 그런 인간 학생은 찾지 못할 겁니다, 병에서 코르크 마개가 빠지고 나면, 그는 병을 들어 입으로 가져갔고, 저와 저의 시선도 그를 따라 목구멍 안까지 쳐들렸습니다. 그는 저에게 만족하여 고개를 끄덕이고 병을 입술에 댑니다, 저는 점차 깨달아 가는 데 들떠서, 낄낄거리며 가로세로 아무 데나 마구 긁어 대고, 그는 기뻐하며 병을 입에 대고 한 모금 마십니다, 그를 따라 하지 못해 안달이 나고 절망한 나머지 저는 오줌을 질질 싸 제 우리 안을 더럽히고, 그러면 그러는 것이 다시금 그에게 커다란 만족을 주지요, 그러고는 술병을 쭉 뻗쳐 내밀었다가 휘익 다시 쳐들어 올려 과장되게 교훈적으로 몸을 뒤로 벌떡 젖히고 단숨에 비웁니다. 저는 너무도 큰 욕망에 지쳐, 더 이상 따라 하지도 못하고 힘없이 쇠창살에 매달려 있고, 그러는 동안 그는 배를 쓰다듬으며 이를 드러내고 히죽 웃음으로써 이론 수업을 끝내는 거예요.

이제 비로소 실습이 시작됩니다. 이론에서 제가 벌써 기진맥진해 버렸을까요? 예, 너무도 기진맥진해 버렸겠지요. 그것은 제 숙명입니다. 그럼에도 불구하고 저는, 제가 할 수 있는 한 잘, 건네어진 술병을 잡아, 떨면서 코르크 마개를 땁니다, 잘되어 가니 점차 새로운 힘이 나, 저는, 어느덧 원형과 거의 차이 나지 않게, 술병을 들어 입에 갖다 대고 그러고는 — 역겨워서, 역겨워서, 던져 버립니다, 병이 비어 있고 냄새만 차 있는데도, 저는 역겨워서 바닥에 내던집니다. 저의 스승이 슬프게도요, 저 자신은 더욱더 슬프게도요, 그의 슬픔도 저의 슬픔도 무마가 되질 않습니다, 제가 술병을 내던져 버린 다음 탁월하게 제 배를 쓰다듬으며 이빨을 드러내고 웃는 걸 잊지 않아도요.

너무도 자주 수업은 다만 그렇게 진행되었습니다. 그리고 제 스승을 기리자면, 그는 저에게 화를 내지 않았어요, 이따금 타고 있는 파이프를 제 살가죽에 갖다 대고는 했었어요, 마침내는 제 손이 쉽사리 닿지 않는 어딘가가 타들어 가기 시작하지요, 그러면 몸소 다시 그의 크고 다정한 손으로 불을 꺼 주는 겁니다, 그는 저에게 화를 내지 않았습니다, 그는 우리가 같은 편에서 원숭이 본성과 싸우고 있다는 것, 그리고 보다 무거운 몫을 제가 지고 있다는 것을 통찰하고 있었던 거죠.

어느 날 저녁 제가 많은 구경꾼들에게 둘러싸인 가운

데, 아마 축제였던 듯 유성기가 돌아가고, 장교 하나가 사람들 사이를 돌아다녔습니다. — 제가 이 저녁에 마침 눈에 띄지 않게 제 우리 앞에 잘못 버려져 있던 소주병 하나를 집어 들어 뭇사람들이 점차 주목하는 가운데, 배운 대로 코르크 마개를 따고 입에 갖다 대고는 서슴없이, 입도 찡그리지 않고, 두룩두룩 눈을 굴리며, 목구멍에서 꿀꺽꿀꺽 소리를 내며, 전문적인 술꾼이 되어, 정말이지 맹세코 남김없이 마셔 버리고는, 더 이상 절망한 자가 아니라 예술가가 되어 술병을 던져 버렸을 때, 비록 배를 쓰다듬는 것은 잊어버리기는 했으나 그 대신 다른 수가 없었기 때문에, 충동에 사로잡혔기 때문에, 오관에 술기운이 돌았기 때문에, 저는 짧고 훌륭하게 "헬로!" 하고 소리쳤습니다, 인간의 소리를 터뜨린 거죠, 이 외침과 더불어 저는 인간 공동체 속으로 단숨에 뛰어들었고, "들어봐, 저게 말을 해!" 하는 그들의 반향이 땀방울이 뚝뚝 떨어지고 있는 제 온몸 위에 입맞춤처럼 느껴졌을 때, 그것은 스승을 위해서나 저를 위해서나 그야말로 승리 그 자체였습니다.

되풀이하겠습니다만 인간들을 모방하고 싶다는 유혹은 없었습니다, 저는 출구를 찾고 있었기 때문에 모방했습니다, 다른 그 어떤 이유에서도 아니었지요. 또한 예의 저 승리로서도 아직 별로 이루어진 것은 없었습니다. 금방 다시 목소리가 나오지 않았어요, 그러다 몇 달이 지난 다음에야 다시 나왔고, 소주병에 대한 혐오감은 심지어 더 강해지기까지 했지요. 그러나 아무튼 저에게 일단 방향은 주어졌던 겁니다.

제가 함부르크에서 최초의 조련사에게 넘겨졌을 때 저는 곧 제게 열려 있는 두 가지 가능성을 알아차렸어요. 동물원 아니면 쇼 무대였죠. 저는 망설이지 않았습니다. 스스로에게 말했어요. 쇼 무대로 가기 위해 있는 힘을 다하자, 그것이 출구다, 동물원은 새로운 우리일 뿐 그 안에 들어가면 너는 없어지고 마는 거다,라고요.

그리하여 저는 배웠습니다, 여러분, 아, 배워야 한다면 배우는 법, 출구를 원한다면 배웁니다, 앞뒤 가리지 않고 배우는 법입니다. 회초리로 스스로를 감독하고, 지극히 조그만 저항만 있어도 제 살을 짓찧었습니다. 원숭이 본성은 둘둘 뭉쳐져 데굴데굴 쏜살같이 제게서 빠져나가 버렸고, 그리하여 저의 첫 스승 자신이 그 때문에 거의 원숭이처럼 되어 버려, 곧 수업을 포기하고 정신 병원으로 보내져야 했습니다. 다행스럽게도 그는 곧 회복되었습니다만.

그런데 저는 많은 스승을 동원했습니다, 네, 심지어 동시에 몇몇 스승을요. 제가 자신의 능력을 어느덧 확신하게 되어, 대중이 저의 진보를 지켜보고, 저의 미래가 빛나기 시작했을 때는 제가 직접 선생들을 초청해서 그들을 나란히 붙어 있는 다섯 개의 방에 눌러앉아 있게 하고는 저는 끊임없이 한 방에서 다른 방으로 뛰어듦으로써 모두에게서 동시에 배웠습니다.

이 진보! 앎의 빛이 온 사방에서부터 깨는 두뇌 속으로 뚫고 들어옴! 부인하지 않겠습니다. 그것이 저를 행복하게 했습니다. 그러나 또한 고백하자면, 저는 그것을 과대평가하지는 않았습니다, 당시에도 이미 그랬고, 오늘날은 훨씬 더 그렇습니다. 지금껏 지상에서 되풀이된 바 없는 긴장된 노력을 통해 저는 유럽인의 평균치 교양에 도달했습니다. 그것은 그 자체로는 별것 아닐는지 모르겠습니다만, 제가 우리를 벗어나도록 도와주고 저에게 이 특별한 출구, 이 인간 출구를 마련해 준 한에서는, 그래도 상당합니다. 곁길로 슬쩍 빠지는 탁월한 독일어 표현이 있는데, 그걸 제가 했습니다, 저는 곁길로 슬쩍 빠졌습니다. 제게 다른 길은 없었습니다, 자유란 선택될 수 있는 게 아니라는 걸 언제나 전제로 하고요.

저의 발전과 지금까지의 그 목표를 개관하면 저는 탄식하지도 않고, 만족하지도 않습니다. 양손을 바지 호주머니에 찌르고, 탁자 위에는 포도주 병을 두고, 저는 제 흔들의자에 반은 눕듯이 앉아 창밖을 내다보고 있습니다. 손님이 오면 저는 적절하게 맞이합니다. 저의 매니저가 문간에 앉아 있다가 제가 초인종을 누르면 와서 제가 해야 할 말을 듣고 갑니다. 밤에는 거의 언제나 공연이 있는데, 저는 이제 더 커지기는 어려울 큰 성공을 거두고 있습니다. 밤늦게 연회에서, 학술 모임에서, 유쾌한 회합에서 집으로 돌아오면 반쯤 조련된 조그만 암침팬지가 저를 기다리고 있어 저는 원숭이식대로 그녀 곁에서 휴식을 취합니다. 낮에는 그녀를 보고 싶지 않습니다, 그녀가 눈길에 조련된 동물의 어리둥절해진 미혹(迷惑)을 담고 있어서요, 그 점은 오직 저만이 알아보는데 저는 그것을 견딜 수가 없습니다.

전체적으로 보아 저는 아무려나 제가 도달하고자 했던 것에 도달했습니다. 그것이 애쓸 가치가 없었다고는 말하지 마시기를. 저는 아무튼 그 어떤 인간의 심판도 바라지 않습니다, 다만 지식을 널리 알리고자 할 뿐입니다, 저는 보고하고 있을 따름입니다, 여러분께도요, 학술원의 고매하신 신사 여러분, 저는 보고했을 뿐입니다.

굴*

굴을 팠는데 잘된 것 같다. 밖에서 보이는 것이라곤 커다란 구멍 하나뿐이지만 사실 이 구멍은 그 어디로도 이어지지 않아서 몇 걸음만 지나면 단단한 자연석과 맞닥뜨리고 만다. 이런 꾀를 의도적으로 짜냈다고 뻐기려는 게 아니다, 그것은 오히려 허사로 돌아간 수많은 굴 파기 시도의 한 잔재였는데 결국 이 구멍 하나를 무너뜨려 버리지 않고 두는 편이 내겐 유리해 보였다. 물론 꾀를 부리면 허다히 제 꾀에 넘어가 제 목을 조른다는 걸 내가 그 누구보다 잘 아느니만큼 아무래도 이 구멍으로써 여기에 무엇인가 찾아내 볼 만한 것이 있을지도 모른다고 주목하게 한 행동은 확실히 대담한 지경이었다. 그렇지만 내가 비겁하고, 아마도 오로지 비겁한 탓에 굴을 파기 시작했다고 믿는 사람이 있다면 나를 잘못 안 것이다.

* Bau. '건축'이라고 번역될 수도 있다. 건축 쪽이 훨씬 더 흔한 뜻이기도 하다.

이 구멍에서 천 걸음쯤 떨어진, 걷어 낼 수 있는 이끼 층에 가려진 굴로 통하는 진짜 통로가 있는데, 그곳은 세상 그 무엇보다도 안전하게 마련돼 있었다, 분명 어느 누군가가 이끼를 짓밟거나 밀어붙이면 들어올 수는 있다, 그러면 거기서 나의 굴이 다 드러나고, 내킨다면 — 그러기 위해서는 아주 흔치 않은 어떤 능력이 필요하다는 사실을 잘 알아 두셔야겠지만 — 밀고 들어와 모든 것을 영영 짓부수어 놓을 수 있다. 나는 그 점을 잘 알고 있으며 나의 인생이 절정기에 있는 지금에조차도 완전히 평온한 시간이라고는 거의 한순간도 없고, 저기 저 어두운 이끼 속의 자리에서 언젠가 나는 죽어야 할 것이며, 자주 꿈에 잠겨 탐욕스러운 코를 킁킁거리며 끊임없이 돌아다녔다. 또한 언제든 큰 힘을 들이지 않고 새로이 출구를 만들 수 있게끔 위는 단단한 흙이 얇은 층을 이루도록 했고, 밑에는 푸석한 흙으로 된 입구 구멍이 있는데, 나 스스로 이것을 정말로 무너뜨려 막아 버릴 수도 있으리라고 생각하리라. 그렇지만 그것은 불가능하다. 다름 아니라 신중함이 나로 하여금 즉시 도망갈 수 있는 가능성을 요구하고, 또 신중함이 유감스럽게도 퍽 자주, 생명을 건 모험을 요구한다. 그 모든 것은 정말이지 고달픈 헤아림이니, 이따금 명석한 두뇌가 스스로에게서 느끼는 기쁨은 계속 헤아려 나아가게끔 하는 유일한 이유가 되기도 한다. 나는 즉시 도망칠 수 있는 가능성을 가지고 있어야 하는데, 내가 아무리 정신을 바짝 차리고 있더라도 전혀 예기치 못한 쪽에서 공격받을 수도 있을 것 아닌가? 내가 나의 집 가장 깊은 곳에서 평화롭게 살고 있는 사이에 천천히 그리고 소리 없이 적수가 그 어디선가 나를 향해 뚫고 들어온다. 나는 나의 적수가 나보다 예민한 감각을 지녔다고는 말하지 않겠고, 어쩌면 내가 그를 모르듯 그 역시 나를 모를 것이다. 그러나 덮어놓고 흙을 마구 파 뒤집는 우악스러운 강도들이 있는 법이라, 나의 굴은 엄청나게 길기에 그들도 어디선가는 나의 길과 맞닥뜨릴 가능성이 있다. 물론 나는 내 집에 있으므로 모든 길과 향배를 다 잘 안다는 이점이 있다. 강도 쪽에서 나한테 사로잡힐 공산이 크다, 달콤하고 맛있는 먹이로. 그러나 나는 늙어 가는 데다 나보다 원기 왕성한 자가 많고 적수는 무수히 있으니 내가 어떤 적 앞에서 도망치다가 다른 적의 올가미로 달려드는 일조차 일어날 수 있다. 아, 그 무슨 일인들 일어나지 못하겠는가! 아무렴 나에겐 밖으로 나가기 위해 더 이상 작업하지 않아도 되는, 쉽게 도달할 수 있는, 완전히 열린 출구가 그 어딘가에 있다는 확신이 꼭 필요하다. 가령 아무리 가볍게 쌓아 놓은 것이라 할지라도 내가 그곳을 절망적으로 파는 동안 갑자기 — 제발, 부디 그런 일은 없기를! — 내 허벅지가 추적자의 이빨을 느끼게 되지 않도록. 그런데 나를 향해 파 들어오는 것은 외부의 적들뿐만 아니다. 땅속에도 적들이 있다. 난 아직 그들을 본 적이 없으나 그들에 관한 전설은 알고 있으며, 나는 그걸 굳게 믿는다. 그들은 땅

속의 생물들로, 전설에도 그 모습은 전해지지 않는다. 그들의 희생물이 된 이들조차 그들의 모습을 미처 보지 못했다고 한다. 그들은 자신들의 원소인 흙 속에서 자기 발톱으로 긁어 대는데, 그 소리가 들리면 그들이 오는 것이고, 그 찰나에 이미 그걸 듣던 자는 없어져 버리고 만다. 그러니 나는 내 집에 있다기보다는 오히려 그 생물들의 집에 있는 셈이다. 그들로부터는 저 출구도 나를 구하지 못하고, 아니 실은 그 누구로부터도 나를 구하지 못하고 멸망시킬 뿐이다. 그래도 출구는 희망이며 나는 그것 없이는 살 수 없다. 이 큰길 외에도 바깥세상과 나를 긴밀하게 연결해 주는 것은, 나에게 숨 쉬기에 좋은 공기를 마련해 주는 꽤 안전한 이 길들이다. 그건 들쥐들이 놓은 길이었다. 나는 그 길들을 적절하게 내 굴과 연결시킬 수 있었다. 또한 그 길들은 내 후각이 멀리까지 미칠 수 있도록 해 주었고 그로써 나를 지켜 주었다. 또한 내가 잡아먹는 온갖 작은 족속들이 그 길을 지나감으로써 나는 나의 굴을 떠나지 않고도 어느 정도, 그러나 보잘것없는 생활을 이어 가기에는 너끈한 작은 짐승 사냥을 할 수 있었으니 그것은 물론 아주 소중한 일이었다.

그러나 내 굴의 멋진 점은 뭐니 뭐니 해도 정적이다. 물론, 그 정적은 믿을 수 없다. 그건 한순간에 갑자기 깨어져 버릴 수 있고 그러면 모든 것이 끝장난다. 그러나 잠정적으로, 아직은 정적이 있고 고요하다. 나의 통로들을 몇 시간이고 살금살금 다녀도 나는 조그만 동물들이 내는 서걱 소리와 — 나는 그런 소리가 나는 즉시 동물들을 내 이빨 사이로 넣어 조용하게 한다 — 나에게 어딘가 수리를 해야 된다고 알리는 흙이 새는 소리 말고는 아무 소리도 듣지 못한다. 그 밖에는 조용하다. 숲의 공기가 들어오는데, 그것은 따뜻하면서도 서늘하다. 이따금씩 기분이 좋아져 통로 안에서 몸을 쭉 펴고 이리저리 굴리기도 한다. 다가오는 노후를 앞두고 이런 집이 있다는 것, 가을이 시작되는데 지붕 밑에 있을 수 있다는 것은 근사하다. 100미터마다 통로를 넓혀 조그만 둥근 광장을 만들어 놓았으니 거기서 나는 편안하게 몸을 오그리고 체온으로 몸을 녹이며 쉴 수 있다. 거기서 나는 평화로운 단잠을, 채워진 욕구 그리고 자기 집을 소유했다는 달성된 목표의 단잠을 잔다. 나의 잠을 깨우는 것이 옛 시절의 습관인지 아니면 이 집 또한 지니고 있는 충분한 크기의 위험들 때문인지 모르겠지만 나는 규칙적으로 문득문득 깊은 잠에서 깨어나 밤이나 낮이나 변함없이 이곳에 가득 깔린 정적을 엿듣고 또 엿듣다가 안심하여 웃고 나면 전신에 맥이 풀려 더욱 깊은 잠에 빠진다. 기껏해야 낙엽 더미 속으로 기어들거나 무리에 껴서 세상의 온갖 타락에 내던져진, 들길이나 숲속의 저 가엾은, 집 없는 떠돌이들! 나는 여기 사방으로 안전한 광장에 누워 있고 — 내 굴에는 이런 곳이 오십 군데도 넘게 있다 — 꾸벅꾸벅 졸거나 정신없이 자는 사이에 시간이 가고, 그 시간마저도 내 마음 내키는 대로 고른다.

극도로 위험한 경우, 바로 추적까지는 아니더라도 포위당할 경우를 깊이 고려하여 굴 한가운데에서 조금 비켜난 위치에 중앙 광장을 두었다. 다른 모든 일이 육체노동이라기보다는 오히려 긴장된 정신노동이었던 데에 비해, 이 성곽 광장은 내 몸을 있는 대로 다 써서 이룬 더할 나위 없이 힘든 노동의 성과다. 몇 번이나 나는 몸이 하도 지쳐서 절망한 나머지 모든 것을 내동댕이치고 벌렁 드러누워 뒹굴면서 굴을 저주하고 굴을 열어 둔 채로 내버려 두었다. 그러고는 몸을 질질 끌고 밖으로 나가 버렸다. 그럴 수 있었던 건 다시는 굴로 되돌아오지 않으려 했기 때문이었는데 그러다가 몇 시간 혹은 며칠이 지나면 후회가 돼서 되돌아왔다. 그러면 굴이 성한 것이 기뻐서 콧노래가 나올 지경이었고 정말 즐거워하며 새롭게 일을 시작했다. 계획한 대로 진척되어야 할 부분에 가서 하필 지반이 약하고 사질(砂質)인 걸 알게 된다. 멋진 반원형 천장으로 마무리된 커다란 광장을 만들자면 바로 그 부분의 땅을 단단하게 다져야 했으므로, 성곽 광장의 작업은 불필요하게도(불필요하다는 것은 헛된 작업에서 건축이 진정한 이득을 아무것도 얻지 못했음을 의미한다.) 가중되었다. 그런데 그런 작업을 하는 데에 있어 내가 가진 것이라고는 이마뿐이었다. 그러므로 나는 수천수만 번을 몇 날이고 몇 밤이고 돌진하여 이마를 땅에다 짓찧었다. 이마가 깨져 피가 나면 행복했다. 그건 벽이 단단해지기 시작했다는 증거였으므로, 그렇게 나는 피를 흘릴 만한 일이라고 인정하였다. 나에겐 성곽 광장을 얻을 자격이 충분했다.

이 성곽 광장에 나는 나의 저장품들을 모은다, 당장 시급히 필요한 것뿐 아니라 굴 안에서 잡은 모든 것 그리고 집 밖에서 사냥해 가져온 모든 것을 나는 여기에 쌓아 둔다. 광장은 반년 치 저장품으로도 다 못 채울 만큼 크다. 그래서 나는 그것들을 쭉 늘어놓고 그 사이를 왔다 갔다 하면서 그것들을 가지고 놀기도 하고 그 풍족한 양과 갖가지 냄새를 즐기며 언제나 무엇이 얼마만큼 어떻게 있는지 파악할 수 있다. 그러니까 또한 언제든 계절에 맞춰 새롭게 배치해 볼 수 있고 필요한 예산도, 사냥 계획도 짤 수 있다. 이렇듯 생계 걱정이 없다 보니 먹는데 도무지 무심해져서, 여기를 싸돌아다니는 조그만 것들은 건드리지 않을 때도 있다. 그것은 아무튼 다른 이유에서, 아마도 신중하지 못한 일일 터다. 방어 준비에 자주 골몰하다 보니, 자연히 그러한 목적으로 굴을 빈틈없이 이용하리라 생각했던 나의 견해들도 변화, 발전했다. 이를테면 작은 테두리 안에서. 그러다 보니 방어의 기초를 성곽 광장에만 둔다는 것이 어떤 때는 위험해 보인다. 굴이 다채로운 만큼 나에게 주어진 가능성도 다채롭지 않은가, 저장물들을 조금씩 나누어 조그만 광장 몇 군데에 비치해 두는 편이 보다 신중한 판단인 듯싶다. 그리하여 나는 대략 매번 세 번째 광장을 예비 저장소로 삼거나 네 번째 광장을 늘 주요 저장소로, 두 번째 광장을 부

저장소 혹은 그 비슷한 것으로 삼기로 정한다. 아니면 눈을 속일 목적으로 저장물을 쌓아서 길 몇 군데를 아예 차단하든가 아주 비약을 해서 각기 중앙 출구에서의 위치에 따라 극소수의 광장만을 택한다. 아무렴 그런 새로운 계획은 번번이 힘든 짐 운반 작업을 요하고, 나는 새로이 계산을 해 보고 나서 짐들을 이리로 저리로 나른다. 물론 나는 그 일을 지나치게 서두르지 않고 조용히 할 수 있으며, 입에 좋은 것들을 물고 나르다가 실컷 냄새 맡고 원하는 곳에서 그때그때 그것을 야금야금 먹는다. 그런 일이 그다지 나쁠 리 없다. 훨씬 나쁜 것은 더러 화들짝 놀라 잠에서 깨는 일이다. 지금의 분배가 아주 여지없이 잘못되었고, 따라서 커다란 위험을 초래할 수 있으니 졸리고 피곤한 데에 아랑곳하지 않고 즉시 서둘러 바로잡아야만 한다는 생각이 드는 것이다. 그러면 나는 서두른다, 그러면 날 듯이 돌아다닌다, 그러면 헤아려 볼 시간이 없다. 막 아주 치밀하고 새로운 계획을 실행하고자 하는 나는 입에 와 닿는 것을 닥치는 대로 물어서 끌고 나르며, 한숨을 쉬고 신음하며 비틀거린다. 오로지 어떻게든 나에게 너무도 위험해 보이는 지금의 상황을 바꿀 수 있다면, 그것으로 족하다. 그러다가 마침내 서서히 제정신이 들고 그러면 내가 무엇 때문에 그다지도 서둘렀나 싶고, 스스로 어지럽힌 내 집의 평화로운 공기를 들이마시고, 나의 잠자리로 돌아가 금방 잠이 든다. 나중에 깨어 보면 벌써 꿈속의 일같이 여겨지는 야간 작업의 부정할 수 없는 증거로서, 내 이빨에 쥐 따위가 한 마리씩 매달려 있곤 한다. 그러다가 다시 양식을 모두 한자리에 모아 놓는 것이 최선책으로 보이는 때가 있다. 작은 광장에 모아 둔 양식이 내게 무슨 도움이 되겠는가, 거기에 대관절 얼마만큼이나 보관하겠으며 또한 무얼 갖다 놓더라도 그것은 길을 막을 뿐이니, 언젠가 방어하며 달려갈 때 오히려 장애가 될지도 모른다. 그 밖에도 어리석기는 하지만 사실인 점은 모두 한데 모아 놓은 양식을 바라보고, 그럼으로써 자신이 소유한 바를 한눈에 알 수 없으면, 그 때문에 자부심에 상처가 생긴다는 사실이다. 이렇게 많이 나누어 놓다 보면 잃어버리는 것도 많을 수 있지 않은가? 모든 것이 제대로 있는지 보려고 얽히고설킨 통로들을 줄곧 뛰어 돌아다닐 수는 없다. 기본적으로 양식을 나누어 놓는다는 생각이야 옳다. 그러나 나의 성곽 광장 같은 종류의 광장이 여럿 있어야 비로소 진정 그렇지 않겠는가! 물론이다! 그렇지만 누가 그걸 만들어 내겠는가? 또한 내 굴의 전체 설계도에 이제야 그런 광장 몇 개를 추가시킬 수는 없다. 무엇이든 간에 그 무언가를 다만 하나만 소지한다면 늘 결함이 생기기 마련이듯 그 점이 바로 내 굴의 결함이라고 시인하는 바다. 그리고 또한 고백하건대 굴을 파는 동안 줄곧 나의 의식 속에는 어렴풋하게, 그러나 만일 내가 제대로 보고자 하는 의지만 있었더라면 충분히 선명했을, 여러 개의 성곽 광장을 만들어야 한다는 요구가 있었다. 하지만 나는 거기에 따르지 않았다. 그 엄청난 작업을 해내기에는 나 자신이 너무도 약하다고 느꼈던 것이다. 그렇다, 작업의 필연성을 떠올려 보기에도 너무 약하다고 느꼈다. 어떻게 해서든, 역시 그만큼 어렴풋한 느낌으로 스스로를 위로했는데, 그것은 여느 경우라면 충분하지 못했을 터다. 그러나 나의 경우에는 단 한 번 예외적으로, 은총으로 인해 있음 직하게, 땅을 다지는 망치인 나의 이마를 보존하게 하는 하늘의 뜻을 각별히 소중하게 여김으로써 충분하리라는 것이었다. 그래서 내가 지금 성곽 광장을 하나만 가지고 있지만, 그 하나만으로는 내게 충분하지 못하리라는 어렴풋한 느낌이 여전히 가시지를 않는다. 어쨌든 간에 나는 성곽 광장 하나로 만족해야 하고, 작은 광장들로는 그것을 대체할 수 없다. 이러한 생각이 내 마음속에서 무르익으면 나는 다시 모든 것을 작은 광장들로부터 끌어내다가 성곽 광장으로 다시 옮겨다 놓는 것이다. 그래 놓고 나면 한동안은 모든 광장들과 통로들이 트여 있다는 것, 성곽 광장에 고기 더미가 쌓여 그 하나하나가 나름대로 나를 매혹하며 멀리서도 내가 정확하게 구분할 수 있는 많은, 한데 섞인 냄새를 제일 바깥 통로까지 보내는 것을 보고 있노라면 확실히 어느 정도 위로가 된다. 그러면 나는 나의 잠자리를 천천히 바깥쪽에서 안쪽으로 옮기고, 점점 깊이 냄새 속에 잠기다가 마침내 참을 수 없게 되어 어느 날 밤 성곽 광장으로 뛰어들어 가서 양식을 마구 헤집으며, 아주 무감각해질 때까지 내가 좋아하는 최상의 것으로 배를 채우는, 더없이 평화로운 시기를 보내곤 한다. 행복한, 그러나 위험한 시간이다. 그것을 남김없이 이용할 줄 아는 자라면 스스로는 위태롭게 하지 않고도 나를 쉽사리 없애 버릴 수도 있으리라. 이 점에서도 제이의, 혹은 제삼의 광장이 없다는 것이 손해이니, 나 자신을 유혹한 것도 이 한꺼번에 쌓아 둔 커다란 더미다. 거기에 대해 다양하게 방어할 방도를 찾는다. 작은 광장들에 나누어 놓는 것도 그런 대책 중 하나이기는 하지만 유감스럽게도 다른 비슷한 대책들처럼 결핍 탓에 더욱더 큰 갈망에 이른다. 그다음 한꺼번에 자각이 밀어닥치면 그 목적에 맞춰 방비 계획들을 마구 바꾸어 버리는 갈망 말이다. 그런 시기가 지나고 나면, 나는 마음을 가다듬기 위해 굴을 수리하는 데 필요한 개수(改修)에 착수하고, 그런 다음엔 이따금씩, 비록 차츰 그 시간이 짧아지기는 했지만, 굴을 떠나곤 한다. 굴을 오래 떠나 있으면 그 자체로 내겐 너무 가혹한 벌처럼 보이지만, 이따금씩 바람을 쐴 필요성을 나는 통찰한다. 출구에 가까이 가면 늘 얼마큼은 엄숙해진다. 나는 집 안에서 지내는 시기에는 출구를 멀리하고, 심지어 출구로 이어지는 통로 그 끝부분에 가서는 발 디디는 것조차 기피한다. 그쯤에서는 돌아다니는 것이 전혀 쉽지 않기도 하다. 거기에다 온전한 작은 지그재그 통로를 설치해 놓았기 때문이다. 거기서 나의 공사가 시작되었는데 그때만 해도 내 계획대로 공사를 끝마칠 수 있으리라는 희망을 가질 수가 없어서, 나는 반쯤 장난 삼아 이 작은 모퉁이에서 일을 시작해 봤는데 거기서 정신없이 첫 일의 기쁨에 사로잡혔다. 그렇게 그것은 미로 구조를 이루어 냈고 그것이 당시에는 모든 건축물의 꽃으로 비쳤으나 오늘날 나는 그것을 전체 구조에 제대로 어우러지지 못하는 너무 작은 집 짓기 놀음이라 여길 따름이다, 그리고 그 편이 다분히 더 맞는 말일 게다. 이론적으로는 어쩌면 귀한 것이겠으나 — 여기에 내 집의 입구가 있노라고, 나는 당시 보이지 않는 적에게 비꼬아 말했다. 그때 벌써 그들이 모조리 입구의 미로에서 질식하는 모습이 보이는 듯했다. — 실제로 벽은 얇아도 너무 얇은 손장난에 불과하여 진지한 공격이나 목숨을 걸고 절망적으로 덤비는 적에게는 거의 버텨 낼 수 없는 집 짓기 놀음의 산물인 것이다. 그러니 이 부분을 개축할 것인가? 결단을 내내 망설이고만 있으니 아마도 지금 그대로 있을 터다. 그러자면 무지막지한 작업량을 도외시하더라도 그것은 생각해 낼 수 있는 가장 위험한 작업이리라. 건축을 시작하던 당시만 해도 나는 거기서 비교적 안정된 작업을 할 수 있었고 다른 여느 곳에 비해 위험 부담 역시 별로 없었다. 그러나 이제 공사를 벌인다면 굴 전체에다 일부러 세상의 이목을 집중시키는 것이나 다름없으니, 이제는 불가능하다. 한편으로는 이 첫 작품에 대해 확실히 예리한 비판 감각을 지니게 됐다는 점이 기쁘기는 하다. 하기야 대공격이라도 가해진다면 어떤 입구 설계도라도 나를 구할 수 있으랴. 입구가 속이고 관심을 돌리고 공격자를 괴롭힐 수는 있겠지만, 그것은 공격자 역시 급하면 다 반격할 수 있는 것이다. 그리고 정말 큰 공격이라면 나는 즉시 굴 전체의 모든 수단과 심신의 모든 힘을 기울여 맞설 방도를 찾아야 한다. 그것은 실로 자명하다. 그러니 이 입구 역시 그대로 두어도 괜찮으리라. 굴은 어차피 자연이 가해 놓은 약점을 숱하게 지니고 있으니 내 손이 만들어 놓은, 뒤늦게야, 그러나 정확하게 인지된 이 결함 또한 함께 지니고 있어도 괜찮을 터다. 이 모든 것은 물론 이런 결함이 이따금씩 혹은 어쩌면 항상 나를 불안하게 하지 않았다는 말은 아니다. 여느 때의 산책에서 내가 굴의 이러한 부분을 멀리한다면 그것을 보는 일이 대체로 나에게 유쾌하지 못하기 때문이고, 굴의 결함이 이미 나의 의식 속에서 너무도 심하게 소란을 부리니, 늘 눈으로까지 보고 싶지는 않기 때문이다. 저기 저 위 입구에, 아무리 실책이 제거할 수 없을 만큼 도사리고 있더라도 그것을 피할 길이 있는 한 나는 그것을 보지 않아도 좋으리라. 출구 방향으로 가기만 하면, 아직 통로와 광장이라 그곳과 떨어져 있는데도 나는 이미 커다란 위험에 빠져 버린다. 더러 나는 내 가죽이 얇아져 내가 곧 가죽도 없이 벌거벗은 맨살로 거기 서 있는 그 순간, 마치 반갑다는 듯 포효하는 나의 적을 맞닥뜨릴 것만 같다. 확실히 그러한 느낌은 출구, 즉 집의 보호가 끝났다는 것 자체가 이미 야기하는 바이지만, 그래도 나를 특별히 괴롭히는 것은 역시 이 굴의 입구다. 종종 나는 내가 굴 입구를 딴판으로 바꾸어 재빨리 어마어마한 힘으로 하룻밤에 아무도 모르게 고쳐 짓고 이제 불가침의 영역이 되는 꿈을 꾼다. 그런 꿈을 꾸게 하는 잠이 나에겐 가장 단잠이어서, 깨어 보면 기쁨과 구원의 눈물이 흘러 여태까지 나의 수염에 맺혀 반짝인다. 그러니까 외출을 하면 이 미로의 고통을 내가 육체적으로도 극복하는 셈인데, 이따금 나 자신이 만들어 낸 구조물 가운데서 스스로 잠깐 동안씩 길을 잃어버리면, 가령 이 작품이 이미 오래전에 판단을 굳힌 나에게 아직도 그 존재의 정당성을 증명하려고 애쓰는 듯이 보일 때면, 그것이 내게는 분하면서도 감동적이다. 그러나 그러고 나서는 자주 내쳐 그대로 두는 이끼 덮개 아래에서 — 그렇게 오래도록 나는 집 안에 틀어박혀 꼼짝 않는다 — 나는 나머지 숲의 대지와 한 덩이가 되어 이제는 몸을 한 번만 꿈틀하면 단박에 다른 곳에 가 있다. 이 작은 움직임조차 나는 오랫동안 엄두를 내지 못한다. 오늘 내가 그걸 버려두고 떠나도 분명 다시 돌아올 텐데, 그러면 다시는 입구의 미로를 극복하지 못할까 싶어서다. 다시는 입구의 미로를 극복하지 못하게 되는 건 아닐까. 오늘 거길 떠났다가 꼭 다시 되돌아오겠는가, 어떻게? 너의 집은 보호받고, 차단되어 있다. 너는 평화롭게, 따뜻하게, 잘 먹으며 살고 있다. 주인으로, 많은 통로와 광장의 둘도 없는 주인으로, 그러니 아마도 이 모든 것을 다 희생하고 싶지는 않겠지만 어느 정도는 내주겠는가, 다시 판돈을 딸 수 있다는 보장이야 있지만 많은 돈을 건, 너무도 많은 돈을 건 도박을 시작하려 하는가? 그럴 만한 합당한 근거라도 있는가? 아니다, 그런 일에 합당한 근거란 있을 수 없다. 그러나 그런 다음에도 나는 조심스럽게 벼락닫이 문을 올려 열고 밖으로 나와서 그 문을 조심스럽게 내려 닫고는 내달린다, 한껏 빨리, 배반적인 장소를 떠나.

그러나 내가 진정으로 아주 바깥에 나와 있는 건 아니다, 비록 통로들 탓에 더 이상 마음이 짓눌리지 않고 탁 트인 숲에서 사냥하며 굴에서는, 성곽 광장에서조차, 그것이 설령 열 배나 더 컸더라도 거의 들어설 자리가 없었던 새로운 힘을 몸 안에서 느끼면서도. 또한 밖에서는 먹는 게 한결 나았다, 사냥이 비록 어렵고, 성과는 더 드물었으나 결과는 어느 점으로 보나 더 높게 평가될 수 있었다. 나는 그 모든 것을 부인하지 않으며 그것을 지각하고 향유할 줄도 안다, 적어도 다른 사람들만큼은, 아니 다분히 더 잘, 왜냐하면 나는 떠돌이들처럼 경박함이나 절망에서가 아니라 지극히 조직적으로 평온하게 사냥을 하기 때문이다. 또한 나는 매인 데 없는 삶을 누리도록 결정되어 거기에 내맡겨진 존재가 아니다, 나의 시간은 측정돼 있으며, 따라서 난 끝없이 사냥해야 하는 운명이 아니다, 이를테면 누군가가 나를, 내가 원하거나 내가 이곳의 삶에 지쳤을 때 나를 자기한테로 부를 것이고, 그는 또한 내가 그 초대를 거역할 수 없으리라는 점을 알고 있다. 그러니 나는 이곳에서의 이 시간을 남김없이 다

맛보고 근심 없이 보낼 수 있다, 아니 보다 정확하게 말하자면, 그럴 수도 있는데 나는 그럴 수가 없다. 굴이 나를 너무도 바쁘게 한다. 나는 재빨리 입구를 떠나지만 곧 되돌아온다. 좋은 매복지를 찾아 내 집의 입구를 엿본다. — 이번에는 밖에서 — 몇 날이고 몇 밤이고. 어리석다 해도 좋다, 그게 나에게 이루 말할 수 없는 기쁨을 주고 나를 안심시킨다. 그럴 때면 내가 나의 집 앞에서 서 있는 것이 아니라 나 자신 앞에 서 있는 것만 같다. 잠을 자는 동안에도 깊이 잠자면서 동시에 나 자신을 날카롭게 지켜볼 수 있는 행운을 가져 봤으면 싶다. 내겐 어느 정도 뛰어난 점이 있으니 밤 귀신들을, 잠의 무력함과 믿기 좋아하는 속성에 사로잡혀서만이 아니라 동시에 정말로 말짱한 정신에 평온한 판단력으로도 만날 수 있다는 것이다. 그런데 이상하게도 내가 자주 믿었던 것처럼, 또 나의 집으로 내려가면 결국 다시 믿게 될 것처럼, 난 나의 상태가 나쁘지 않다고 여기게 된다. 이 점에서, 아마 다른 점에서도 그렇겠으나 특히 이 점에서 바람을 쐬는 일은 진정 불가결하다. 확실히, 그렇게도 조심스럽게 내가 외진 데에다 입구를 정했는데도 — 거기서 이루어지는 왕래는, 일주일 동안의 관찰을 요약해 보건대 아주 잦았다. 그러나 어쩌면 살 수 있는 곳이라면 어디나 그만큼의 왕래는 있을 테고 심지어 왕래가 좀 잦은 곳에 노출되는 편이, 왕래가 잦다 보면 그냥 냅다 지나다니게 되는 만큼, 아주 한적하게, 천천히 수색하는 최고의 첫 침입자에게 내맡겨지는 것보다 아마 한결 나으리라. 이곳에는 적이 많고 적의 동류들은 더욱 많지만 그들 또한 서로 싸우기도 하는데, 가끔 정신이 팔려 굴 앞을 지나쳐 달려가 버린다. 내가 굴 입구를 엿보던 시간 내내 그 누구도 그곳을 찾는 이는 보이지 않았으니, 그건 그에게도 나에게도 다행스러운 일이다. 누군가가 보였더라면 나는 굴에 대한 근심으로 정신을 잃어 분명 그의 목덜미를 노리고 덤벼들었을 테니까. 물론 내가 멀리 있는 그들의 낌새만 알아차려도 그 근처에는 감히 머무르지 못하고 도망쳐야 하는 족속도 온다, 그들의 굴에 대한 태도는 사실 나로서는 확실하게 발언을 할 처지가 못 되나 곧 되돌아와서 보면 그들 중 누구도 보이지 않으며, 입구를 손상시키지 않은 것으로 보아 안심하기에 충분한 듯싶다. 나에 대한 세상의 적의가 어쩌면 그쳤거나 진정되었다고, 혹은 굴의 위력이 지금까지 이뤄진 말살의 투쟁으로부터 나를 건져 올려 주었다고 나 스스로에게 거의 말할 뻔했던 행복한 시기들도 있었다. 굴은 어쩌면 나를, 내가 일찍이 생각했던 것 혹은 굴 내부에서 감히 생각하던 것 이상으로 나를 지켜 주는 것 같다. 이따금씩 결코 다시 굴로 돌아가지 않고, 여기 입구 근처에 살림을 차려 그곳을 관찰하면서 일생을 보내면 어떨지 생각해 본다. 급기야 굴이 그 안에 있는 나를 얼마나 확고하게 지켜 줄 수 있을지 줄곧 눈앞에서 보고, 그 가운데서 나의 행복을 찾으려는 유치한 상상에 사로잡히는 지경에까지 이르렀다. 그런데 유치한 꿈에서 얼른 깨어나게 하는 것이 있다. 내가 여기서 관찰하는 안전이라는 것은 대체 무슨 안전인가? 내가 굴 속에서 처하는 위험을 여기 바깥에서 하는 체험에 따라 판단해도 좋단 말인가? 내가 굴 안에 없다면 나의 적들은 냄새를 제대로 맡을 것 아닌가? 굴 안에 있어도 나의 냄새가 확실히, 약간은 나겠지만 완전히 맡지는 못한다. 그런데 냄새부터 남김없이 다 맡아야 그게 통상적으로 위험의 전제가 되는 법 아닌가? 그러니 내가 밖에서 하는 시도의 절반이나 10분의 1이면 족하다, 안심하기에, 그리고 나아가 그릇된 안심 때문에 극도의 위험에 직면하기에, 아니다, 내가 믿었듯이 내가 나의 잠을 관찰한다기보다는 오히려 난 파괴자가 지키는 동안 잠을 자고 있는 것이다. 어쩌면 파괴자는, 무심히 입구에서 어슬렁거리며 다만 나와 다름없이 문이 아직 성하다는 사실을 늘 확인만 할 뿐 공격을 기다리리라. 집주인이 그 안에 있지 않다는 것을 알기에, 혹은 어쩌면 심지어 집주인이 그 곁의 덤불 속에 순진하게 매복하고 있다는 사실까지도 알기에 지나쳐 가기만 하는 자들 가운데 있을 터다. 그래서 나는 나의 정찰 장소를 떠났고, 바깥 생활이 지겨워졌다. 여기서는 더 배울 게 없는 것 같다, 지금도 앞으로도. 여기 있는 모든 것과 작별하고 굴 안으로 내려가 다시는 돌아오지 말고 세상만사가 굴러가는 대로 두며 쓸데없는 관찰로 붙잡아 두고 싶지 않다. 그런데 입구 너머에서 일어나는 모든 것을 그렇게 오래 바라보고 있다 보니 그만 버릇이 없어져, 그 자체가 바로 이목을 끌, 내려간다는 절차를 집행하면서, 내 등 뒤, 그다음에는 다시 닫힌 벼락닫이 문 뒤의 온 사방에서 무슨 일이 일어날지 알 수 없다는 점이 이제 내게는 몹시 고통스럽다. 우선 폭풍이 부는 밤이면 노획품들을 잽싸게 집어 던져 넣어 본다. 성공한 것 같지만 정말 성공했는지는 내가 직접 내려가 본 다음에야 알 수 있을 터다. 알려져도 더 이상 나에게는 알려지지 않을 것이며, 나에게까지 알려진다 해도 너무 늦으리라. 따라서 나는 그걸 그만두고 내려가지 않는다. 나는 판다. 물론 진짜 입구로부터는 넉넉히 떨어진 데에다 시험 굴을 하나 파 본다, 내 몸 길이보다 길지 않고 그 역시 이끼로 덮여 있다. 나는 구덩이에 기어 들어가 등 뒤로 그것을 덮고 조심스럽게 기다리며 길고 짧은 시간들을 하루 동안의 시간으로 나누어 헤아린다. 그러고 나서는 이끼를 털어 버리고 나와 나의 관찰을 기록한다. 나는 좋고 나쁜 온갖 체험을 하지만, 내려가는 일의 보편적인 법칙이나 확실한 방법은 찾지 못한다. 그럼으로써 나는 아직 진짜 입구로 내려가지 못한 채, 곧 그렇게 해야 한다는 절망감에 사로잡힌다. 자칫하면 아주 먼 곳으로 가 옛날의 암담한 생활을 다시 하리라는 결심을 할 것 같다. 안전이라고는 없고 오로지 어딜 가나 차이 없이 위험으로만 가득 찬 생활, 그러나 단 하나의 위험을, 나의 안전한 굴과 여타의 생활을 비교해 보는 일이 끊임없이 가르치듯이, 그렇게 정확하게 보면서 두려워하지 않아도 되는 생활을. 분명 그러한 결심은 무의미한 자유 속에서 너무도 오래 살다 보니 생긴 어처구니없는 바보짓이리라, 아직 굴은 나의 것이고 한 걸음만 떼면 나는 안전한 것을. 그러면 나는 온갖 의심을 떨치고 백주에 곧장 문을 향해 내달린다, 이번에야말로 틀림없이 들어 올리기 위하여. 그러나 나는 그러지를 못하고 그걸 지나쳐 달려가서는 일부러 가시덤불 속에 나를 처박는다, 나를 벌하기 위하여, 내가 모르는 죄과를 벌하기 위하여. 그러고 나면 아무튼 나는 최종적으로 말하지 않을 수 없다, 그래도 내가 옳다고. 내가 가진 가장 값진 것을 온 사방, 땅바닥, 나무 위, 공중의 모든 자들에게 적어도 잠시라도 활짝, 송두리째 내맡기지 않고는 내려가는 일이 정말이지 불가능하다고. 그리고 위험은 상상한 것이 아니라 매우 현실적인 것이다. 나를 따라오게끔 자극할 대상은 정말이지 틀림없이 진정한 적은 아닐 것이다, 다분히 그 어떤 그 누구라도 좋을 세상 물정 모르는 조그만 자, 호기심에서 나를 따라오다가 저도 모르게 나와 적대적인 세상의 안내자가 되고 마는, 그 어떤 밉살스러운 자그마한 생물일지도 모른다, 그것도 아님에 틀림없다, 어쩌면 그것은, 그것 역시 다른 것 못지않게 고약하다. 아니, 몇 가지 점에서 가장 고약한 것일 텐데 — 어쩌면 그것은 나와 같은 종류의 어떤 자로, 건축물에 일가견이 있고 그것을 평가하는 자, 그 어떤 숲의 은자(隱者), 평화 애호가, 그러나 자신은 집을 짓지 않으면서 그곳에 살고자 하는 난폭한 건달일 터다. 만일 그런 자가 지금 오기라도 한다면, 그자가 그의 더러운 욕망으로 입구를 발견하기라도 한다면, 이끼를 들어 올리는 작업을 시작하기라도 한다면, 그자가 그것을 이루기라도 한다면, 나 대신 밀고 들어가기라도 한다면, 벌써 나한테 그의 엉덩짝이 잠깐 보이고 말 정도로 썩 들어가 있기라도 한다면, 이 모든 일이 벌어져 버려서 드디어 내가 그자의 뒤를, 온갖 망설임을 떨치고 미친 듯이 쫓아가 그자에게 덤벼들어 물어뜯고 짓찧어 갈기갈기 뜯어 발겨 남김없이 빨아 마시고 찌꺼기는 다른 사냥물에다 냅다 처박아 버릴 사태가 벌어지기라도 한다면, 그러나 무엇보다, 이것이 중요한 문제일 텐데, 드디어 내가 다시 나의 굴 속으로 들어가, 이번에는 기꺼이 미로에 찬탄을 보내려 한다면, 우선은 머리 위로 이끼를 끌어당겨 쉬려고 한다면, 생각건대 내 삶의 남아 있는 나머지를 송두리째, 그러나 아무도 오지 않았고 내가 믿는 것이라고는 나뿐이다. 줄곧 이 일의 어려움에만 몰두하다 보니 나는 두려움을 많이 극복했다. 외면적으로도 입구를 더 이상 기피하지 않게 되어, 그 주위를 빙 둘러 돌아다니는 일을 취미로서 가장 즐기게 됐다. 어느덧 마치 내가 적이라도 된 듯, 성공적으로 침입할 적절한 기회를 엿보고 있는 것 같은 형국이다. 만약 내가 신뢰하여 나의 관찰 임무를 맡길 수 있는 그 누군가가 있다면, 나는 안심하고 내려갈 수 있으리라. 그러면 나는 내려갈 때, 주변 상황을 오랫동안 뒤에서 자세히 지켜봐 주고, 위험한 조짐이 보일 때는 이끼 덮개를 두드려 주고, 그러나 그 밖에는 아무것도 하지 말아 달라고 그 믿음직한 존재와 합의할 텐데. 그럼으로써 내 머리 위의 모든 문제가 깨끗이 처리되리라, 아무것도 남아 있는 게 없기를, 기껏해야 내가 믿는 그자밖에는. 그런데 그가 어떤 대가를 요구하지 않더라도, 최소한 굴을 구경하려 하지 않겠는가? 이것이, 누군가를 멋대로 내 굴에 들여놓아야 한다는 사실이 이미 나에게는 더없이 거북하리라. 나는 나 자신을 위해 굴을 팠지 방문자를 위하여 판 것이 아니다. 따라서 그를 들어오게 할 수는 없을 터다, 그가 나를 굴로 안전하게 내려가게 해 준 대가로도 나는 그를 들여보낼 수 없다. 아니, 나는 그를 결코 들여보낼 수 없을 것이다. 그러자면 내가 그를 혼자 들여보내든가 우리가 같이 내려가야 하는데, 그를 혼자 들여보내는 것은 상상조차 할 수 없는 일이고, 같이 내려간다면 그가 나에게 가져다주어야 할 바로 그 이점, 내 뒤에서 망을 봐 준다는 이점은 사라지고 말 테니까. 그리고 신뢰는 어떤가? 눈과 눈을 마주 보고 믿는 사람을 보지 않고도, 이끼 덮개가 우리를 갈라놓는데도 내가 믿을 수 있을까? 어떤 사람을 함께 감시하거나 적어도 감시할 수 있을 때 누구를 신뢰하기란 제법 쉬우며, 어쩌면 누군가를 멀리서 신뢰하는 것까지도 가능하겠지만, 굴 안에서, 그러니까 하나의 다른 세상으로부터 바깥에 있는 그 누군가를 완전히 신뢰하는 것, 그건 내 생각으로는 불가능하다. 그러나 그러한 의심까지는 당최 필요하지도 않다. 내가 내려가는 도중에나 내려간 후에 인생의 무수한 우연들이 그 믿음직한 사람의 의무 이행을 가로막을 수 있다는 사실과 그가 눈곱만큼이라도 제지를 받는 날에 그것이 나에게 얼마나 예상할 수 없는 결과를 가져올지를 생각해 보는 것만으로도 족하다. 모든 것을 종합해 보면 나는 혼자이지만 믿을 수 있는 사람이 아무도 없다고 한탄할 일은 전혀 아니다. 분명 그럴 사람이 없다고 이점을 잃는 것이 아니라, 다분히 손실을 면하는 것이다. 믿을 수 있는 것은 나 자신과 굴뿐이다. 그 점을 내가 일찍이 예상하고, 지금 나를 이토록 골몰하게 하는 경우에 대비한 조처를 취해 두어야 했을 것을. 굴을 파기 시작했을 때만 해도, 적어도 부분적으로는 가능했을 텐데. 첫 번째 통로는 적절한 간격을 두고 두 개의 입구를 만들었어야 했다. 왜냐하면 내가 온갖 불가피한 번거로움을 마다하지 않고 한 입구를 지나 내려가서 재빨리 두 번째 입구까지 첫 번째 통로를 달려, 목적에 맞게 설비되어 있어야 할 그곳의 이끼 덮개를 약간 쳐들고 거기서부터 며칠간 상황을 살펴보게끔 말이다. 그렇게 혼자 있으면 만사가 잘될지도 모르지 않는가. 입구가 둘이니 위험이 배가 되는 것도 사실이긴 하지만 그런 의심은 여기선 접어 두어야겠다, 정찰 장소로만 생각한 입구는 아주 좁아도 될 터이므로. 그럼으로써 나는 기술적인 부분에 골몰하여 또다시 하나의 완벽한 건축을 꿈꾸기 시작한다. 그것이 나를 다소 안심시키기에, 두 눈을 감고 무아경에 빠져 있노라면 남의 눈에 띄지 않게 살짝 드나들 수 있는 건축의 가능성이 분명하게 보이기도 하고, 덜 분명하게 보이기도 한다.

이렇게 여기에 누워 그런 생각을 하노라면 나는 이 가능성을 매우 높이 평가하게 된다, 다만 기술적인 성과로서일 뿐 현실적인 장점으로서는 아니다. 그렇다면 이 방해받지 않는 은밀한 드나듦, 이게 대체 뭐라는 말인가? 그것은 불안한 의식, 불확실한 자기 평가, 깨끗하지 못한 욕망, 즉 그럼에도 불구하고 엄연히 여기에 있어 마음을 열기만 하면 평화를 불어넣어 줄 수 있는 굴을 대면하여, 더욱더 나빠지는 나쁜 품성의 표시다. 그런데 나는 지금 물론 그 굴 밖에 있으며 돌아갈 가능성을 찾고 있다, 그러자면 필요한 기술적 설비가 매우 필요한 상황이다. 그러나 어쩌면 그렇게까지 심하지는 않을지도 모른다. 굴을, 될 수 있는 대로 안전하게 기어 들어가고자 하는 구덩이로만 본다면, 그건 순간의 과민한 불안에 사로잡혀 굴을 심하게 과소평가하는 것 아닌가? 분명히 굴은 이런 안전한 구덩이이기도 하고, 아니라면 마땅히 그래야 할 터다. 따라서 내가 바로 위험에 빠져 있다고 상상을 할라치면 나는 이를 꽉 깨물고 온갖 결의를 다 짜내어, 다름 아니라 굴이 바로 나의 생명을 구하도록 결정되어 있는 구멍이며, 이 명백하게 주어진 소임을 최대한 완전하게 다해 주기를 바랄 뿐 아니라 다른 모든 소임을 면제해 줄 용의마저 있다고 생각한다. 그런데 실제로는 굴이 — 어려움이 크다 보면 현실에는 눈길이 가지 않기 마련이나 위협받을 때에도 오히려 이런 현실을 보는 시선을 가져야 한다 — 상당한 안전을 제공하기는 하나 철두철미하고 충분하지는 않으니, 그 속에 있다고 근심이 다 털어지기야 하겠는가? 그것은 또 다른, 보다 자부심에 차고 보다 내용이 풍부한, 자주 내면으로 한껏 자리를 잡는 근심이지만 사람을 소모시키는 그것의 효과는, 아마도 바깥 생활에서 얻게 되는 근심의 효과와 같을 것이다. 만일 내가 오로지 생명의 안전을 위해 건축을 행했더라면, 내가 기만당한 것은 아닐 테지만, 엄청난 작업과 실제의 안전 사이에 생기는 비례 관계는, 적어도 내가 느낄 수 있는 한에서는, 거기서 이득을 볼 수 있는 한에서는, 나에게 유리하지 않다. 그 점을 시인하기는 몹시 고통스러우나 그렇게 해야 한다, 바로 저기 저 입구, 건축자이자 주인인 나와 맞서 스스로를 폐쇄하며, 그야말로 경련을 일으키는 저 입구를 직면하면 말이다. 그리고 굴은 구명(救命)의 구멍만은 아니다. 높이 쌓인 육류 저장품에 둘러싸여 여기서부터 시작되는, 각각 전체 장소에 특별히 맞춰 꺼졌거나 솟은, 뻗어 있거나 굽은, 넓어지거나 좁아지며 모두 한결같이 고요하고 텅 빈, 각기 그 나름대로 나를, 많은 광장들로, 그 역시도 고요하고 텅 빈 광장들로 인도하는 열 개의 통로다. 그곳으로 얼굴을 향한 채 성곽 광장에 서 있노라면 — 안전에 대한 생각은 까마득해지고, 그럴 때 내가 정확하게 아는 바는, 이곳이 내가 긁고 깨물고, 다지고 부딪쳐 완강한 바닥으로부터 얻어 낸 나의 성곽, 그 어떤 방식으로도 다른 누구의 것일 수 없고, 종국에는 여기서 내가 나의 적으로부터 치명상을 입고, 나의 피가 여기 나의 땅바닥에 떨어지고 없어지지도 않을 테니, 침착하게 받아들일 수 있을 정도로 나의 것, 즉 나의 성곽이라는 점이다. 그리고 한 치도 어긋남 없이 나를 위해 계산돼 있는 통로들, 가령 편안하게 몸을 쭉 뻗기, 어린애처럼 뒹굴기, 꿈에 잠겨 누워 있기, 축복받은 영면을 위해 마련된 이 통로들에서 절반은 평화롭게 잠자며, 절반은 즐겁게 깨어나며 내가 보내곤 하는 아름다운 시간들의 의미가 이것이 아니고 달리 무엇이겠는가. 그리고 작은 광장들, 그 하나하나를 내가 훤히 알 뿐 아니라 모두가 아주 똑같은데도 내가 두 눈을 감고도 벽의 돌기만으로 똑똑하게 구별할 수 있는 곳들, 그것들이 평화롭고 따뜻하게 나를 감싼다, 그 어느 둥지가 새를 감싸는 것보다 더. 그리고 사방이, 온 사방이 고요하고 텅 비어 있다.

그러나 사정이 그러하다면 왜 나는 망설이고 있을까, 어째서 나는 나의 굴을 다시는 못 보게 될 가능성 이상으로 침입자를 두려워하는 걸까. 그런데 나의 굴을 다시 못 본다는 것은 다행히도 있을 수 없는 일이니, 심사숙고를 통해 비로소 굴이 나에게 어떤 의미를 지니는지를 분명히 할 필요는 전혀 없으리라. 나와 굴은, 내가 아무리 불안하더라도 고요하고 고요하게 나는 여기에 정주할 수 있으며, 극기를 통해 온갖 의심을 무릅쓰고 입구를 열어 보려고 할 필요가 없을 정도로 나와 굴은 하나가 되어 있다. 그러하니 가만히 기다리는 것만으로 충분하리라, 아무것도 우리를 영원히 갈라놓지는 못할 테고 어떻게든 내가 결국엔 기필코 내려가고 말 테니까. 물론 그렇지만, 그때까지 얼마큼 시간이 흐를 것이며, 그동안에 얼마나 많은 일이 일어날까, 여기 위에서나 저기 아래에서나? 그러니 이 시간의 크기를 줄여 필수 불가결한 일을 즉시 하느냐 마느냐는 오로지 나 자신에게 달려 있는 것이다.

그리하여 이제, 피로 탓에 어느덧 생각 따위는 할 수 없게 되어, 고개를 떨군 채 불안한 두 다리로 절반쯤 잠자며 걷는다. 아니, 거의 더듬으면서 입구로 다가가 천천히 이끼를 들어 올린다, 천천히 내려간다, 방심해서 입구를 필요 이상으로 오래 덮지 않은 채로 둔다, 그러고 나서는 빠뜨린 것이 생각나서 그것을 챙기러 다시 올라간다, 그러나 뭣 하러 올라가겠는가? 이끼 덮개만 닫으면 되는 것을. 좋다, 그래서 나는 다시 내려가 이제 드디어 이끼 덮개를 덮는다. 다만 이러한 상태로, 오로지 이러한 상태로 나는 이 일을 해낼 수 있는 것이다. 그렇게 하고 나서는 이끼 아래 들여다 놓은 포획물 더미 위에 피와 육즙으로 흥건히 젖은 채로 누워 있는다, 열망하던 잠을 비로소 자기 시작할 수도 있으리라. 아무도 나를 방해하지 않고, 아무도 나를 쫓아오지 않는다. 이끼 위는, 적어도 지금까지는, 조용해 보인다. 설령 조용하지 않더라도, 이제는 내가 더 이상 관찰을 감당해 낼 수 없으리라 고 생각한다, 나는 장소를 바꾼 것이다. 나는 상부 세계를 떠나서 나의 굴 안으로 왔으며, 굴의 영향력을 금방 느낀다. 이곳은 새로운 힘을 주는 새로운 세계이니, 위에서는 피로감이었으나 여기서는 피로감으로 여겨지지 않는다. 나는 여행에서 돌아온 것이다, 힘들고 까무러칠 듯 피곤하지만 옛집을 다시 본다는 것, 나를 기다리는 정돈 작업, 당장 모든 방들을 겉핥기로라도 살펴볼 필요성, 그러나 무엇보다도 한껏 서둘러 성곽 광장으로 달려갈 필요성, 그 모든 것이 나의 피로를 소란과 열성으로 변화시키니, 마치 내가 굴에 발을 들여놓는 순간에 깊고 기나긴 잠을 자고 난 것만 같다. 첫 작업은 몹시 힘들었기에, 있는 힘을 다 들여야 했다. 포획물들을 미로의 비좁고 벽이 얇은 통로들을 거쳐 가져와야 했던 것이다. 있는 힘을 다해 앞으로 밀어붙였다, 그러나 너무도 천천히, 한편 그것을 촉진하기 위해 나는 고깃덩어리 일부를 찢어 남겨 두고 그 조각들을 타 넘고, 헤쳐 가며 밀고 나아간다. 이제 나의 앞에는 한 토막만 있고, 그것을 앞으로 나르기는 한결 쉽다, 그러나 그런 식으로, 나는 나 혼자 있어도 지나다니기가 늘 쉽지 않았던 여기 비좁은 통로들 안에, 가득 들어찬 고기 한가운데 있게 된다. 나 자신의 양식 속에서 질식해 죽기 십상일 지경까지 되어, 이따금씩 나는 어느덧 다만 먹고 마심으로써 무진장 밀려드는 먹을거리로부터 나를 지킬 수 있다. 그러나 운반은 이루어진다, 지나치게 길지 않은 동안에 운반을 끝낸다. 미로는 극복되었고, 한숨을 내쉬며 나는 제대로 된 통로에 선다. 그리고 포획물을 연결 통로로, 이러한 경우에 대비해 특별히 마련해 둔, 성곽 광장에 맞닿은 경사가 심한 중앙 통로로 몰아간다. 그렇게 해 놓으면 이제 일도 아니다, 모조리 거의 저절로 구르고 흘러내려 가는 것이다. 드디어 나의 성곽 광장이다! 드디어 나는 쉬어도 좋으리라. 모든 것이 변함없다, 큰 사고가 일어난 것 같지는 않다. 첫눈에 알 수 있는 작은 피해들이야 곧 수선될 것이고 우선은 먼저 통로들을 오래 거닐어 본다. 그런데 그건 힘든 일이 아니다, 친구들과 나누는 한가한 얘기 같은 것이다, 내가 옛 시절에 했던 것 같은, 아니면 — 나는 아직 그렇게까지는 늙지 않았으나 많은 것에 대한 기억이 아주 흐려졌다 — 내가 그랬던 것처럼 혹은 그러했다고 들은 것처럼. 두 번째 통로부터는 일부러 천천히 간다, 성곽 광장을 보고 난 다음에는 무한정 시간을 가질 수 있다. — 굴 안에서는 늘 나에겐 시간이 끝없이 있다 — 내가 거기서 행하는 모든 것이 훌륭하고 중요하며 어느 정도 나를 만족시키기 때문이다. 두 번째 통로에서 시작해 한중간에서 검사를 중단하고는 세 번째 통로로 넘어가는데, 거기서부터는 발길 닿는 대로 성곽 광장으로 되돌아와 버린다. 아무튼 이제 다시 두 번째 통로를 새로이 시작해야 하고, 그런 식으로 작업을 가지고 유희함으로써 작업량을 늘리고 혼자서 웃고, 기뻐하고, 많은 작업 탓에 뒤죽박죽되고 말지만 일을 그만두지는 않는다. 너희들 때문에, 너희 통로며 광장들이여, 그리고 무엇보다 성곽 광장, 너의 물음들이여, 너희로써 나는 세상에 태어났으며, 그 무엇을 위해서도 나의 목숨을 대수로이 여기지 않겠다. 내가 오랫동안 그것 때문에 떨며 너희에게로 돌아오는 일을 망설이는 어리석은 짓을 저지른 후로, 내가 너희 곁에 있는 지금 위험이 무슨 대수이겠는가. 너희가 내 것이고 내가 너희의 것으로서 우리는 결합되어 있는데 우리에게 무슨 일이 일어날 수 있겠는가. 위에서 어떤 떼거리가 몰려와 주둥아리들로 이끼를 뚫고 들어올 채비를 할 테면 하라지. 굴까지도 침묵과 적막으로 나를 환영해 주며 내가 하는 말을 뒷받침한다. 그런데도 내게는 슬금슬금 태만함이 생겨나고, 내가 좋아하는 곳 중의 하나인 어떤 광장에서 약간 몸을 오그리고 만다. 아직도 다 둘러보자면 멀었지만 앞으로도 계속 끝까지 살펴볼 참이지 않은가, 내가 여기서 잠을 자려는 것이 아니고, 다만 잠이라도 자려는 듯하게 준비를 하려는 유혹에 따른 것뿐이다, 여기서도 그전처럼 잘 잘 수 있을지 어떨지 확인해 보려는 것이다. 자는 건 된다, 그러나 몸을 빼서는 안 된다, 여기서 나는 오래 깊은 잠에 빠진다.

퍽 오래 잤나 보다. 끝까지 다 자고 저절로 떨어져 나가는 잠에서 비로소 나는 깨어났는데, 그때만 해도 벌써 몹시 얕은 잠을 잤던 게 틀림없다. 사실상 거의 들리지 않을 사각사각 소리에 내가 깨어났으니 말이다. 나는 즉시 알아차렸다, 내가 너무도 감시를 소홀히 하고, 너무도 그대로 방치해 둔 작은 동물이 내가 없는 사이에 어딘가에다 새 길을 뚫었는데, 이제 그 길이 오래된 길 하나와 만나 막혔던 공기를 흐르게 함으로써 생겨난 사각사각 소리였다. 이 무슨 그치지 않고 일하는 족속인가, 그것의 부지런함이란 얼마나 성가신가! 내 통로의 벽들에다 정확하게 귀를 기울여 보고 시험 삼아 파 보며 이 방해가 어디에서 이루어지는지부터 확인해야 하리라. 그런 다음에야 소음을 제거할 수 있을 것이다. 그건 그렇고 이 새로운 구덩이는, 그것이 어떻게든 굴의 상태에 맞기만 하면, 새로운 통풍 통로가 될 테니 나 역시 환영할 일이다. 그러나 작은 생물들에 대해서는 이제부터라도 지금까지보다 더 주의하겠다, 아무것도 그냥 내버려 두어서는 안 되겠다.

그런 수색이라면 많이 해 봤으므로 오래 걸리지는 않을 테니, 곧 그 일부터 시작하려 한다, 앞서 다른 일들이 있기는 하지만 이 일이 가장 시급하다, 나의 통로들은 고요해야 하므로. 어쨌든 이 소리는 상당히 무해하니, 내가 왔을 때 그 소리가 이미 났을 텐데도 그것을 전혀 듣지 못했던 것이다. 나는 비로소 다시 완전히 집에 자리를 잡고 그것을 듣게 되었으니 정말 틀림없나 보다, 그런 건 어느 정도 집주인의 귀에만 들리니까. 그리고 그것은, 그런 소리가 여느 때 그렇듯이 쭉 이어지지도 않는다, 오랫동안 그치곤 하는데 그것은 분명 기류가 막혀 고인 데서 비롯한 것이리라. 수색을 시작하지만, 파 보아야 할 곳을 찾는 일이 만만찮다, 몇몇 군데 구덩이를 파 보았지만 그냥 되는대로다, 물론 그렇게는 아무런 성과가 없으며 굴착이라는 큰 작업과 다시 땅을 덮어 고르게 하는 한결 더 큰 작업은 허사다. 나는 소리 나는 장소에조차 가까이 다가가지 못하는데 희미한 소리는 변함없이 규칙적인 간격을 두고 계속 울린다. 어떤 때는 사각사각 소리 같기도 하고, 어떤 때는 휘파람 소리 같기도 하다. 그런데 나는 그것을 잠시는 그냥 내버려 둘 수도 있으리라, 몹시 방해가 되기는 하지만 내가 가정해 본 소리의 출처가 거의 분명하다면 그것이 더 커질 리 만무하고 반대로 — 지금껏 내가 그렇게 오래 기다려 본 적은 없지만 — 그런 소음들은 시간의 흐름에 따라, 그 작은 굴착자가 일을 계속해 나감으로써 저절로 사라질 수도 있을 터다. 또한 그런 점을 도외시하더라도, 체계적인 수색이 오래전에 자주 무력해졌는데도, 우연 덕에 방해의 단서가 쉽사리 잡히기도 하는 법이다. 그렇게 스스로를 위로하고, 차라리 계속 통로들을 배회하며 내가 아직 다시 보지 못한 많은 광장들을 찾아본다. 그리고 간간이 조금씩 성곽 광장을 빙 돌아보는 게 나으리라, 그러나 그렇게 되지를 않는다, 나는 계속 찾아야 한다. 보다 유익하게 사용될 수도 있을 많은 시간, 많은 시간이 작은 족속에게 필요하다. 그런 기회들에 있어서 통상 나의 관심을 끄는 것은 기술적인 문제다. 예컨대 세세해서 나의 귀가 아주 정확하게 그려 낼 수 있을 정도로 구분할 수 있는 소리에 따라, 나는 어떤 계기를 상정하고 현실이 거기에 상응하는가를 검사해 보고 싶어서 조바심을 낸다. 설령 벽에서 떨어진 모래알이 어디로 굴러갈지를 아는 것만이 문제시되더라도 나는 그것조차 확실하게 느낄 수 없는데, 여기에는 확인이 따를 수 없는 만큼 충분한 근거가 있는 셈이다. 그러니 그런 소리 하나조차 이러한 관점에서 보자면 전혀 중요하지 않은 사건이 아니다. 그러나 중요하든 중요하지 않든, 아무리 찾아봐도 나는 아무것도 찾아내지 못한다, 아니 오히려 너무 많이 찾아냈다. 하필 내가 가장 좋아하는 광장에서 이런 일이 꼭 일어나야 하는지, 나는 그곳을 떠나 제법 멀리 가면서 다음 광장에 이르는 길 거의 한중간에서 생각한다. 이 모든 건 사실 농담일 뿐이라고, 이를테면 마치 바로 내가 가장 좋아하는 광장에만 이러한 방해가 마련된 것이 아니라 방해는 다른 쪽에도 있다고 증명이라도 하려는 듯이, 그러고는 웃으며 귀를 기울이기 시작하지만, 곧 웃기를 그친다. 동일한 사각사각 소리가 여기서도 정말로 들리기 때문이다. 저건 아무것도 아니야, 이따금씩 나는 생각한다. 나 말고는 아무한테도 들리지 않을 거야, 물론 연습 탓에 예민해진 내 귀에는 그 소리가 점점 더 똑똑하게 들린다. 내가 비교를 통해 확신할 수 있는 대로 그것은 사실 어디서나 똑같이, 바로 그 같은 소리인데도 말이다. 벽에다 귀를 바짝 대지 않고, 그냥 통로 가운데서 엿들으며 내가 알아낸 바에 따르면 그 소리는 더 커지지도 않는다. 그 소리를 들으려면 아무래도 바짝 긴장을 해야만, 실로 여기저기서 엎드려 몰두해야만 어떤 소리 하나의 숨결을, 차라리 듣는다기보다는 짐작으로 알아차릴 수 있다. 그러나 바로 이 모든 장소에서 똑같이 그러하다는 점이 가장 나의 신경에 거슬린다. 그것은 내가 애초에 했던 가정과 일치하지 않기 때문이다. 내가 이 소리의 근원을 제대로 알아맞혔다면, 그것은 바로 발견되었어야 할 어느 특정 장소에서 가장 크게 울리고 그다음에는 점점 작아져야 할 텐데, 그런 나의 설명에 들어맞지 않으니, 그럼 그것은 무엇이었을까? 소리의 진원지가 두 군데에 있고 내가 다만 지금까지 중심들에서 멀리 떨어진 데에 귀를 기울였고, 그래서 내가 하나의 중심에 다가가면 그것의 소리를 들을 수 있지만 또 다른 중심의 소리가 줄어듦으로써 결과적으로 늘 비슷한 식으로 들었을 가능성도 있기는 하다. 어느덧 나는 자세히 귀를 기울일 때면, 비록 아주 희미하게나마 이 새로운 가정에 부합하는 음(音)의 차이를 알아듣는다고 거의 믿게 됐다. 아무튼 나는 탐색 지역을 지금껏 해 온 것보다 훨씬 더 넓혀야 할 것 같다. 그래서 나는 통로를 아래쪽으로, 성곽 광장까지 내려가, 거기서 귀를 기울이기 시작한다. 기이하게도 여기서도 역시 같은 소리가 난다. 그렇다면 그것은 내가 이곳에 없는 시간 동안 파렴치하게도 그러한 부재를 남김없이 이용한, 어떤 하잘것없는 짐승들이 굴을 파며 내는 소리다. 아무튼 그들이 일부러

내 쪽으로 올 리는 만무하고, 다만 자기 자신들의 작업에 골몰해 있을 테니 그들의 길에 장애물이 나타나지 않는 한 한번 취한 방향을 고수하리라. 그 모든 것을 내가 알고 있다, 그럼에도 불구하고 그들이 감히 성곽 광장에 접근한다는 것이 내게는 불가해하고, 나를 흥분시키며, 작업에 필수적인 이성을 혼란하게 한다. 그런 점에서 나는 구분하지 않겠다, 성곽 광장이 위치한 장소가 현저히 깊은 곳이었는지 아닌지, 굴착하던 자들에게 겁을 주고 움츠리게 한 것이 성곽 광장의 커다란 면적과 그에 상응하는 센 공기의 유동이었는지, 아니면 그곳이 성곽 광장이라는 사실 자체가 그 어떤 소식통에 의해 그들의 둔한 감각에까지 침투해 갔는지를. 아무튼 파 들어간 흔적은 지금껏 성곽 광장 벽에서는 보지를 못했다. 내가 여기에다 내 고형 사냥물을 놔두었으니 그것의 짙은 냄새에 이끌려 동물들이 무리 지어 오기는 했으나, 그들은 저 위 어딘가에서 안으로 나의 통로를 파 들어왔고, 그런 다음 마음을 졸이기는 했지만 이에 강하게 이끌려 통로들을 따라 달려 내려왔다. 그러니 이제 그들 또한 통로들 안에서 굴을 뚫고 있으리라. 최소한 내가 나의 청년기 그리고 이른 장년기의 가장 중요한 계획들이라도 실행했더라면, 아니 그보다는 그것들을 실행할 힘이 있었더라면 얼마나 좋았으랴, 뜻이야 없지 않았으니까. 내가 좋아했던 이 계획들 중의 하나는 성곽 광장을, 그것을 둘러싼 지면과 분리시키는 일이었다. 즉 그 벽들을 대략 내 키에 상당하는 두께로만 남겨 두고 그 너머에는 성곽 광장을 빙 둘러, 유감스럽게도 지면에서 떼어 낼 수 없는 작은 기초만 남기고 벽 넓이 정도로 공동(空洞)을 마련하겠다는 것이었다. 이 공동을 나는 언제나 나에게 주어질 수 있는 가장 멋진 체류지로 그려 보곤 했는데 그건 아마 그다지 부당한 일은 아니었으리라. 이 공동의 둥그렇게 흰 벽에 매달려 있기, 위로 올라가기, 미끄러져 내려오기, 공중제비를 해서 다시 발로 바닥을 딛고 서기, 이 모든 유희는 더 말할 나위 없이 성곽 광장의 몸체 안에서 행해지지만 엄밀하게 따져 보면 바로 그 진짜 공간 안에서는 아니다. 성곽 광장을 피할 수 있다는 것, 그것으로부터 눈을 떼어 쉬게 할 수 있다는 것, 그것을 보는 기쁨을 나중으로 미룰 수 있다는 것, 그러면서도 그것으로부터 아주 떠나서 지내지 않아도 되고, 그것을 그야말로 손아귀에 단단히 움켜쥐는 것, 그런 건 거기로 접근할 수 있는 열린 출입구가 하나만 있다면 불가능한 일이다. 그리고 다른 무엇보다 그것을 감시할 수 있다는 것, 굴을 보지 못하는 결핍 대신, 성곽 광장에 있을 것인지 공동에 머무를 것인지를 택할 수 있다면, 오직 늘 그곳을 오락가락하며 성곽 광장을 지키기 위해 평생 언제라도 분명 공동을 선택하리라는 식으로 상쇄되리라는 것 또한 말이다. 그러면 벽에서 소리가 들려오는 일도 없으리라, 광장에 이르도록 무례하게 파 들어오는 일도 없으리라, 그러면 그곳에 평화가 보장되리라 그리고 나는 평화의 파수꾼이 되리라,

조그만 족속의 굴 파기 따위에 꺼림칙하게 귀 기울이는 것이 아니라, 지금은 내가 아주 잃어버린 그 무엇, 성곽 광장에 서린 정적의 소리를 황홀하게 들으리라.

그러나 이런 모든 아름다운 것은 이젠 존립하지 않으며 나는 내 일을 해야 한다. 나는 지금 일이 성곽 광장과 직접 연관된다는 사실에 거의 기쁠 지경이다, 그게 나에게 날개를 붙여 준 듯했으니까. 나는 물론 점점 더 드러나는 대로, 처음에는 대수로워 보이지 않았던 이 일에 나의 모든 힘을 쏟고 있다. 나는 지금 성곽 광장의 벽들로부터 들려오는 소리를 엿듣고 있는데, 내가 귀 기울이는 곳은, 높은 곳, 깊은 곳, 벽 혹은 바닥, 입구들 혹은 내부, 사방, 온 사방인데 전부 같은 소리다. 끊어졌다 이어지곤 하는 소리에 이렇게 오래 귀 기울이고 있는 데에 얼마나 많은 시간이, 얼마나 큰 긴장이 필요한지. 자기기만을 위해 굳이 조그만 위로를 찾자면, 여기 성곽 광장에서는 귀를 땅바닥에서 떼면, 통로들에서와는 달리 광장의 크기 때문에 전혀 아무 소리도 들리지 않는다는 점이다. 그러나 그건 그렇다 치고, 대체 무슨 일이 일어났단 말인가? 이 현상 앞에서 나의 첫 번째 해석은 전혀 통하지 않는다. 그렇지만 나에게 제시되는 다른 해석들 역시 나는 거부해야 한다. 내 귀에 들리는 것이 바로 작업을 하는 미물 자체라고 생각해 볼 수도 있으리라. 그러나 그것은 모든 경험에 위배되니, 늘 존재했는데도 내가 한 번도 들어 본 적이 없는 것을 갑자기 듣기 시작할 리는 없지 않은가. 굴 속에서 여러 해를 지내면서 방해받는 데 대해 더욱 예민해졌을지도 모르겠으나 청각은 결코 더 예민해지지 않았다. 들리지 않는다는 것은 바로 작은 동물의 본질이다. 그전에는 언제, 내가 그런 걸 참기라도 했단 말인가? 굶어 죽을 위험을 무릅쓰고 그런 것을 모조리 없애 버렸더라면 좋았을걸. 그러나 어쩌면 여기서 문제되는 것은 아직 내가 모르는 어떤 동물이리라. 이런 생각도 슬슬 떠오르기 시작한다. 그럴 수도 있으리라. 내가 이미 오래, 충분히 조심스럽게 여기 아래쪽에서의 삶을 관찰하고 있기는 하지만 세상에는 다채롭고 고약한 경이가 결코 없지 않은 법이다. 그러나 그건 한 마리가 아닐 수도 있으리라, 갑자기 나의 영역 속으로 추락할지도 모를 큰 무리임에 틀림없으리라. 소리가 들리는 걸로 봐서는 조그만 것들보다 한 수 위이지만 도무지 그들이 작업을 하는 소리 자체가 보잘것없다 보니, 그저 조금 나은 데 불과한 작은 동물들의 큰 무리이리라. 고로 그것은 모르는 동물들, 나를 방해하기는 하지만 머잖아 행렬이 끝날, 그저 지나쳐 갈 뿐인 뜨내기 무리일 수도 있으리라. 그렇다면 사실 나는 기다려도 되는 것이니 결국 불필요할 작업은 하지 않아도 될 터다. 그런데 그게 낯선 동물들이라면 왜 나는 그들을 여태껏 보지 않았을까? 그런데 그들 중 하나를 포획하려고 이미 많은 굴을 파 보았으나 아직 하나도 찾지 못했다. 어쩌면 그것은 아주 형편없이 작은 동물로, 내가 아는 것들보다 훨씬 더 작은데, 다만 그들이 내는 소리가 더 크리라는 생각도 든다. 그래서 나는 파헤쳐 놓은 흙을 조사한다, 흙덩어리가 잘게 부서지라고 높이 던져 올린다, 그러나 소리를 내는 자들은 그 아래에 없다. 서서히 나는 통찰한다, 그렇게 아무 데나 파 보는 것만으로는 아무 성과도 있을 수 없음을. 아무 데나 파 보는 건 내 굴의 벽들을 마구 헤집어 놓을 뿐이다, 여기저기를 황급히 긁어 흐트러뜨린다, 구멍들을 메울 시간이 없다, 많은 곳에 벌써 길과 시야를 가로막는 흙무더기들이 쌓여 있다. 물론 그 모든 것은 다만 나의 신경에 거슬리는 부수적인 것에 불과하다. 지금 나는 거닐 수도, 둘러볼 수도, 쉴 수도 없으니 말이다. 이따금 나는 작업을 하다가, 어느새 어떤 구멍에서 잠깐 잠들기도 한다. 앞발 하나는 발톱을 세운 채로, 위쪽 흙 속에 두고 말이다. 절반쯤 잠이 깨었을 때 흙 한 덩이를 긁어내리고자 했음이다. 이제 나는 나의 방식을 바꾸려고 한다. 소리 나는 방향으로 큰 구덩이를 정식으로 만드는데, 모든 이론을 떠나, 나는 소리의 진짜 원인을 찾기 전까지 이 일을 멈추지 않겠다. 그다음에는 구덩이들을 내 힘이 닿는 한에서 없앨 것이고, 그러지 못하더라도 최소한 확신을 얻게 될 터다. 그 확신은 나에게 안심, 아니면 절망을 안겨 줄 것이다, 어떻든 간에 이것 아니면 저것일 테니, 의심의 여지가 없고 정당하리라. 이 결심이 내겐 유쾌했다. 내가 지금까지 모든 것을 행해 오며 지나치게 서둘렀다는 생각이 든다, 귀환의 흥분에 빠져, 아직 지상 세계의 근심에서는 벗어나지 못하고 굴의 평화에도 완전히 수용되지 못한 채, 내가 그렇게 오래 굴 없이 지내야 했다는 사실에 지나치게 민감해져서, 시인할 만한 것이기는 하지만 이상한 현상 하나 때문에 나의 분별을 모조리 잃어버렸던 것이다. 그럼 무엇이라는 말인가? 긴 사이를 두고서 들리는 가벼운 사각사각 소리, 아무것도 아니다. 그렇게 말하고 싶지는 않지만, 익숙해질 수도 있는, 아니, 익숙해질 수 없겠지만, 잠정적으로 곧장 어떤 대응을 하지 않은 채 한동안 관찰해 볼 수도 있는 것, 가령 몇 시간 동안 이따금씩 귀를 기울이고 결과를 참을성 있게 기록해 둘 수도 있는 것 말이다. 나처럼 벽에서 귀를 떼지 않고, 벽을 따라가며 그 소리가 들릴 때면 거의 매번, 진짜 무얼 찾기 위해서라기보다는 내면의 불안에 상응하는 그 무언가를 행하기 위해 땅을 파헤치지 않을 수도 있는 것이다. 이제는 그게 달라지리라, 나는 희망한다. 그리고 또다시 희망하지 않으니 — 나 자신에게 노하며, 두 눈을 감고 시인하느니 — 불안이 나의 내부에서 아직도, 몇 시간 전부터와 똑같이 자리하고 있다. 이성이 제지하지 않는다면 나는 분명 그냥 아무 데서나, 거기서 무슨 소리가 들리는지 아닌지 상관하지 않고, 둔감하게, 반항적으로, 오로지 굴을 파기 위해서 되는대로 굴착하기 시작했을 것이기 때문이다. 어느새 맹목적으로 파거나 아니면 그저 흙을 먹기 때문에 땅을 파는 저 작은 동물과 별로 다르지 않게. 이 새로운 계획은 내 마음을 사로잡기도 하고 그러지 않기도 한다. 그것에 이의를 제기할 생각은 없다, 적어도 내게는 이의가 없다, 내가 알기로 그 계획은 틀림없이 목표에 이를 터다. 그런데 그럼에도 불구하고 그러리라고는 근본적으로 믿지 않는다, 그 결과로 생길 법한 충격도 결코 두려워하지 않을 만큼 별반 믿지 않는다, 결코 충격적인 결과를 생각하지 않는다, 그렇다, 나는 그 소리가 처음 등장했을 때부터 수미일관한 굴 파기를 생각했는데, 다만 확신이 서지 않아서, 지금껏 그걸 시작하지 않은 듯 보인다. 그런데도 나에겐 물론 다른 수가 없으니, 굴 파기를 시작할 것이다. 그러나 즉시 시작하지는 않겠다. 작업을 약간 미루겠다. 마땅히 분별력이 다시 온전하게 돌아오면 시작할 테니, 이 일에 처박히지는 않겠다. 어쨌든 먼저 내가 파헤치는 작업을 하느라 굴에다 끼친 피해부터 손봐야겠다, 큰 시간이 드는 일은 아니지만 꼭 필요하다. 새로 굴을 파는 작업이 정말로 틀림없이 목표에 도달한다면, 그것은 분명 길어지리라. 한편 그것이 아무런 목표에도 도달하지 못한다면 그것은 끝나지 않을 테니, 아무튼 이 작업은 굴로부터 꽤 오래 떨어져 있어야 함을 의미한다. 저 지상 세계에 있으면서 굴을 떠나 있는 것만큼 나쁘지는 않을 것이니, 나는 원할 때면 일을 중단하고 집에 다녀올 수 있고, 그러지 않더라도 성곽 광장의 공기가 나에게로 불어와 작업하는 나를 감쌀 터다. 그러면서도 그것은 굴로부터 멀어지는 일과 불확실한 운명에 몸을 내맡겨야 함을 뜻하니, 나는 내 뒤에 잘 정돈된 굴을 남겨 두겠다. 굴의 평화를 쟁취하기 위해 분투했던 내가 스스로 그 평화를 교란해 놓고 즉시 회복시키지 못해서는 안 되지. 그래서 나는 구멍들 속으로 흙을 다시 흐트려 넣기 시작한다. 내가 정확하게 아는 작업, 내가 헤아릴 수도 없이 여러 번, 거의 일을 한다는 의식도 없이 행했던 작업이니, 특히 마지막 압착과 땅고르기라면 내가 — 이것은 분명히 그저 자기 자랑이 아니고, 그대로 진실이다 — 타의 추종을 불허하게 해낼 수 있는 작업이다. 그렇지만 이번에는 그게 어렵다, 나는 너무도 산만하고, 한창 작업을 하다 말고 자꾸자꾸 벽에 귀를 갖다 대고 귀 기울이며 내 발 아래서 채 퍼 올려지지도 않은 흙이 다시 비탈로 흘러내려도 무심히 내버려 둔다. 한결 강력한 집중을 요하는 마지막 미화 작업은 거의 해내지 못한다. 보기 흉하게 불거져 나온 곳, 장애가 되는 틈바구니가 그대로 있다. 또한 전체적으로 보면 마치 누더기처럼 꿰맨 벽에서 옛날의 둥그런 곡선을 찾아볼 수 없는 건 말할 필요도 없고, 나는 이것을 다만 잠정적인 작업이라 여기며 애써 자위한다. 내가 되돌아와 다시 평화로워지면, 모든 것을 최종적으로 개수하리라, 그때면 모든 것이 눈 깜짝할 사이에 이루어지겠지. 그렇지, 모든 것이 눈 깜짝할 사이에 이루어지는 건 동화 속 이야기이니, 이 위로 또한 동화 속의 위로다. 더 나은 방법은 지금 즉시 완벽한 작업을 하는 것이리라, 작업을 자꾸자꾸 중단하고 통로들을 느긋하게 돌아다니며 새로이 소리 나는 곳이 어딘지 확인하는 것보다는 훨씬 유익하리라, 그렇게 돌아다니는 건 정말이지 아주 쉬운 일이다, 아무 데나 멈추어 서서 귀 기울이는 것밖에는 달리 아무것도 요하지 않으니까. 그리고 그 밖에도 나는 쓸모없는 발견을 한다. 더러 그 소리가 그친 듯이 느껴지는데, 그것이 실은 길게 정지한 것이고, 종종 그런 사각사각 소리를 넘겨듣기도 하는데, 귓속에서 자신의 피가 지나치게 심하게 박동할 때면 그 두 가지 정지가 하나로 합쳐져, 잠시 동안 그 사각사각 소리가 영원히 끝난 것처럼 여겨진다. 그때면 더 이상 귀 기울이지 않는다, 펄쩍 뛰어오른다, 인생이 송두리째 180도 달라진다. 굴의 정적이 흘러나오는 근원이 열리기라도 한 듯싶다. 발견한 걸 즉시 검증하기를 삼가며, 의구심을 품기에 앞서 그걸 믿고 털어놓을 수 있는 그 누군가를 찾아, 성곽 광장까지 내달린다. 자기 존재의 모든 것과 더불어 새로운 인생에 눈을 떴으므로, 벌써 오랫동안 아무것도 먹지 않았음을 기억하고, 흙 속에 절반쯤 파묻힌 식량에서 아무거나 좀 끌어내어, 믿을 수 없는 발견이 이루어진 장소로 되돌아오는 동안에도 그걸 꿀떡꿀떡 삼킨다. 처음에는 그저 곁다리로, 단지 먹는 동안에 얼핏 사방을 다시 한번 확인하려고 귀를 기울인다. 그런데 얼핏 귀를 기울인 행위가 즉각, 치욕스럽게도 실수했다는 걸 알려 주니, 거기 먼 곳에서 확고부동하게 사각사각 소리가 난다. 그래서 먹던 음식을 뱉어 낸다, 음식을 땅바닥에 꽉꽉 밟아 넣고만 싶다,

작업으로 되돌아가지만 어느 작업으로 돌아갈지조차 전혀 모르는 상태다, 필요해 보이는 곳, 어디나 그리고 그런 곳이라면 충분히 있으니, 기계적으로 무엇인가를 하기 시작한다, 마치 감독관이 오기라도 한 듯이 그리고 감독관에게 희극을 보여 주어야 한다는 듯이. 그런데 잠시 그런 식으로 작업을 했는데, 곧바로 새로운 발견을 하게 되는 일도 생기나 보다. 소리가 더 커진 것 같다, 여기서는 늘 오로지 섬세함에 따른 차이가 문제시되니, 물론 훨씬 더 커졌다고는 할 수 없어도 약간 더 커진 것을 똑똑하게 알아들을 수 있다. 그리고 소리의 증폭은 어떤 다가옴으로 여겨지는데, 가령 이 증폭은 들린다기보다는 그야말로 훨씬 분명하게 다가오는 발자국처럼 보이는 것이다. 벽에서부터 펄쩍 뛰어 물러나, 이 발견의 결과로 벌어질 수 있는 모든 일을 시선으로 조망해 보려고 애쓴다. 본래 굴을 공격에 대비한 방어용 시설로 설비한 적이 없는 듯한 느낌이다, 그런 의도야 있었지만 공격의 위험이라는 것이 온갖 인생 경험에 위배되어 보였고, 그래서 방어 시설들이 자신과는 거리가 먼 것으로 보였던 것이다. — 아니면 전혀 무관하지는 않더라도(어찌 그럴 수 있으랴!) 서열상으로 평화로운 삶을 위한 설비들보다는 까마득하게 하위에 있었다. 그래서 굴 안에서는 평화로운 삶을 위한 시설들을 우선시하였던 것이다. 많은 것들이 기본 계획을 저해하지 않으면서도 그 방향에서 설비될 수 있었을 텐데도 그것은 납득이 가지 않을 정도로 소홀히 여겨졌다. 이 몇 해 동안 나는 많은 행운을 누렸고, 행운은 나의 버릇을 나쁘게 하였으며, 불안하기는 했으나 행운 속의 불안은 아무것에도 이르지 못하는 법이다.

우선 지금 할 수 있는 일은 사실 방어를 목표로, 방어하면서 상상할 수 있는 온갖 가능성에 비춰 굴을 살펴보고, 방어 계획 및 거기에 속하는 건축 도면을 만들어 내서 즉시, 젊은이처럼 원기 왕성하게 작업을 시작하는 것이리라. 그것은 필수 불가결한 작업일 터다. 지나치는 김에 말하자면, 물론 너무도 때늦거나 필수 불가결한 작업이리라, 실은 무방비 상태로 내 온 힘을 들여, 그러다 보니 오히려 위험 쪽에서 너무 뒤늦게 닥쳐오지나 않을지 어처구니없는 염려까지 해 가면서 위험을 찾아내는 데 몰두하는 목적밖에 없는, 그 어떤 거창한 탐사를 위한 굴 파기는 결코 아닐 것이다. 나는 갑자기 내 이전의 계획을 도무지 이해할 수가 없다. 예전에는 사려 깊었던 계획에서 사려라고는 눈곱만큼도 찾아볼 수가 없으니, 다시 작업에서 손을 놓고 귀 기울여 듣는 일도 그만둔다, 지금은 소리가 더 커지는 것을 발견하고 싶지 않다, 발견이라면 충분히 했지 않은가, 모든 것을 방치한다, 내 내면의 저항을 진정시킬 수만 있다면 만족할 텐데. 다시 발길 닿는 대로 통로들을 지난다, 점점 더 먼 통로들 안으로 간다, 돌아온 후 아직 보지 못한, 나의 파헤치는 발길이 아직 전혀 닿지 않은 통로들로 내가 가면 그 정적이 깨어나 나의 위로 내려앉는다. 나는 굽히지 않는다, 내내 서

두른다, 무엇을 찾는지도 전혀 모른다, 다분히 다만 시간을 미루는 것이리라. 나는 길에서 훨씬 벗어나 미로까지 오고 만다, 이끼 덮개에 귀를 대고 소리를 듣는 일이 나의 마음을 끈다, 그토록 멀리 있는 사물들이, 이 순간으로서는 그토록 멀리 있는 사물들이 나의 관심을 산 것이다. 위까지 밀고 나가서 귀 기울인다. 깊은 정적, 여기는 얼마나 좋은가, 저 밖에서는 아무도 나의 굴엔 관심이 없고, 각기 나와는 아무 상관 없는 그 자신의 일들에만 신경을 쓴다, 내가 그것에 도달하기 위해 무슨 일을 해 보든 간에. 여기 이 이끼 덮개는, 어쩌면 내 굴에서 지금 몇 시간씩 귀 기울여 봐야 아무 소리도 들리지 않는 유일한 장소다. — 굴 속에서의 관계는 완전히 거꾸로이니, 지금껏 위험한 장소였던 곳이 평화의 장소가 되고, 반면 성곽 광장은 세상의 소음과 그것이 지닌 여러 가지 위험물이 내는 소음에 휘말려 버린다. 더욱 나쁜 것은, 사실 여기에도 평화가 없다, 여기서는 아무것도 달라지지 않는다. 조용하든 시끄럽든 상관없이 이끼 위로는 전과 마찬가지로 위험이 매복해 있으며, 단지 내가 그것에 둔감해졌을 뿐이다. 나의 벽들에서 들려오는 사각사각 소리에 나는 너무도 시달리고 있다. 내가 소리에 시달리고 있다고? 소리는 커지고, 가까워져 오는데 나는 미로를 살금살금 돌아다니며 여기 높은 곳, 이끼 아래에 태평하게 진을 치고 있다. 내가 여기 위쪽에서만 약간의 평화를 찾는다는 건, 벌써 사각사각 소리를 내는 자에게 나의 집을 온통 내맡겨 버린 거나 다름없는 꼴이지 않은가, 사각사각 소리를 내는 자에게라고? 그 소리의 원인에 대해 내가 새로 확정된 견해라도 가지고 있단 말인가? 그 소리는 아마 작은 것이 파고 있는 가느다란 홈들에서 나는 것일 텐데도? 그것이 나의 확정된 견해이지 않은가? 아직은 내가 거기서 벗어나지 못한 것 같다. 그리고 그것이 직접 홈에서 나는 소리가 아니더라도, 어떻게든 간접적으로 거기서 나는 소리이리라. 그리고 만일 그 소리가 그 홈들과 전혀 무관하다면, 전혀 아무것도 미리부터 가정할 수 없을 테니, 아마 원인을 발견하거나 그 자체가 드러날 때까지 기다려야 할 것이다. 가정들을 가지고 유희하는 일이야 물론 지금도 할 수 있다. 예컨대 이런 말도 할 수 있으리라, 어딘가 먼 곳에서 느닷없이 물이 새어 들어왔고, 나에게 휘파람 소리나 사각사각 소리로 들리는 것이 실은 물이 졸졸 흐르는 소리일지도 모른다고. 그러나 내가 이러한 경험을 전혀 해 보지 않았다는 사실을 제쳐 놓더라도 — 내가 처음 발견한 지하수는 즉시 물길을 돌려놓았으므로 이 모래 바닥으로는 다시 흘러오지 않았다 — 그것은 사각사각 소리이지 졸졸 흐르는 소리로는 해석되지 않는다. 하지만 진정하라는 온갖 경고가 무슨 소용이겠는가. 상상력은 멈추지 않고, 나는 정말로 이렇게 곧이곧대로 믿는 데 집착한다. — 그것 자체를 부인하는 것은 실없는 일이다 — 그 사각사각 소리는 한 마리의 동물, 즉 많은 작은 동물들이 아니라

단 한 마리의 큰 동물이 내는 거라고 말이다. 무엇보다 그 소리는 사방 어디서나 들리며 언제나 같은 크기일 뿐만 아니라, 그 밖에도 밤낮으로 들린다. 그런 생각에 맞서는 조짐이 있기는 했다. 확실히 처음에는 어느 편이냐 하면, 작은 동물들이 내는 소리라고 가정하는 방향으로 마음이 기울 수밖에 없었으나 이리저리 파 보는 동안 내가 그것들을 찾아냈어야 했음에도 아무것도 찾지 못했으니, 이제는 큰 동물이 존재한다는 가정만 남은 것이다. 그런데 그 동물은 가정에 특히 어긋나 보일지 모른다. 실은 그냥 사물들, 그 동물을 형편없이 무례하게 만들지 않고, 다만 온갖 상상을 훨씬 넘어설 정도로 위험하게 만드는 사물들이다. 오로지 그 때문에 나는 그 가정에 저항했었다. 나는 이 자기기만을 그만둔다. 나는 이미 오랫동안 한 가지 생각을 이리저리 굴려 보았다. 즉 그 동물이 맹렬하게 작업을 하는데, 마치 산보객이 노천 통로를 지나가듯 빠르게 땅을 판다고. 그래서 그게 땅을 팔 때면 땅이 진동하고, 그게 지나간 한참 후에도 여전하다고. 따라서 이 뒤이은 진동과 작업의 소리 자체가 먼 거리를 두고 한데 섞여, 잦아드는 그 소리의 마지막 잔음만 듣는 나에게는 그것이 어디서나 똑같게 들린다는 것이다. 거기에도 그 동물이 나를 향해 오고 있지 않다는 생각이 섞여 들어가 영향을 미친다. 그 때문에 그 소리가 변함없고, 오히려 나로서는 그 뜻을 꿰뚫어 볼 수 없는 어떤 계획으로 이미 제출되어 있다, 나는 다만 그것이, 나에 관해 안다고는 전혀 주장하고 싶지 않은 그 동물이, 나를 포위하고 내가 그것을 관찰하기 시작한 때부터, 몇 개의 포위망을 이미 나의 굴 주변에 그어 놓았으리라고 가정할 뿐이다. — 그 소리의 종류, 사각사각 소리냐 휘파람 소리냐 하는 문제는 나에게 생각할 거리를 많이 준다. 내가 내 방식대로 땅을 긁어 보고 파헤쳐 보면 전혀 다른 소리로 들린다. 이 사각사각 소리로 보아, 그 동물의 주된 연장은 발톱이 아니다. 어쩌면 발톱으로 부수적인 작업을 할지도 모르지만, 아무튼 그 엄청난 힘은 어떤 날카로움마저 지녔을 주둥이거나 거대한 코라고밖에 설명할 수 없다. 틀림없이 그것은 세찬 일격으로 큰 코를 땅속에다 박아 커다란 흙덩이를 떼어 내는데, 이 시간 동안에는 내가 아무 소리도 듣지 못한다. 이게 바로 그 멈춤이다. 그러나 그러고 나서는 다시 새로운 일격을 하고자 공기를 들이마신다. 그 동물의 힘뿐만 아니라 그의 서두름, 작업에 대한 열성 때문이기도 한, 명백히 땅을 뒤흔드는 소음인 이 공기 흡입이, 내게는 낮은 사각사각 소리로 들리는 것이다. 그럼에도 도무지 모르겠는 것은 쉬지 않고 일할 수 있는 그의 능력이다. 어쩌면 짧은 정지마다 아주 잠깐 숨 돌릴 기회가 포함돼 있겠으나 휴식다운 긴 휴식은 내가 보기에 아직 없었던 것 같고, 그는 밤낮으로 땅을 판다, 늘 같은 힘과 같은 원기로, 서둘러 실행해야 하는 그의 구상, 실현할 모든 능력을 그가 지닌 계획에 늘 쏟아부으면서 말이다. 그런 적수를 나는 전혀 예상하지 못했다.

그러나 그의 별난 점들은 제쳐 놓고라도 지금 내가 실로 늘 두려워했어야 했을 그 무엇, 거기에 맞서 늘 대비를 했어야 마땅했을 그 무엇인가가 진짜로 일어나고 있다. 누군가가 다가오는 것이다! 어찌하여 그토록 오랜 시간, 만사가 고요하고 행복하게 흘러갈 수 있었던가? 누가 적들의 길을 인도하여, 그들로 하여금 나의 소유지 둘레를 크게 에워싸게 했는가? 지금 와서 이다지도 놀라게 될 바에야 나는 왜 그토록 오랫동안 보호받았단 말인가? 그것들을 생각하고 또 하면서 세월을 보내고, 결국 이 하나의 위험을 대면하게 한 온갖 작은 위험들은 무엇이었나? 내가 건축 소유주이니 언젠가 찾아올지 모를 모든 자에게 우세하기를 바랐던가? 바로 이 크고 민감한 작품의 소유주이기에, 비교적 진지한 모든 공격에 대해 무방비하다고 하는 편이 오히려 설득력 있다. 굴을 소유했다는 행복이 나를 버릇없게 했고 굴의 민감함이 나를 예민하게 했으며 굴의 상처가 나 자신의 상처인 것처럼 나는 아프다. 바로 이 점을 나는 예상했어야 했다. 나 자신의 방어뿐 아니라 — 그런데 그것조차도 나는 얼마나 가볍고 성과 없게 행하였던가 — 굴의 방어도 생각했어야 했다. 무엇보다도 굴의 각 부분들이, 그리고 될 수 있는 대로 많은 하나하나의 부분들이, 누군가의 공격을 받으면, 그 공격이 최단 시간 안에 이루어질 터이니, 흙이 무너져 내리면 덜 위협을 받을 부분들과 분리되어야 했다. 그것도 그러한 흙덩어리 때문에 그 뒤에 진짜 굴이 있다고는 공격자가 전혀 눈치채지 못할 정도로 효과 있게 분리되게끔 배려했어야 했다. 더 나아가 이러한 흙의 붕괴는 굴을 감추는 데뿐만 아니라 공격자를 파묻는 데도 적합해야 하리라. 그러한 종류의 방비를 위한 극히 작은 시도조차 나는 하지 않았다. 아무것도, 전혀 아무것도 이런 방향에서는 이루어지지 않았으니, 어린아이처럼 나는 경박했던 것이다, 나의 성년기는 어린아이 같은 유희로 흘러가 버렸고, 현실적인 위험들을 현실적으로 생각하는 데에 나는 소홀했다. 그런데 경고라면 없지 않았더랬다.

아무튼 지금의 상태에 이르게 한 그 무엇은 아니었더라도 건축을 시작할 무렵에 비슷한 일이 일어났으니 말이다. 주요한 차이점이라면 그때는 바로 건축을 시작한 때였다는 사실이다. 그 당시 나는 그야말로 아직 첫 단계 수준의 보잘것없는 견습공으로서 작업을 했다. 미로는 겨우 큰 윤곽만 잡혀 있었고, 조그만 광장 하나를 벌써 파 놓기는 했으나 그것은 크기에서나 벽을 다루는 데 있어서 아주 실패작이었다. 요컨대 그것은 전체를 통틀어 그저 실험으로, 언젠가 참을성이 다하면 별 유감 없이 문득 손을 놓아 버릴 수도 있는 것으로 간주되었던 만큼 모든 것이 착수 단계에 있었다. 그 무렵이었다, 한번은 작업 중간에 휴식하면서 — 나는 나의 인생에서 늘 작업 중간에 너무 많이 쉬었다 — 파낸 흙더미들 사이에 누워 있다가 문득 멀리서 어떤 소리를 들은 일이 있었다. 젊었기에 나는 그 일로 겁이 났다기보다는 호기심이 동했다. 작업을 버려두고 귀 기울여 듣기에 매진했는데, 그때 만 해도 그냥 귀 기울여 듣기만 했지, 저 위쪽의 이끼 아래로 달려가지는 않았다. 거기서 몸을 뻗고 누워 귀 기울이지 않아도 되었으면 하고 말이다. 최소한 나는 귀 기울였다. 나의 것 같은 어떤 굴에서 문제가 일어나고 있음을 썩 잘 판별할 수 있었으니, 약간 더 약하게 울리는 듯싶지만, 그중 얼마만큼을 멀리 떨어진 거리 탓으로 돌려야 할지 알 수가 없었다. 바짝 긴장해 있었으나 그 밖에는 냉정하고 침착했다. 나는 어쩌면 내가 어떤 낯선 굴에 들어와 있다고 생각했다, 그 주인이 지금 내 가까이로 굴을 파 들어오고 있다고. 이러한 가정이 옳은 것으로 드러났더라면, 내가 결코 정복욕에 차 있거나 호전적이지 않은 만큼, 내 쪽에서 떠났으리라. 어디 다른 곳에서 건축을 하려고, 어디 다른 곳에서 집을 지으려고. 그러나 물론, 그때만 해도 나는 젊었고 아직 굴도 없었던 터라 냉정하고 침착할 수가 있었다. 잇따른 사건의 진행 또한 나에게 본질적인 흥분을 가져다주지는 않았고, 다만 해결하기 쉽지 않았다. 그곳에서 굴을 파던 자 역시 내가 파는 소리를 듣고 정말로 내 쪽으로 오려고 애썼다면, 그때 실제로 그런 일이 일어났듯이, 그가 방향을 바꾼 이유가 혹시 내가 작업 도중에 휴식함으로써 그가 나아가는 방향의 지침이 될 요인을 없애 버렸기 때문이었을까? 아니면 그것보다는 그 자신이 의도를 바꾼 것인지 단언할 수 없었다. 그러나 어쩌면 내가 스스로를 기만했으며 그가 나를 향해 똑바로 온 적은 한 번도 없었을지도 모른다. 아무튼 그 소리는 또 한동안, 마치 그가 다가오기라도 하는 듯이 강해졌는데, 당시에 젊은이였던 나는 아마도 어떤 굴착자가 느닷없이 땅에서 솟아 나오는 모습을 보았다면 오히려 흡족해했을지도 모른다, 그러나 그런 비슷한 일은 일어나지 않았고 어느 특정한 지점에서부터 굴 파기가 약해져, 마치 그 굴착자가 점차 자기가 처음 취했던 방향을 바꾸기라도 한 듯이 차츰 더 약해졌다. 그러다 갑자기 뚝 그쳐 버렸다. 그가 이제 정반대 방향으로 가려고 결심하여, 나를 떠나 곧장 먼 곳으로 가기라도 한 듯이. 오래도록 그의 자취를 찾아 정적 속에 귀 기울이고 있다가 나는 다시 일을 시작했다. 그런데 그 경고가 충분히 명확했는데도 나는 곧 잊어버렸고, 그것은 나의 건축 설계도들에 거의 영향을 미치지 못했다.

그 당시와 오늘 사이에는 나의 청장년 시절이 가로놓여 있다. 그런데 그사이에 전혀 아무것도 가로놓이지 않았던 것 같지 않은가? 여전히 나는 작업 중간중간에 오래 쉬고 벽에 귀 기울인다. 굴착자는 새로 뜻을 바꾸어 선회하여 자신의 여행에서 돌아오고 있다, 그는 나에게 그사이 자기를 영접할 준비를 할 만한 충분한 시간을 주었다고 생각하는 것이다. 그러나 내 쪽에서는 모든 것이 도리어 그 당시보다 덜 준비되어 있으니, 커다란 굴은 여기 무방비 상태로 덩그러니 서 있다. 나는 이제 꼬마 수습공이 아니라 노장 건축사이지만 아직 남아 있는 힘을 결단의 시기가 오면 정작 쓰지 못할 터다. 그러나 내가 아무리 늙었더라도, 지금보다 한결 더 늙는다면, 정말이지 좋겠다. 이끼 아래의 나의 휴식처로부터 더 이상 몸을 전혀 일으킬 수 없을 정도로 늙었으면. 그러나 실제로 나는 이곳을 견디지 못해 몸을 일으키고, 이곳에서 포만한 평화와 새로운 근심으로 나를 가득 채우기라도 한 듯이 다시 질주해 내려간다, 집 안으로 — 사물들은 마지막에 어떠했었던가? 사각사각 소리는 약해졌을까? 아니, 그것은 더 강해졌다. 나는 아무 데나, 열 군데쯤에 귀를 기울여 보고 착각했다는 사실을 똑똑히 알아차린다. 그 사각사각 소리는 똑같고, 아무것도 달라지지 않았다. 저 너머에선 아무런 변화도 일어나지 않고, 거기 사는 이들은 조용히 시간을 초월하는데, 이곳에서 귀 기울이는 자에게는 순간순간이 요란하게 진동한다. 나는 다시 성곽 광장에 이르는 기나긴 길로 되돌아간다. 사방의 모든 것이 나에게 격앙해 있는 듯이 보이고, 나를 노려보는 듯이 보이고, 그러다가는 또 금방, 나를 방해하지 않기 위하여, 얼른 다시 눈을 돌리는 것 같고, 그렇지만 나의 안색에서 그들을 구원하는 결심을 읽어 내려고 다시금 바짝 긴장한다. 나는 고개를 가로젓는다, 아직 그런 결심은 못 했노라고. 또한 거기서 그 어떤 계획을 실행하기 위해 성곽 광장으로 가지 않는다. 탐사하려고 굴을 파려 했던 자리를 지나간다, 다시 한번 그것을 살펴본다. 그건 좋은 자리였던 듯싶다, 그 굴은 대부분 작은 공기 통로들이

나 있는 방향으로 이어질 수도 있었으니, 아마도 그것들은 나의 작업을 훨씬 쉽게 해 주었을 것이다. 어쩌면 아주 멀리 파지 않아도 되었을 텐데, 소리의 진원으로 전혀 파 들어가지 않았어도 되었을 텐데, 어쩌면 환기구들에 귀를 대고 듣는 것만으로도 족했을 텐데. 그러나 그 어떤 숙고도 나를 고무시켜 이 파기 작업을 하도록 할 만큼 강하지는 않다. 이 굴이 나에게 확신을 가져다줄 것인가? 나는 확신을 전혀 원하지 않을 만큼 변해 버렸다. 나는 성곽 광장에서 가죽 벗긴 근사한 붉은 살코기 한 점을 골라내서 그걸 가지고 흙무더기 속으로 기어 들어간다, 그 속에는 아무튼 정적이 있을 테니, 이곳에 여전히 진정한 정적이라는 게 있다면. 나는 고기를 핥고 야금야금 먹으며 종종 한번은 멀리서 자신의 길을 가고 있을 낯선 동물을 생각하고, 그다음에는 다시 내가 아직 그럴 수 있을 동안 나의 양식을 한껏 즐겨야 한다는 생각을 한다. 아마도 후자는 내가 가진 실행할 수 있는 유일한 계획인 것 같다. 그건 그렇고, 나는 그 동물의 계획을 알아맞혀 보려고 애쓴다. 그것은 떠도는 중인가, 아니면 그 자신의 굴을 만들고 있는가? 그가 떠도는 중이라면 혹시 그와 의사소통이 가능할지도 모른다. 그가 정말로 내가 있는 데까지 뚫고 들어오면, 나는 그에게 나의 양식을 조금 주리라, 그러면 그는 가던 길을 계속 갈 것이다. 나의 흙더미 속에서 나는 물론 모든 것을 꿈꿀 수 있고, 의사소통 또한 꿈꿀 수 있다, 내가 뻔히 알면서도 그렇다. 그런 무언가는 존재할 수 없으며 만일 우리가 서로를 본다면, 아니 가까이에서 서로의 기미를 느끼기만 해도, 그 순간에 금방 까무러치듯 정신을 잃고, 누가 먼저고 누가 나중일 것 없이, 아무리 배가 이미 잔뜩 불러 있더라도, 새로운 종류의 허기에 사로잡혀 상대를 향해 발톱과 이빨을 드러내리라. 그리고 늘 그렇듯이 여기서도 그건 아주 정당하다. 어느 누구라도, 아무리 떠도는 중이더라도, 굴을 보면 자신의 여행 및 미래의 계획을 바꾸지 않겠는가? 그리고 혹시 그 동물이 자신의 굴들을 파고 있다면, 의사소통이란 도무지 꿈꿀 수 없다. 설령 그게 아주 이상스러운 동물이라, 자기 굴에 이웃을 용납하더라도, 나의 굴은 그렇지 못하다, 적어도 소리를 들을 수 있는 이웃이라면 견딜 수 없다. 지금은 물론 그 동물이 아주 멀리 떨어져 있는 듯이 보이고, 만약 그것이 조금만 더 내쳐져 물러서 주기라도 한다면 저 소리도 사라지리라. 그러고 나면 아마도 모든 것이 옛 시절처럼 좋아질 수도 있으리라, 그러면 그건 다소 고약했지만 유익한 경험일 테고, 나에게 별별 수리를 다 해 보게끔 자극을 주었으리라. 내가 안정을 되찾고 나에게 위험이 곧바로 닥쳐들지 않으면, 나는 온갖 위신을 세울 만한 작업을 해낼 능력을 아직 꽤 갖추고 있다, 혹여 그 동물이 자기 작업 능력으로 봤을 때 있음 직한 엄청난 가능성들을 보고, 나의 굴과 마주치는 방향으로는 굴의 확장을 포기하고, 그 대신 다른 방면에서 새로운 여지를 찾아 준다면 어떨까. 그 또한 물론 협상을 통해서는 이루어질 수 없고, 다만 그 동물 자신의 분별에 의해, 아니면 내 쪽에서 행사할 수 있는 어떤 강제에 의해 이루어질 수 있다. 이 두 가지 점에서 그 동물이 나에 관해 아느냐 그리고 무엇을 아느냐 하는 문제는 결정적이다. 그 점에 대해 숙고하면 할수록, 나로서는 그 동물이 내 소리를 들었으리라는 가정이 점점 더 있음 직하지 않게 여겨진다, 내게는 상상할 수 없는 부분이지만 그것이 달리 나에 대해 어떤 소식을 들었을 수는 있다. 그러나 아마도 나의 소리를 듣지는 않았을 터다. 내가 그에 관해 아무것도 모르는 한, 그 역시 나의 소리를 당최 들었을 리 없다, 왜냐하면 나는 조용히 행동했으니까. 굴과의 재회 이상으로 고요한 일이 있으랴, 내가 시험 굴착을 했을 때, 혹시 그가 내 소리를 들었을 수도 있다. 비록 내가 굴을 파는 방식은 극히 작은 소음을 내지만, 그가 내 소리를 들었더라면 나 역시도 그 사실을 조금은 알아차리지 않을 수 없었으리라, 그도 귀를 기울여 듣자면 적어도 작업 중에 이따금씩 멈추어야 했을 테니. — 그러나 모든 것은 언제까지나 변함없었다.

3부

"세이렌들은 노래보다 더욱 무서운 무기를 가졌는데,
그것은 그들의 침묵이다."

—「세이렌의 침묵」

나무들

우리는 눈 속의 나뭇등걸과도 같기 때문에. 겉보기에 그것들은 그냥 살짝 놓여서 있어서 조금만 밀치면 밀어내 버릴 수도 있을 것만 같다. 아니, 그럴 수는 없다, 그것들은 단단하게 땅바닥과 결합되어 있으므로. 그러나 봐라, 그것조차도 다만 겉보기에 그럴 뿐이다.

산초 판사에 관한 진실

그렇다고 하여도 그것을 자랑한 적은 없는 산초 판사는 세월 가면서, 저녁 시간 밤 시간들에 기사 소설 도적 소설 한 무더기를 곁에 둠으로써 후에 그가 돈키호테라는 이름을 준 그의 악마를 자신으로부터 떼어 놓는 데 성공했는데, 그 악마가 그다음부터는 그침 없이 미친 짓을, 그러나 미리 정해진 대상, 바로 산초 판사였을 대상이 없어 아무에게도 손해를 끼치지 않은 미친 짓만 골라 하게 하는 식으로 거둔 성공이었다. 자유인 산초 판사는 태연하게, 어쩌면 얼마만큼은 책임감에서 원정에 나서는 돈키호테를 번번이 따라갔으며 거기서 유익하고도 큰 재미를 맛보았다, 그의 생애 끝까지.

세이렌의 침묵

미흡한, 아니 유치한 수단도 구원에 쓰일 수 있다는 증거.

세이렌으로부터 자신을 지키기 위하여 오디세우스는 귀를 밀랍으로 틀어막고 자신을 돛대에 단단히 묶게 했다. 물론 세이렌들에 맞서기 위하여 고래로 여행객이라면 누구나 그 비슷한 일을 할 수 있었을 것이다, 멀리서부터 이미 세이렌들에게 유혹당하는 사람들을 제외하고는. 그러나 이런 것이 도움이 되지 못한다는 것은 온 세상이 다 아는 일이었다. 세이렌의 노래는 무엇이든 다 뚫고 들어가니 유혹당한 자들의 격정은 사슬이나 돛대보다 더한 것이라도 깨뜨렸으리라. 그러나 오디세우스는 그 점을 생각지 않았다, 어쩌면 그런 얘기를 들었는데도 그는 한 줌의 밀랍과 한 다발 사슬을 완벽하게 믿고 자기가 찾은 작은 도구에 대한 순진한 기쁨에 차서 세이렌들을 마주 향해 나아갔다.

그런데 세이렌들은 노래보다 더욱 무서운 무기를 가

졌는데, 그것은 그들의 침묵이다. 그런 일이 사실 없었기는 하나, 누군가가 혹 그녀들의 노래로부터 구조되었으리라는 것은 생각해 볼 수 있는 일이겠지만 분명 그녀들의 침묵으로부터는 구조될 수 없다. 자기 힘으로 그녀들을 이겼다는 감정, 거기에 이어지는 만인을 감동시키는 자부심에는 이 지상의 그 무엇도 맞설 수가 없는 법이다.

그리고 실제로 오디세우스가 왔을 때 그 강력한 가희(歌姬)들은 노래를 부르지 않았다, 이 적수에게는 침묵이어야 필적할 수 있겠다고 믿었기 때문이든, 아니면 오로지 밀랍과 쇠사슬 생각뿐인 오디세우스의 얼굴에 넘치는 행복감을 보자 그들이 노래를 죄다 잊어버렸기 때문이든.

그러나 오디세우스는, 이렇게 표현해 보자면, 그들의 침묵을 듣지 않으면서, 그들이 노래를 하는데도 자신이 그 노래를 못 듣도록 보호되고 있을 뿐이라고 믿었다. 얼핏 먼저 그녀들의 목 돌림들, 깊은 호흡, 눈물이 가득 찬 눈, 반쯤 열린 입이 보였는데 그는 그것이 들리지 않게 자기를 감돌며 사라지는 선율의 일부라고 믿었다. 그러나 그의 시선이 먼 곳을 향하자 그 모든 것은 곧바로 그의 시야에서 벗어나 버렸다, 세이렌들은 그야말로 그의 결단성 안에서 사라졌던 것이다. 그리하여 그가 그녀들에게 가장 가까이 갔을 때 그는 이제 그녀들에 대해서 전혀 모르는 상태였다.

그러나 그녀들은 — 그 어느 때보다도 더 아름답

게 — 몸을 뻗치고 틀었으며, 그 섬뜩한 머리카락을 온통 바람결에 나부끼며 바위 위에서 발톱을 한껏 드러내 놓고 힘을 주고 있었다. 그들은 더 이상 유혹하려 하지 않았다, 다만 오디세우스의 커다란 두 눈이 뿜는 빛을 되도록 오래 놓치지 않으려 했다.

세이렌들이 의식을 지니고 있었더라면 그때 그들은 섬멸되었을지도 모른다. 그러나 그들은 그런 채로 남아 있었고, 오디세우스만이 그들을 벗어났다.

아무려나 여기에 덧붙여진 이야기 하나가 추가로 전해진다. 오디세우스는 워낙 꾀가 많고, 워낙 여우 같은 사람이라 운명의 여신조차도 그의 가장 깊은 마음은 꿰뚫을 수 없었다고 한다. 어쩌면 그는, 비록 인간의 지혜를 가지고서는 알 도리가 없으나, 세이렌들이 침묵했었다는 것을 정말로 알아차려서 위에서 말한 가상의 과정을 어느 정도, 방패로 세이렌들과 신들에게 들이대고 있었을 뿐이었다.

프로메테우스

프로메테우스에 관해서는 네 가지 전설이 있으니 그 첫째에 따르면 인간들에게 신의 비밀을 누설하였기 때문에 그는 코카서스산에 쇠사슬로 단단히 묶였고 신들이 독수리를 보내 자꾸자꾸 자라는 그의 간을 쪼아 먹게 하였다고 한다.

둘째에 의하면 프로메테우스는 새의 부리가 쪼아 대는 고통 때문에 점점 깊이 바위 쪽으로 몸을 눌러 넣었고 마침내 바위와 하나가 되었다고 한다.

셋째에 따르면 수천 년이 지나는 사이, 그의 배반은 잊혀 신들도 잊었고, 독수리도, 그 자신도 잊어버렸다고 한다.

네 번째에 의하면 한도 끝도 없이 반복되는 일에 사람들이 지쳤다고 한다. 신들이 지치고, 독수리가 지치고, 상처도 지쳐 아물었다고 한다. 끝내 남은 것은 도무지 설명할 수 없는 바위산이다. — 전설은 설명할 수 없는 것을 설명하려 한다. 전설이란 진실의 바탕에서 비롯되는 것이므로, 전설은 다시금 설명할 수 없는 것 가운데서 끝나야 한다.

독수리

독수리 한 마리가 있었는데, 나의 두 발을 쪼았다. 장화와 양말은 벌써 헤쳤고, 이제는 어느덧 발 자체를 쪼아 댔다. 늘 덤벼들었다가는 몇 바퀴 불안하게 내 주위를 날았다가 또 쪼아 대기를 계속하곤 했다, 어떤 신사가 지나가다가 잠시 보더니 왜 독수리한테 당하고 있느냐고 물었다. "어쩔 도리가 없는걸요." 하고 내가 말했다. "저놈이 와서 쪼아 대기 시작했는데, 저는 물론 쫓아 버리려 했고 심지어 저놈의 목을 조르려고도 해 봤지만 저런 동물은 워낙 힘이 세고, 제 얼굴에까지 뛰어들려고 해서 차라리 발을 내준 겁니다. 이제 발이 벌써 거진 짓찧겼습니다." "당신이 저렇게 고통을 당하다니." 하고 그 신사는 말했다. "한 방이면 독수리는 처치될 텐데." "그렇습니까?" 하고 내가 물었다 "그렇다면 그렇게 좀 해 주시겠습니까?" "좋습니다." 하고 그 신사가 말했다. "집으로 가서 내 총을 가져오기만 하면 됩니다. 반 시간은 더 기다릴 수 있겠지요?" "그건 잘 모르겠습니다만." 하며 한참

고통으로 뻣뻣해져 있다가 말했다. "부디, 아무튼 그렇게 좀 해 봐 주십시오." "좋소." 하고 그 신사는 말했다. "서두르겠습니다." 대화를 하는 동안 독수리는 조용히 귀 기울여 들었으며 나와 그 신사에게 번갈아 눈길을 보내고 있었다. 이제 나는 그놈이 모든 말을 알아들었음을 알았고, 그것은 날아올라, 몸을 뒤로 한껏 젖혀 충분한 곡선을 그리더니 창을 던지는 사람처럼 그 부리를 곧장 나의 입을 거쳐 내 몸 깊숙이 찔러 넣었다. 뒤로 넘어지면서 나는 해방감으로써 느껴졌다, 모든 심연을 채우고 모든 강둑을 넘쳐흐르는 나의 핏속에서 그놈이 구제 불가능하게 익사하는 것이다.

시의 문장

바벨탑 축조 초기에는 만사가 그럭저럭 체계를 이루고 있었다, 아니, 체계가 지나치게 컸다, 이정표, 통역관, 노무자 숙소, 교통로 들을 너무 많이 고려했다. 마치 얼마든지 마음껏 일할 수 있는 여러 세기를 앞에 두고 있기라도 한 듯이. 당시에 지배적이었던 의견은 심지어, 아무리 천천히 해도 전혀 충분치 않으리라는 데까지 갔다, 이런 의견을 결코 심하게 과장해서는 안 되었다, 터를 닦기도 무서워 펄쩍 뛰며 물러날 수 있었던 것이다, 즉 사람들은 이렇게들 논거를 댔다. 전체 기획에서 본질적인 것은, 하늘까지 닿는 탑을 쌓으려는 생각이다. 이 생각 곁에서 다른 모든 것은 그야말로 곁다리다. 한번 그 크기에 사로잡힌 생각은 사라질 수가 없는 법, 인간이 존재하는 한, 탑을 끝까지 쌓겠다는 그 강한 소망 또한 존재할 것이다. 그러나 이러한 관점에서 장래를 두고 걱정할 필요는 없다, 반대로 인류의 지식이 증진되고, 건축술이 진보했으며 또한 계속 진보해 나갈 테니, 우리가 하면 일 년

이 걸리는 작업이 백 년 내에 어쩌면 반년이면, 게다가 보다 훌륭하고 보다 견고하게 이루어질 것이다. 그러니 무엇 때문에 오늘 벌써 기력의 한계까지 지치도록 일하겠는가? 그러는 것은, 탑을 한 세대라는 시간 내에 세우기를 바랄 수 있다면 그럴 때만 뜻이 있는 것이리라. 그러나 그것은 그 어떤 식으로도 기대할 수 없었다. 그보다는, 다음 세대가 그들의 완벽해진 지식으로 전 세대가 해 놓은 작업을 형편없다고 여기고 쌓아 놓은 것을 새로이 시작하기 위해 헐어 버리는 것이 오히려 있음 직한 일이었다. 그런 생각을 하다 보니 맥이 빠져, 탑 쌓기보다는 노무자 도시의 건설에 더 신경을 썼다. 한 고향에서 온 사람들은 어느 무리나 제일 좋은 숙소를 차지하려 했고, 그럼으로써 분쟁이 일어났다. 혈전으로까지 치닫는 이런 싸움들이 그치지를 않았으니, 지휘자들에게는 그러한 싸움들이, 필요한 집중이 안 되기 때문에도 탑은 아주 천천히 아니면 차라리 총평화조약이 체결된 이후에나 쌓아져야 하리라는 데 대한, 새로운 논거였다. 그렇지만 싸움만으로 시간을 보냈던 것은 아니고, 쉬는 동안에 도시를 꾸몄다, 그럼으로써 아무튼 새로운 질투들과 새로운 싸움들을 불러일으켰다. 그렇게 첫 세대의 시간은 갔다, 그러나 그 어느 다음 세대도 다르지 않았다, 다만 숙련만은 줄곧 향상되었고 더불어 병적인 투쟁욕도 커졌다. 게다가 두 번째 아니면 세 번째 세대가 이미 하늘에 닿는 탑을 축조하는 일의 무의미함을 알아차리게 되었다. 그렇기는 하나, 그 도시를 떠나기에는 그들은 이미 서로 너무도 밀착되어 있었다.

설화와 노래를 보면 이 도시에서 생겨난 것은 죄다 어느 예언된 날, 어떤 거인이 주먹으로 짧게 다섯 번 연이어 쳐서 이 도시를 부수어 버릴 날에 대한 동경으로 가득 차 있다. 그래서 또한 이 도시는 그 문장(紋章)에 주먹이 들어 있다.

묵은 책장

우리 조국의 방어가 매우 소홀해졌던 듯하다. 지금까지는 그 점은 신경 쓰지 않고 하는 일에 전심했는데, 최근의 사건들이 우리의 근심을 자아내고 있다.

나는 황궁 앞 광장에서 구둣방을 하나 하고 있다. 새벽 어스름 속에 가게 문을 열자마자, 나는 이곳으로 들어오는 모든 골목의 입구가 죄다 무장한 사람들로 메워져 있음을 본다. 그런데 그것은 우리나라 병사들이 아니라 북방에서 온 유목민들이다. 나에게는 도무지 불가해하게도 그들은 수도(首都)까지 밀고 들어왔다, 국경으로부터는 아주 멀리 떨어져 있는데 말이다. 아무튼 그들은 그렇게 거기 있고, 아침마다 그 수가 늘어나는 것 같아 보인다.

그들의 본성에 맞게 그들은 노천에 진을 친다, 집은 영 싫어하는 것이다. 그들은 칼 갈기, 화살촉 다듬기, 기마 훈련 등에 골몰한다. 이 고요하고, 항시 꼼꼼하고 정결하게 지켜졌던 광장을 그들은 그야말로 마구간으로 만들어 놓았다. 우리는 이따금씩 우리의 가게 밖으로 뛰어나와 지독한 쓰레기만이라도 치워 보려 한다, 그러나 그것마저도 점차 드문 일이 되니 애써 봐야 소용도 없거니와 게다가 그러면 거친 말발굽 아래 깔리고 채찍에 얻어맞아 상처를 입을 위험이 있기 때문이다.

유목민들과는 이야기가 되질 않는다. 우리 말은 그들이 모르고, 그들은 정말이지 자기들 말이 없다시피 하다. 그들이 서로 말을 주고받는 모습은 까마귀와 비슷하다. 늘 들리고 또 들리는 것은 이 까마귀들이 지르는 소리다. 우리의 생활 방식, 우리의 시설들이 그들에게는 마찬가지로 도무지 이해할 수 없으며 자신들과 상관없는 것들이다. 그래서 그들은 몸짓 언어에 대해서도 뭐든지 거부하는 태도를 보인다. 네가 아무리 턱을 쑥 빼 내밀고 손목을 뒤틀어 보아라, 아무리 그래 보아도 그들은 너를 이해하지 못했으며 또한 결코 이해하지 못하리라. 그들은 자주 얼굴을 찌푸린다, 그럴 때면 그 눈의 흰자위가 구르고 입에서는 거품이 새어 나오기는 하지만 그렇다고 그로써 무언가를 말하거나 겁을 주려는 것은 아니다. 그들이 그렇게 하는 것은 그게 그들식이기 때문이다. 필요로 하는 건 그냥 가져간다. 그들이 폭력을 행사한다고 말할 수는 없다. 그들이 손을 대면 사람들은 비켜나 모든 것을 그들에게 넘겨준다.

내 저장품 중에서도 그들은 좋은 걸 많이 가져갔다. 그러나 예를 들어 길 건너 푸줏간의 형편을 보고 있노라면 그에 대해 탄식할 수가 없다. 푸줏간에서는 상품이 들어오자마자 유목민들이 죄다 탈취해 먹어 치워 버린다. 그들의 말들까지도 고기를 먹으니, 말을 자주 타는 자가 자기 말 곁에 드러누워 핏덩이 하나를 각기 한 끝에서 뜯어 먹고 있다. 푸줏간 주인은 겁을 먹어서 고기 공급을 중지할 엄두를 못 낸다. 그런데 우리가 그 점을 이해하여, 돈을 갹출해 그를 지원하고 있다. 유목민들이 고기를 얻지 못하기라도 하면 무슨 짓을 하려고 생각할지 누가 알겠는가, 아무튼 날마다 고기를 얻더라도 무슨 생각을 할지 누가 알겠는가, 최근 푸줏간 주인은, 도살의 노고만이라도 아낄 수 있겠다고 생각하여 아침에 살아 있는 황소들을 가져갔다. 그는 그런 짓을 다시는 해서는 안 된다. 나는 내 작업장 맨 뒤쪽 땅바닥에 한 시간은 족히 누워 있었고 내 아이들도 모두 그랬다, 이불 방석 할 것 없이 있는 대로 쌓아 올려 뒤집어썼다. 사방에서 유목민들이 달려들어 이빨로 그 더운 살을 뭉텅뭉텅 뜯어낼 때 황소들이 울부짖는 소리를 듣지 않기 위해서였다. 조용해지고 나서도 한참이나 지나서야 나는 나가 볼 용기를 냈는데 술통 주위에 술꾼들이 늘어져 있듯, 그들은 황소의 잔해 주위에 지쳐 누워 있었다.

바로 그 당시에 나는 궁성의 한 창문에서 황제를 직접 보았었다고 믿었다, 전에는 한 번도 그가 이 바깥쪽 방들로 온 적이 없다, 언제나 그는 제일 안쪽 내정(內庭)에서 지낼 뿐인데, 이번에는 그가, 적어도 내 눈에는, 한 창가에 서서 고개를 떨군 채 그의 성 앞에서 벌어지고 있는 일들에 시선을 보내고 있었다.

"어떻게 될까?" 하고 우리 모두는 묻는다. "얼마나 오래 우리는 이 짐과 고통을 견딜 것인가?" 유목민들을 꾀어 들여놓은 황궁은 그들을 다시 몰아낼 방도를 모른다. 궁문은 내내 잠겨 있고, 전에는 늘 화려하게 행군하여 드나들던 보초병이 창살 쳐진 창문 뒤에만 머물러 있다. 우리 수공업자들 그리고 장사꾼들에게만 구국의 짐이 지워져 있다, 하지만 우리는 그런 과제를 맡을 만큼 성숙하지 못했거니와 그럴 능력이 있다고 자랑한 적 또한 없다. 그건 오해다, 그런데 그것 때문에 우리가 멸망해 가고 있다.

만리장성의 축조 때

만리장성은 그 최북단에서 마무리됐다. 남동부와 남서부로부터 쌓아 와 여기서 합쳐진 것이다. 이러한 부분 축조 체제는 그 세부에 있어서, 동서부 양대 작업 군단 안에서도 엄수됐다. 이십여 명의 노동자 집단을 만들어 그들로 하여금 약 50미터 길이의 성벽 일부를 쌓게 하고, 또 인접 집단이 같은 길이의 성벽을 마주 쌓아 오는 방식으로 작업은 이루어졌다. 그러나 합쳐진 다음에는 대략 그 지점의 1000미터 끝에서 다시 공사를 진척시키지 않고, 오히려 노동자 집단들을 다른 지방으로 보내 버렸다. 역시 장성을 쌓도록 말이다. 이런 방식으로 하다 보니 물론 커다란 틈이 많이 생겨났다. 틈들은 점차 서서히 메워졌는데, 심지어 어떤 틈은 장성 축조가 이미 완성됐다고 공표된 다음에야 메워지기도 했다. 아니, 도무지 막아지지 않은 틈들마저 있다고 한다. 아무튼 그런 주장이 있지만 축조를 둘러싸고 생겨난 많은 전설, 개개인으로서야 자기 눈이나 자신의 척도로는 그 축조물의 연장에 따라

이뤄진 그 자취를 추적해 볼 도리조차 없는, 수많은 전설 중의 하나일 것이다.

그런데 일관성 있게 쌓는 편이, 혹은 적어도 두 주요 부분 안에서만이라도 일관성 있게 쌓는 편이, 어떤 의미로든 보다 유리하지 않았겠느냐고 벌써 믿을지도 모른다. 그렇지만 누구나 알듯이 장성은 북방 민족을 막기 위한 것이다. 그런데 일관성 있게 쌓지 않은 장성으로 어찌 방어할 수 있겠는가. 정말이지, 그런 성벽이라면 방어를 할 수 없을뿐더러 축조 자체가 끊임없는 위험에 노출될 터다. 황량한 곳에 외따로 서 있는 이런 성벽 일부들은 언제든 쉽사리 유목 민족들에 의해 파괴될 수 있는 것이다. 특히 당시의 유목 민족들은 장성 축조로 불안해했고, 메뚜기처럼 까닭 없이 재빨리 그 거주지를 바꾸었으니 아마도 축조가 얼마큼 진척되었는지 보다 잘 조망했으리라. 우리들 자신, 쌓는 자들보다도 말이다. 그럼에도 불구하고 축조는 아마 실제 이루어진 방식과 다르게 수행될 수 없었나 보다. 그것을 이해하기 위해서는 다음을 생각해 보아야 한다. 장성은 수 세기 동안 방어를 해야 하기 때문에 극히 세심한 축조, 온갖 시대와 민족들이 아는 모든 건축술의 동원, 쌓는 사람들 개개인의 지속적인 책임감 등이 작업의 절대적인 전제다. 하찮은 작업에야 아무것도 모르는 일반 백성의 날품팔이들, 평범한 남녀, 아이, 약간의 돈에 일하러 나선 사람 등 누구든 쓰였지만 그런 작자들 네 사람을 맡은 지휘자만 되어도 건축 분야에서 훈련을 받은 분별 있는 사람이 필요했다. 여기에서 무엇이 문제되는지를 마음속 깊이 공감할 수 있는 사람이 필요했던 것이다. 그리고 성과가 크면 클수록 요구도 컸다. 그런 사람들을 실제로 마음대로 데려다 쓸 만큼 있었다, 비록 이 축조가 필요로 하는 만큼 많은 무리는 아니었지만 그 수가 많긴 했다.

경박하게 노동에 접근하지는 않았다. 축조 시작 오십여 년 전, 성벽을 둘러쌓을 저 중국 전토에서는 건축술, 특히 축성 미장술이 가장 주요한 학술로 천명되었다. 여타의 학문은 그것과 관계있는 한에서만 인정을 받았다. 어린아이였을 적, 아직 걸음걸이도 확실하지 않았을 시절에 선생님 댁 뜰에 서서 자갈돌로 일종의 성벽을 쌓아야 했던 일, 선생은 웃옷을 추켜올리더니 성벽으로 달려가 물론 모든 것을 허물었다. 그는 우리가 쌓은 것이 허술하다고 비난을 했고, 그래서 우리는 엉엉 울면서 사방으로 흩어져 부모님들한테 달려갔던 일을 나는 아직도 생생히 기억한다. 이 기억은 극히 작은 사건이지만 당시의 시대정신을 잘 나타낸다.

스무 살 적에 최하급 학교의 최상급 시험을 치른 무렵, 장벽의 축조가 시작된 것은 나의 행운이었다. 내가 행운이라 함은, 그 이전에 그들에게 허락된 교육의 최상급 단계에 이르렀던 많은 사람들이 여러 해 동안 그들의 지식을 가지고 무엇을 시작해야 할지 모르고, 머릿속에만 거창한 축조 계획을 담은 채, 무더기로 쓸모없이 빈둥거리며 허랑방탕하게 지냈기 때문이다. 그러나 드디어 토목 감독이 되어, 비록 그것이 최하급 지위라 하더라도, 장성을 쌓으러 온 사람에게 그건 정말로 걸맞았다. 그들은 축조에 대하여 충분히 심사숙고했고 또 심사숙고하기를 그치지 않는 사람들, 자신이 땅바닥에 놓은 첫 돌과 더불어 스스로를 축조하는 일과 한 몸으로 느끼는 미장이들이었다. 그런 미장이들을 몰아대는 데에는, 극히 철저한 작업을 수행하겠다는 욕구 외에도 건축물이 완전한 모습으로, 드디어 버텨 일어서는 모습을 보려는 초조함도 있었다. 이러한 초조함을 날품팔이는 알지 못한다, 그를 몰아대는 것은 일당뿐이니까. 상급 감독, 아니 중간 감독만 해도 공사가 여러 방면으로 진척되어 가는 것을 보면서, 그것을 통해 정신적으로 힘을 가다듬기에 족했다. 그러나 겉으로 봐서는 사소한 그들의 책무를 정신적으로 훨씬 넘어서는 하급직의 남자들에 대해서는 따로 배려가 있어야 했다. 그런 이들은, 예컨대 그들의 고향으로부터 수백 마일 떨어진 인적 없는 산골에 몇 달, 심지어 몇 년 동안이나 돌덩이를 돌덩이에 이어 쌓게 할 수는 없었다. 그런 부지런하지만, 아무리 오래 살아도 목적에 이르지 못하는 작업의 희망 없음이 그들을 절망시키고, 무엇보다 작업에 대해 쓸모없게 할 테니까. 그래서 이런 부분 축조 체제가 선택되었던 것이다. 500미터라면 대략 오 년 안에 완성할 수 있었고 그때쯤이면 물론 감독들도 보통 탈진하였으며 자신, 건축, 세계에 대한 모든 신뢰를 상실했다. 그래서 아직 1000미터에 이르는 만남의 축제가 주는 감격에 잠겨 있는 동안에 그들은 멀리멀리 보내졌고, 여행 중에 여기저기서 완성된 장성 부분들이 솟아 있는 광경을 보았으며, 그들에게 훈장을 주는, 보다 높은 지휘자들이 있는 진영 곁을 지났고, 여러 지방의 오지에서 쏟아져 나온 새로운 작업 군단의 환호성을 들었다. 또 산들이 망치질로 허물어져 돌 토막이 되어 가는 모습을 보았고, 성소들에서는 신심 깊은 이들이 노래하는 축조의 완성을 기원하는 소리를 들었다. 이 모든 것이 그들의 초조함을 진정시켜 주었다. 그들이 얼마간 시간을 보낸 고향의 조용한 생활이 그들에게 힘을 주었고, 모든 축조하는 사람들의 믿음에 찬 겸손, 소박하고 말 없는 시민이 언젠가는 이루어질 장성의 완성에 거는 신뢰, 그 모든 것이 영혼의 현(絃)을 팽팽하게 죄어 주었다. 그다음 영원히 희망하는 아이들처럼 그들은 고향에 이별을 고하니, 또다시 민족의 숙원 사업을 수행하겠다는 마음은 정녕 이겨 내기 어려운 법이다. 그들은 정해진 날보다 일찍 집을 떠나고, 마을 절반이 상당히 멀리까지 배웅을 했다. 길이라는 길은 장기와 군기의 무리뿐이니 여태껏 그들은 자기 나라의 이렇듯 크고 부유하고 아름다우며 사랑스러운 모습을 본 적이 없다. 같은 고향 사람이라면 누구나 자기를 위하여 몸소 방벽을 쌓아 주는 형제 그리고 평생 물심을 기울여 거기에 감사하는 형제였다. 단합! 단합! 가슴에 가슴을 맞대고, 민족의 윤무, 피, 이젠 더 이상 육신의 보잘것없는 순환에 갇히지 않고 감미롭게 굴러 다니며, 하지만 다시 돌아와서 끝없는 중국을 두루 누비며.

이로써, 그러니까 부분 축조 체제는 이해가 된다, 하지만 아마도 다른 이유들이 또 있었을 터다. 내가 이 물음에 이렇듯 오래 지체하는 것도 이상한 일은 아니다. 이는 언뜻 보면 소소해 보일지 모르지만, 실은 장성 축조의 전체를 아우르는 핵심적 물음인 것이다. 내가 저 시대의 생각과 경험 들을 전달하고 이해시키고자 한다면, 바로 이 문제를 아무리 깊게 뚫고 들어가도 충분하지 않을 것이다.

우선 말해야 할 것은 아마도 당시에 바벨탑의 축조에 별로 뒤지지 않는, 아무래도 신의 마음에 드는, 적어도 인간의 헤아림으로는, 바로 저 탑과 정반대를 이루는 업적이 완성되었다는 점이리라. 내가 이것을 언급하는 것은 축조 시작 무렵에 어떤 학자가 이 두 사건의 여러 가지 부분을 매우 정확하게 비교해 가며 책 한 권을 썼기 때문이다. 학자는 그 책에서 바벨탑 축조가 결코, 널리 주장되고 알려진 이유들 탓에 목표에 도달하지 못한 것이 아니라, 적어도 그렇게 된 근본적인 이유가 이미 알려진 이유들 가운데 있지 않다는 점을 증명해 보이려고 했다. 그의 증명들은 기록과 보고로만 이루어지지 않았다. 그는 현지 탐사까지도 하여, 탑은 기반이 약해서 무너졌으며 무너질 수밖에 없었다는 사실을 발견했다. 아무튼 이 점에서 우리 시대는 저 오랜 옛 세대보다 훨씬 우월

했다. 교육받은 동시대인이라면 거의 누구나 전문 미장이였고, 기초를 놓는 문제에서도 오류가 없었다. 그러나 그 학자는 이 점을 전혀 목표로 삼지 않았고 장성이, 인류 역사상 처음으로, 새로운 바벨탑을 위한 확실한 기초를 마련해 주리라 주장했다. 그러니까 장성이 먼저고, 탑은 그다음이라는 것이다. 그 책은 당시에 만인의 수중에 있었다. 그러나 나는 오늘까지도 사람이 어찌하여 이러한 탑을 생각해 냈는지 정확하게 이해하지 못하겠음을 고백하는 바다. 하나의 원(圓)이기는커녕, 다만 일종의 4분의 1 원 혹은 반원을 이루었던 장벽이 탑의 기초가 된다고? 다만 정신적인 관점에서만 그런 의미였을 수 있었다. 그렇다면 그럼에도 실제로 엄연히 있는 무엇, 수십만의 노력과 삶의 결과인 장성은 무엇 때문에 쌓았단 말인가? 그리고 무엇 때문에 그 공사에선 수많은 도면들이, 하지만 안개에 싸인 탑의 도면들이 그려졌으며, 힘찬 새 공사에서는 인력을 어떻게 어찌어찌 집중시켜야 한다고 세부에 이르기까지 온갖 제안이 나왔단 말인가.

당시에는 — 이 책은 다만 하나의 예일 뿐 — 숱한 두뇌들 사이에서 혼란이 빚어졌으니 아마도 바로 그 많은 사람들이 하나의 목적에 정신을 쏟았기 때문일 터다. 인간적 본질이란, 날리는 먼지의 본성처럼 그 바탕에서 가벼워, 속박을 견디지 못하는 법이니, 스스로를 묶어 놓으면 머잖아 미친 듯이 그 족쇄를 마구 흔들어 대기 시작한다. 따라서 장벽, 사슬 그리고 자기 자신마저도 천지 사방으로 짓찧어 흩뜨리고 말 것이다.

또한 작업 수행에 관한, 심지어 장성 축조에 반하는 이러한 의심은 부분 축조를 하기로 확정했을 때 줄곧 고려되지 않았을 수도 있다. 우리는 — 나 스스로 여기서 많은 사람의 이름으로 이야기하고 있는 것 같으나 — 실은 최상급 지휘부의 지시들을 받아 적으면서 비로소 서로를 알게 되었다. 그리고 지휘부가 없었더라면 우리가 학교에서 얻은 지식도 우리의 인지(人智)도 커다란 전체 안에서 우리가 맡은 작은 직책에조차 미치지 못했으리라 느꼈다. 지휘 본부 안에서는 — 그것이 어디에 있으며 누가 거기 앉아 있는지는, 내가 물어본 그 누구도 몰랐다, 이전에도 지금도 —, 그 방 안에서는 아마도 인간의 모든 사고와 소망 들이 맴돌았을 것이며 또한 인간의 모든 목표와 성취가 대립원을 그렸을 터다. 그리고 유리창을 통해 신들의 세계의 반사광(反射光)이 도면들을 그리고 있는 지휘부의 손등 위로 내렸다.

그렇기 때문에 지휘부가 진정으로 하고자 했더라도 일관성 있는 장성 축조를 막는 저 난점들을 극복할 수 없었으리라는 점은 매수되지 않은 관찰자라면 도무지 이해할 수 없으리라. 남는 것은, 그러니까 지휘부가 일부러 부분 축조를 꾀했다는 추론뿐이다. 또 남는 것은 지휘부가 무엇인가 당찮은 것을 의도했다는 추론이리라. 기묘한 추론이다! — 확실히, 그래도 그것은 다른 측면에서 그 자체를 뒷받침하는 여러 근거를 지닌다. 오늘날이라면 아마도 위험 없이 이 이야기를 할 수 있을 것이다. 당시에는, 자신의 모든 힘을 기울여 지휘부의 지시 사항들을 이해하려 애쓰고, 그러나 다만 일정 한계까지만, 그리고 그다음에는 골똘히 생각하기를 그치라는 것이, 많은 사람들의, 심지어 가장 훌륭한 사람들의 비밀스러운 원칙이었다. 매우 현명한 원칙이다. 어쨌거나 그것은 후일 자주 반복된 비유 가운데서 또 하나의 확대 해석을 발견하는데, 그것이 너에게 손해를 끼칠 수도 있기 때문에 그러한 것은 아니다. 그냥 계속 골똘히 생각하기를 그쳐라, 그러는 것이 너에게 손해를 끼치리라는 점 또한 전혀 확실하지 않잖은가. 여기서는 도무지 손해니, 손해가 아니니 하는 이야기를 할 수가 없다. 너는 그것을 그저 겪을 것이다. 강이 봄에 그러하듯 강물은 붇고 거세져, 그 긴 양쪽 둑 가에 펼쳐진 땅에 보다 힘차게 자양분을 주고, 자신의 본질을 멀리 대양 속으로 지니고 가서 대양에 한결 동등해지고 더욱 환영받게 되는 법. 거기까지만 지휘부의 지시 사항들을 생각해 보라. 그걸 넘어서면 강물은 그 둑을 넘고 윤곽과 모습을 잃어버리며, 그것의 범람을 늦추고 그 천명에 어긋나게 내륙 안에다 조그만 바다를 이루리라. 농토를 손상시키면서도 이 확산을 영구히 지탱하지는 못하며 다시 그 강둑 안으로 섞여 들어가고, 심지어는 실로 뒤이어 오는 뜨거운 계절에 비참하게 말라버리고 말지 않는가. — 지휘부의 지시 사항들을 거기까지는 생각해 보지 말라.

그런데 이런 비유는 장성 축조 동안에는 비상하게 적중했을지도 모르지만 나의 현재 보고에 대해서는 적어도 다만 한정적으로 유효하다. 나의 연구는 역사적 연구의 한 가지 사례일 뿐이니. 뇌우를 품은 구름이 지나간 지 벌써 한참이 되었는데도 번개가 치지 않으면 나는 거기서 그 당시 사람들이라면 만족하고 말았을 것을 넘어서는, 부분 축조에 대한 해명 한 가지를 찾아내리라. 나의 사고 능력이 나에게 그어 놓은 한계는 실로 충분히 협소하지만 여기서 가로질러 달려갈 수 있는 영역은 무한이다.

장성이 막아 주는 건 누구라는 말인가? 북방 오랑캐들이다. 나는 중국 남동부 출신이다. 남동부에서는 북방 오랑캐가 우리를 위협할 리 없다. 우리가 옛사람들의 책자들에서 북방 오랑캐에 관한 내용을 읽노라면 그들이 본성에 따라 자행하는 잔혹한 행위들이 평화로운 정자에 있는 우리들을 탄식하게 한다. 화공들이 있는 그대로 그린 그림들에서 우리는 그 저주받은 얼굴들을 본다. 아가리, 날카로운 이빨들이 삐죽삐죽 솟은 턱, 아가리가 짓찧고 으스러뜨린 약탈물을 벌써 사납게 흘겨보는 듯한 찡그린 눈들을. 어린아이들이 말을 안 들을 때면 우리는 이 그림들을 들이대고, 그러면 애들은 금방 울음을 터뜨리며 날 듯이 품 안으로 뛰어든다. 그러나 우리는 이 이상으로 이 북방인들에 대해 알지 못한다. 그들을 본 적도 없거니와 우리는 이곳 마을에만 내내 있으니 앞으로도 결코 보지 못할 것이다. 그들이 거친 말을 타고 똑바로 우리를 향하여 휘달려 온다 하더라도 너무도 광활한 대지가 그들로 하여금 우리에게까지 오지 못하게 한다. 달리고 달리다가 그들은 길을 잃어 허공으로 가 버리고 말리라.

사정이 그러한데, 그렇다면 왜, 우리는 고향을, 강물과 다리들을, 어머니와 아버지를, 눈물 흘리는 아내를, 가르쳐야 할 아이들을 버리고 먼 도시의 학교로 갔으며 우리들의 생각은 아직도 계속 북쪽의 장성 곁에 머무르는가? 왜? 지휘부에 물어보라. 지휘부가 우리를 잘 알고 있다. 엄청난 근심들을 이리저리 뒤집어 보는 지휘부는 우리에 관해 알고 있으며, 우리들의 소소한 생업을 익히 알고 우리들이 모두 낮은 오두막집에 모여 앉아 있는 것을 보며 저녁에 가장이 식구들과 둘러앉아 드리는 기도를 마음에 들어 하기도 하고 들어 하지 않기도 한다. 그리고 지휘부에 대해 그러한 생각을 감히 품어도 된다면 꼭 말하고 싶은 것은, 내 생각에 따르면 지휘부는 예전에 존속은 했으나 모이지는 않았다는 점이다. 대략 청조(清朝)의 고관들이 아침의 길몽에 자극받아, 황급히 회의를 소집하여 황급히 결정하고, 저녁이면 벌써 이 결정 사항들을 그게 비록 어제 그 양반들에게 호의를 보인 어떤 신을 기리기 위해 등화(燈火) 장식을 준비시키려는 것이라 할지라도, 수행하기 위해 북을 울려 백성들을 잠자리에서 깨워 놓고는 아침에 그 등화들이 꺼지자마자, 어두운 구석에서 그들을 마구 패듯이 말이다. 아니 지휘부는 아마도 고래로 존속하여 장성 축조 결정도 똑같이 존속하였을 것이다. 그것을 야기했다고 믿었던 죄 없는 북방 오랑캐들, 자기가 그것을 지시했다고 믿는 존경할 만한 순진한 황제도 마찬가지이다. 우리가 장성 축조에 관해 아는 것은 다르지만, 우리는 침묵한다.

장성 축조 당시에 벌써 그리고 그 후 오늘날까지 거의 전적으로 여러 민족의 역사를 비교하는 데 골몰하다 보니 — 이러한 수단으로써만 어느 정도 핵심에 접근할 수 있는 특정한 물음들이 있다 — 우리 중국인들은 어떤 몇몇 국민적 및 국가적 기구들은 비할 바 없이 투명하게, 또 다른 몇몇 기구들은 비할 데 없이 불투명하게 소유하고 있음을 발견하였다. 그 이유들, 특히 후자의 현상을 불러일으키는 이유들을 추적해 보는 일은 늘 나의 마음을 끌었으며 아직도 계속 나의 마음을 끌고 있다. 장성 축조 또한 본질적으로 이 물음들에 관계돼 있다.

그런데 우리들의 저 불투명성을 극대화한 기구의 하나가 황정(皇政)이다. 북경에서야 물론, 더군다나 궁정 사회 안에서라면 약간의 투명함이 있긴 하다, 그것이 비록 현실적이라기보다는 외관상으로만 그럴지라도. 최상급 학교의 국가법 선생들, 역사 선생들 정도면 이런 문제에 대해 자세하게 교육받았으며 이 지식을 학생들에게 전수할 수 있다고 내세운다. 아래 단계의 학교로, 밑으로 내려가면 내려갈수록 점점 더 자신의 앎에 대한 회의는 현저하게 사라지고, 수 세기를 두고 사람들의 머리에 때려 박아 넣은 몇 안 되는 명제들을, 영원한 진실성은 조금도 상실하지 않았으나 이렇게 향연(香煙)과 안개에 싸여 또한 영원히 미지의 것일 수밖에 없는 그것들을 둘러싸고 얼치기 교육이 태산같이 넘실거린다.

그러나 나의 의견으로는 황정이야말로 백성에게 물어야 마땅할 것 같다, 황정도 그것의 마지막 버팀목은 백성에게 있으니 말이다. 아무튼 여기서는 다시 나의 고향 이야기만을 할 수 있겠다. 농신(農神)들과 연년세세 그토록 변화무쌍하고 아름답게 이루어지는 그들에의 경배를 제외하면 우리들의 생각은 오로지 황제를 향한다. 그러나 현재의 황제를 향한 것은 아니다, 아니 어쩌면 현재의 황제를 향한 것일지도 모른다. 만약 우리가 지금 황제의 얼굴을 안다거나 그에 대한 확실한 정보를 안다면 말이다. 우리는 물론 — 우리가 채운 유일한 호기심이었다 — 그런 종류의 무엇인가를 알려고 노력했으나, 아주 이상하게 들리겠지만, 무슨 이야기를 듣는 것은 거의 불가능했다. 여러 곳을, 가까운 마을들이나, 먼 마을들이 아니라, 많은 나라들을 두루 돌아다닌 순례자들에게서도 들은 바 없고, 우리의 작은 강뿐만 아니라 신성한 대하(大河)들을 항해하는 사공들에게서도 듣지 못했다. 듣기는 많이 듣는데도 들은 그 많은 것 중에서 아무것도 취할 게 없었다.

우리 땅은 워낙에 넓다. 동화도 그 크기에는 미치지 못하고, 하늘도 그걸 다 덮기가 어려우니 — 북경은 다만 하나의 점 그리고 황성은 한층 더 작은 점일 뿐이다. 황제 자체는, 아무튼 다시금 세계의 모든 층을 뚫고 우뚝 솟아 있다. 그러나 살아 있는 황제는 우리와 같은 한 인간은 우리들과 비슷하게, 넉넉하게 제작하기는 했을 테지만 아마도 좁고 짧을 따름일 하나의 휴식용 침상에 누워 있다. 우리처럼 그도 이따금씩 사지를 뻗고, 몹시 피곤하면 예쁘장한 입으로 하품을 한다. 그런데 우리가 그 이야기를 어떻게 듣는단 말인가, — 수천 마일 남쪽에서 — 우리는 거의 티베트고원에 접경해 있는데, 그 밖에도 무엇이든 새 소식이, 설령 그것이 우리에게까지 오더라도, 늦어도 너무 늦게 올 테고, 이미 오래전에 낡아 버렸으리라. 황제 주위에는 번쩍이는, 그러나 정체가 불분명한 궁정의 무리 — 시종과 친구의 옷을 입은 악의(惡意)와 적의(敵意)가 쇄도한다. 황정의 독화살들로 황제가 위치한 저울접시에서 황제를 쏘아 떨어뜨리려고 항시 애쓰는 황정의 적대 세력 말이다. 황정은 불멸이다. 그러나 황제 하나하나는 쓰러지고 추락한다. 드디어 왕조 전체가 침몰하여 오로지 그르렁거림으로써 잠깐씩 숨을 돌린다. 이러한 투쟁과 병고(病苦)의 이야기를 백성들은 결코 듣지 못한다. 너무 늦게 온 사람들처럼, 도시가 서먹서먹한 사람들처럼, 그들은 사람이 빽빽하게 들어찬 옆 골목 끝에서 조용히 싸 온 음식을 먹어 가며 서 있다, 멀리 저 앞쪽 광장 한가운데서는 그들 주인의 처형이 이루어지는 동안에.

이러한 관계를 잘 표현한 설화가 있다. 황제가 — 그랬다는 것이다 — 그대에게, 한 개인에게, 비천한 신하, 황제라는 태양 앞에서 가장 머나먼 곳으로 피한 보잘것없는 그림자에게, 바로 그런 그대에게 황제가 임종의 자리에서 한 가지 전갈을 보냈다. 황제는 사자(使者)를 침대 곁에 꿇어앉히고 전갈의 내용을 그의 귓속에 속삭여 주었는데, 그 일이 황제에게는 워낙 중요해서 다시금 자기 귀에다 되풀이하게끔 했다. 머리를 끄덕임으로써 자기가 한 말의 착오 없음을 확인했다. 그리고 황제의 임종을 지키는 모든 사람들 앞에서, — 장애가 되는 벽들을 허물고 넓고도 높은 만곡형 노천 계단 위엔 제국의 강자들이 서열별로 서 있다 — 이 모든 사람들 앞에서 황제는 사자를 떠나보냈다. 사자는 즉시 길을 떠났다. 그는 지칠 줄 모르는 강인한 남자로 이리저리 팔을 번갈아 앞으로 뻗쳐 가며 사람의 무리를 헤쳐 길을 트는데, 제지를 받으면 태양 표지가 있는 가슴을 내보인다. 그는 역시 다른 누구보다 수월하게 앞으로 나아간다. 그러나 사람의 무리는 아주 방대하고, 그들의 거주지는 끝나지 않는다. 벌판이 열린다면야 그는 날 듯이 달려올 것을, 곧 그대의 문에 그의 두 주먹이 두드려 대는 멋진 울림이 들릴 것을. 그러나 그는 그러는 대신 속절없이 애만 쓰고 있다, 아직도 그는 가장 깊은 내궁의 방들을 힘겹게 지나고 있는데, 결코 그 방들에서 벗어나지 못할 테고, 설령 그 방들에서 벗어나더라도 아무런 득이 없을 것이니 계단을 내려가기 위해 그는 또 싸워야 할 터다. 설령 싸움에 이긴다 해도 아무런 득이 없을지니 뜰을 지나야 할 것이고, 뜰을 지나면 그것을 빙 둘러싼 또 다른 궁전이 있고 다시금 계단들, 궁전들이 있고, 또다시 궁전이 있는 식으로 계속 수천 년을 지내고 마침내 가장 바깥쪽 문에서 뛰쳐나온다면 — 그러나 결코, 결코 그런 일은 일어날 수 없다 — 비로소 세계의 중심, 그 침전물이 높다랗게 퇴적된 왕도가 그의 눈앞에 펼쳐질 것이다. 그 어떤 자도 여기를 통과하지는 못한다, 심지어 고인의 전갈을 가지고 있더라도 말이다. — 그런데도 그대는 그대의 창가에 앉아 저녁이 오면 그 전갈을 꿈꾼다.

꼭 그렇게, 그렇게 희망 없고 또 그렇게 희망에 차서, 우리 백성은 황제를 본다. 어느 황제가 통치하는지는 모른다, 또한 왕조의 이름마저 확실하지 않다. 학교에서는 그 비슷한 많은 것을 순서대로 배웠지만 이 점에 있어서는 너나없이 워낙 불확실하다 보니 최우수 학생마저도 불확실에 휩쓸린다. 이미 오래전에 죽은 황제들이 우리 마을들에선 왕좌에 앉혀지고, 노래 속에나 살아 있는 이가 방금 포고를 내려, 사제가 그것을 제단 앞에서 읽어준다. 우리 태고사(太古史)의 전투들이 지금에야 진행되니, 이웃 사람이 상기된 얼굴로 그 소식을 가지고 네 집으로 뛰어든다. 황제의 아내들, 비단 금침에 묻혀 지나치게 호식하는 교활한 환관들이 고귀한 법도를 해쳤다. 지배욕에 부풀고, 탐욕에 들뜨고, 음탕하기로 널리 알려진 그네들은 여전히 새로이 거듭거듭 자신들의 비행을 자행한다. 시간이 이미 많이 지났으나 더 지날수록 모든 색채는 더욱 끔찍하게 빛을 발하니, 수천 년 전의 어느 왕비가 남편의 피를 쭉쭉 들이켰다는 이야기를 언젠가 마을 사람들은 큰 비명을 질러 대며 듣게 된다. 그러니까 백성들은 그렇게 과거의 군주들을 대하고, 현재의 군주들은 죽은 사람들 가운데 섞는다. 한 번, 일대(一代)에 한 번, 지방을 순회하는 황제의 관리가 우연히 우리 마을에 오면, 그는 조세 명부를 검사하고, 학교 수업을 참관하고, 사제에게 우리들의 행적을 물은 다음, 그 모든 것을, 자기 가마에 오르기 전에 긴 훈계조로 모여든 지역 사람들에게 요약해 이야기한다. 그러면 모두가 얼굴 위로 웃음을 띠었는데, 어떤 이는 다른 사람들을 힐끗힐끗 훔쳐보며 관리의 감시하는 시선을 피하려고 아이들에게로 몸을 숙인다. 관리가 어떤 죽은 사람의 이야기를 하든 산 사람의 이야기를 하든 간에 사람들은 생각한다. 이 황제는 벌써 오래전에 죽었고 왕조는 해체되었으며 관리께서는 우리를 놀린다고, 그러나 우리는 그의 마음이 상하지 않도록 부러 못 알아차린 척한다고, 그러나 우리가 진지하게 복종해야 할 사람은 오직 우리들의 현재 주인뿐이리라. 다른 모든 것은 죄를 범하는 일일 테니까. 그리고 서둘러 떠나는 관리의 가마 뒤에서 벌써, 누구든, 그 어떤 깨진 유골 항아리에서 멋대로 일으켜진 자가 마을의 주인이라고, 발을 구르며 일어난다.

비슷하게 우리 사람들도 보통 국가적 격변들이나 동시대 전쟁에 의해선 별로 타격을 받지 않는다. 여기서 나는 내가 젊은 시절에 겪은 사건 하나를 회상한다. 어떤 이웃, 그래도 꽤 멀리 떨어진 고장에서 폭동이 일어났다. 그 이유는 이제 생각이 나지 않는 데다 또한 중요하지도 않은데, 그곳에서는 폭동을 일으킬 까닭들이 아침마다 생긴다. 흥분한 백성 탓이다. 그런데 한번은 봉기자들의 인쇄물 한 장을, 그곳을 지나온 거지가 우리 아버지의 집으로 가져왔다. 마침 노는 날이어서 손님들이 우리 집 방들을 채웠고, 그 한가운데에 사제가 앉아 그 인쇄물을 연구하였다. 갑자기 모두가 웃기 시작했고, 그 종이는 무리 속에서 짓찢겼다. 벌써 넉넉하게 대가를 받은 거지는 방 밖으로 걷어차여 쫓겨났고, 모두는 좋은 날을 맞으러 뿔뿔이 흩어져 갔다. 왜 그랬을까? 이웃 지방의 사투리는 우리의 것과 전혀 다르고 그것 역시 문어(文語)의 어떤 형태로 표현되는데, 이는 우리들에게 고색창연한 느낌을 준다. 그런데 사제가 그런 글을 읽었으니 두 면도 미처 읽기 전에 사람들은 이미 결단하였던 것이다. 옛날부터 들은, 과거에 체념한 케케묵은 소리들이라고. 그리고 — 회상하다 보니 내게는 그렇게 보인다 — 비록 그 거지의 행색에서 비참한 생활상이 반박의 여지 없이 드러나기는 했지만, 사람들은 웃으면서 고개를 가로젓고 아무 말도 더 들으려 하지 않았다. 그렇게 우리 사람들은 현재를 지워 없앨 준비가 되어 있는 것이다.

그러한 제반 현상으로 보아 근본적으로 황제가 전혀 없다고 추론하더라도 진실에서 썩 멀지는 않으리라. 거듭거듭 굳이 말하노니 아마 남쪽에 있는 우리들처럼 황제에게 충성하는 백성도 없을 것이다. 그러나 그 충성은 황제에게 도움이 되질 않는다. 동네 어귀 밖의 작은 기둥 위에는 상서로운 용이 있는데, 충성을 표하며 개벽 이래 정확하게 북경 방향으로 불을 뿜고 있다. — 그러나 마을 사람들에게는 북경 자체가 피안의 삶 이상으로 낯설다. 눈길이 미치는 우리 마을 언덕보다 더 멀리, 들판을 뒤덮을 정도로 집과 집이 잇닿아 즐비하게 늘어서 있으며 이 집들 사이로 밤이나 낮이나 사람들이 빽빽이 들어차 있다니, 그런 고을이 정말로 있을 수 있단 말인가? 그런 도시를 상상해 보는 일보다 북경과 그 황제가 하나라고 믿는 편이 우리들에게는 더 쉽다, 그들은 시간의 흐름에 따라 조용히 태양 아래서 그 모습을 바꾸어 가는 구름 같은 것이라고 말이다.

그러한 생각들의 결과는, 그런데 어느 정도 자유로운, 제어되지 않은 생활이다. 그러나 결코 도의가 부재하는 건 아니니, 나의 고향에서와 같은 정결한 도의를 나는 다른 곳들을 돌아다니면서는 거의 본 적이 없다. — 그렇지만 현재의 법 아래에 있지 않고, 다만 옛 시대로부터 우리에게로 건너온 지시와 경고에만 속한 생활이다.

나는 일반화를 삼가며 우리 지방의 수만 개 고을들 모

두에서 혹은 심지어 중국의 500개 지방 모두에서, 사정이 그러하다고는 주장하지 않겠다. 그러나 어쩌면 이 대상에 대해 내가 읽은 많은 문서들을 토대로, 그리고 나 자신의 관찰들을 토대로 삼는다면, — 특히 장성을 축조할 당시엔 소요된 총 인원이 많았던 만큼, 사람에 따라서는 거의 온갖 지방의 사람들을 겪으며 여행할 기회가 주어졌다 — 그 모든 것을 바탕으로 한다면, 아마도 내가 말해도 좋으리라, 황제에 관한 지배적인 생각은 늘 거듭 그리고 어디서나 나의 고향에서의 견해와 어느 정도 공통점을 보인다고. 그런데 나는 그 견해를 어디까지나 미덕으로 인정하려는 게 아니라 그 반대다. 그것은 주로 지상의 가장 오래된 제국에서 오늘날에 이르기까지, 황정의 기구들이 제국의 가장 먼 변경에서까지 직접 부단히 영향력을 행사할 수 있을 정도의 투명함을 지니도록 훈련시킬 능력이 없었거나 다른 일 탓에 이를 소홀히 한 정부에 의해 초래되었다. 그렇기는 하지만 다른 한편으로는 백성들 쪽에도 상상력 혹은 믿는 힘에 있어 하나의 약점을 지녔으니 그들은 황정을 북경의 쇠락에서 끌어내어, 생동감 넘치도록 현재 안에서, 자신의 충직한 황민의 가슴으로 끌어당기려고 하질 않는다. 그러면서도 언젠가 한번 이런 접촉을 느껴 보고, 그러다가 죽으면 더 바랄 게 없다는 그 가슴으로.

그러니까 이런 견해가 미덕일 수는 없을 터다. 그래서 그만큼 더 눈에 띈다. 바로 이 약점이야말로 우리 민족의 가장 중요한 결합 수단 중의 하나인 듯 보인다. 그렇다, 감히 그렇게까지 표현해도 된다면 이게 바로 우리가 발을 딛고 사는 바닥이다. 여기서 흠 하나를 가지고 그 근거를 소상히 밝히는 건 우리의 양심이 아니라, 훨씬 고약하게, 우리들의 두 다리를 흔드는 일이다. 그리고 그렇기 때문에, 나는 이 물음에 대한 연구를 당분간 진척시키지 않겠다.

밤에

밤에 흠뻑 잠겨. 이따금 골똘히 생각하기 위해 고개를 떨구듯 그렇게 흠뻑 밤에 잠겨 있음. 사방에는 사람들이 잠자고 있다. 그들이 집 안에서, 탄탄한 침대 속에서, 탄탄한 지붕 아래서, 요 위에서 몸을 쭉 뻗치거나 오그린 채, 홑청 속에서, 이불 밑에서 잠자고 있다는 조그만 연극 놀음, 순진무구한 자기기만. 사실은 그들이 언젠가 그때처럼 그리고 후일 황야에서처럼 함께 있는 것이다, 벌판의 막사, 수효를 헤아릴 수 없는 사람들, 하나의 큰 무리, 한 민족이 차가운 하늘 밑 차가운 땅 위에 내던져져 있는 것이다, 이전에 서 있었던 곳에 이마는 팔에 박고 얼굴은 땅바닥을 향한 채 조용히 숨 쉬며. 그런데 네가 깨어 있구나, 파수꾼이구나, 바로 옆에 있는 사람을 찾자고 곁의 섶나무 더미에서 꺼낸 불타는 장작을 휘두르는구나. 왜 너는 깨어 있는가? 한 사람은 깨어 있어야 한다고 한다. 한 사람은 있어야 한다.

공동체

우리는 다섯 친구다, 우리는 언젠가 한 집에서 뒤이어 차례로 나왔는데 우선 하나가 나와 대문 옆에 섰고, 그 다음에는 두 번째가 와서, 아니 왔다기보다는 미끄러져, 수은 방울처럼 가볍게 대문을 나와 첫째로부터 멀지 않은 데 섰고, 그다음은 셋째, 그다음은 넷째, 그다음은 다섯째가 그랬다. 결국 우리는 모두 한 줄로 서 있었다. 사람들이 우리를 주목하게 되어 우리를 가리키며 말했다. "이 다섯이 지금 이 집에서 나왔다."라고. 그때부터 우리는 같이 살고 있다, 어떤 여섯 번째가 자꾸 끼어들려고만 하지 않는다면 평화로운 생활이리라. 그는 우리한테 아무 짓도 하지 않는다, 그러나 우리는 그가 귀찮다, 그러니 그것으로 충분히 무슨 짓인가를 하는 것이다, 싫다는데도 그는 왜 밀고 들어오는 것일까? 우리는 그를 모르며 우리한테로 받아들이지 않겠다. 우리 다섯도 전에는 서로 잘 몰랐으며, 굳이 말한다면, 지금도 서로 잘 모른다, 그러나 우리 다섯에게서 가능하고 참아지는 것이 저

여섯 번째에게서는 가능하지 않으며 참아지지도 않는다. 그 밖에도 우리는 다섯이며 여섯이고 싶지 않다. 그런데 도무지 이 끊임없이 같이 있음이란 것이 도대체 무슨 의미가 있단 말인가, 우리 다섯에게도 그것은 아무런 의미가 없다, 그러나 이제 우리는 이미 같이 있고 앞으로도 그럴 것이다, 그렇지만 새로운 결합은 원하지 않는다. 다름이 아니라 우리의 경험상. 어떻게 그 모든 것을 여섯 번째에게 가르친단 말인가, 긴 설명은 벌써 우리 테두리에 받아들임을 의미하는 거나 다름없을 테니 우리는 차라리 아무런 설명도 하지 않고 그를 받아들이지 않는다. 입술을 비죽 내밀 테면 얼마든지 내밀어 보라지, 우리는 그를 팔꿈치로 밀쳐내 버린다, 그런데 우리가 아무리 밀쳐 내도 그는 다시 온다.

다리

나는 뻣뻣하고 차가웠다, 나는 다리였다, 어느 심연 위에 나는 있었다. 이 편에는 두 발끝이, 저편에는 두 손이 뚫고 들어가 있어, 부스러져 떨어지는 진흙을 나는 단단히 붙들고 늘어지고 있었다. 치맛자락이 내 옆구리 쪽으로 날렸다. 아래 깊은 곳에서는 얼음 같은, 숭어들 노니는 개울이 소리를 내고 있었다. 이런 다니기 어려운 고지(高地)로 길을 잘못 들어 헤매는 관광객은 없었다, 이 다리는 지도에도 올려지지 않았던 것이다. — 그렇게 나는 누워 기다렸다, 기다려야 했다. 무너지지 않은 바에야 한번 만들어진 다리가 다리이기를 중단할 수는 없지 않은가.

한번은 저녁 무렵이었다. — 그게 첫 번째 날 저녁이었는지, 천 번째 날 저녁이었는지는 모르겠다 — 나의 생각이란 항시 뒤죽박죽이 되었고 항시 빙빙 돌았으니. 여름 저녁 무렵 한층 더 어둡게 개울이 좔좔 흐르고 있었다, 그때 어떤 사람의 발소리가 들렸다! 나에게로 오는, 나에게로 오는 발소리. 몸을 쭉 펴라, 다리여, 당당한 태세를 취해라, 난간 없는 들보여, 너에게 몸을 맡기는 이를 받쳐 주어라. 그의 걸음걸이의 불안정을 눈에 띄지 않게 메워 주어라, 그래도 그가 흔들거리거든 신분을 밝히고 나서서 산신(山神)처럼 그를 건너편 땅에다 획 집어던져 주어라.

그가 왔다, 그는 지팡이 끝에 박힌 쇠 징으로 나를 두드렸다, 그러고는 그걸로 내 치맛자락을 걷어 올려 내 몸 위에 가지런히 해 주었다. 무성한 내 털 속으로 지팡이 끝을 옮기더니 그 지팡이를, 아마도 격한 눈길로 주위를 둘러보며, 오래 털 속에 눕혀져 있게 버려 두었다. 그다음에는 그러나 — 마침 나는 그를 따라 산골짜기 너머로 아득히 꿈에 잠겨 있었다, 그가 두 발로 내 몸 한가운데서 뛰어올랐다. 나는 뭐가 뭔지 모르면서도 격한 고통에 몸서리를 쳤다. 그게 누구였을까? 어린아이였을까? 꿈이었을까? 노상강도였을까? 자살자? 유혹자? 파괴자? 하여 나는 그를 보려고 몸을 틀었다. 다리가 몸을 틀다니! 미처 몸을 다 틀기도 전에 나는 벌써 추락하고 있었다, 추락하였다, 그리고 어느덧 산산이 찢기고 찔려 있었다, 격류 속에서도 항시 그렇게도 평화스럽게 나를 응시했던 삐죽삐죽 솟은 돌멩이들에.

일상의 당혹

늘 있는 사건 하나. 그것의 감내, 일상적인 당혹 한 가지.

A는 H 출신 B와 중요한 사업을 매듭지어야 한다. 그는 예비 협의를 하러 H로 가는데, 왕복하는 데 각각 십 분이 안 걸렸고 집에 와서는 이 특별한 신속함을 자랑한다. 다음 날 그는 다시 H로, 이번에는 사업의 최종적인 마무리를 위하여 간다. 그 일을 하는 데에 몇 시간은 걸리리라 예상해서 A는 새벽같이 떠난다. 그러나 모든 부수적인 상황들이, 적어도 A의 생각으로는, 전날과 조금도 다름없는데도 이번에는 H로 가는 데 열 시간이나 걸린다. 지칠 대로 지쳐 그가 저녁에 H에 도착하자 사람들이 그에게 말하기를 B는 A가 오지 않는 데 화가 나서 반 시간 전에 A를 만나러 A의 마을로 갔으니, 사실은 그들이 도중에 만났어야 하리라는 것이다. 사람들은 A에게 기다리라고 충고한다. 그러나 A는 사업이 걱정되어 즉시 떠나 서둘러 온 길을 되돌아간다. 이번에는 특별히 신경 쓰지 않았는데도, 같은 길을 순식간에 간다. 집에 와

서 그가 들은 이야기로는 B 역시 A가 떠나자마자 곧바로 H에 왔는데, 대문에서 A를 마주쳐, A에게 사업을 상기시켰건만 A는 자기에게 지금 시간이 없다고, 서둘러 가야 한다고 했다는 것이다.

A의 이러한 이해할 수 없는 태도에도 불구하고 B는 A를 기다리려고 여기 머물렀다. 그사이 A가 되돌아오지 않았느냐고 벌써 여러 차례 물었으나 아직도 위층 A의 방에 있다는 것이다. 이제라도 B와 이야기하고 그에게 모든 해명을 할 수 있다는 사실에 기뻐서 A는 계단을 달려 올라간다. 위층에 거의 다 올라가던 참에 발이 걸려 비틀거리다가 그만 뒤꿈치 근육에 열상(裂傷)을 입어 고통으로 까무러칠 지경이 된다. 비명조차 지르지 못하고 어둠 속에서 다만 끙끙거리고만 있는데, B가 — 아주 멀리에서인지, 지척에서인지는 분명하지 않으나 — 화가 나서 계단을 쾅쾅 디디며 내려가 영영 사라지는 소리가 그의 귀에 들린다.

산으로의 소풍

"모르겠다,"라고 내가 목이 잠겨 부르짖었다. "정말 모르겠다. 아무도 오지 않으면 그냥 아무도 오지 않는 거다. 나는 아무에게도 무슨 나쁜 짓을 한 적 없고, 아무도 나에게 무슨 나쁜 짓을 하지 않았다. 그런데 아무도 나를 도와주려 하지 않는다. 이 세상 그 누구도. 그러나 사정이 그런 건 아니다. 아무도 지금 나를 돕지 않는다는 것만 제외하자 — , 그러지 않으면 이 세상 그 누구도 어여쁘지 않을 테니. 나는 아주 흔쾌히 — 왜 안 그렇겠는가? — 소풍을 가리라, 순전히 아무도 아닌 이들과 어울려. 물론 산으로, 달리 어디로 가겠는가? 이 아무도 아닌 이들이 나란히 함께 밀려 가는 모습이라니, 엇갈려 뻗치고 팔짱 낀 이 많은 팔들, 극히 좁은 보폭으로 나뉜 이 많은 다리들! 물론 모두가 연미복 차림이다. 그렇게 우리는 랄라라 걸어가고, 우리와 우리 팔다리들 사이 빈틈으로 바람이 불어 가고 있다. 산에서는 목이 트인다! 우리가 노래 부르지 않는 것이 기이하다."

양동이 기사

다 써 버린 석탄, 텅 빈 양동이, 무의미한 부삽, 냉기를 토하는 난로, 방은 한기로 터질 듯 팽팽하고, 창밖에는 나무들이 서리 속에 뻣뻣하고, 하늘은 그에게 도움을 청하려는 자에게 들이대는 은(銀)방패다. 나에겐 석탄이 있어야 한다, 얼어 죽을 수는 없다. 내 뒤에는 무정한 난로, 앞에는 역시 무정한 하늘, 그러므로 나는 하늘을 예리하게 가로지르고 말달려 석탄 가게 한가운데서 도움을 구해야겠다.

내가 늘 하는 부탁에 그 사람은 이미 무디어졌다, 그러니 나는 그에게, 이제 내겐 석탄이 눈곱만큼도 남아 있지 않으며, 그러므로 그가 나에게는 바로 창공의 태양을 의미한다는 점을 아주 자세히 증명해야 한다. 나는 가야 한다. 배고픔으로 그르렁거리며 문지방에서 숨을 거두려고 하는, 그래서 제후의 요리사가 마지막 커피 찌꺼기를 쏟아 내 주기로 결심한 그 거지에게처럼, 상인은 분명 꼭 그렇게 나에게 화를 내리라. 그럼에도 불구하고 그는 '살인하지 말라!'라는 계명의 빛 아래서 부삽 하나를 채워 내 양동이에 던져 넣으리라.

그래서 나는 양동이를 타고 달린다. 양동이 기사가 되어, 손은 가장 간단한 머리 장식 마구(馬具)인 위쪽 손잡이에 두고, 힘들게 계단 아래로 돌아 내려간다. 그러나 아래에 내려서면 나의 양동이가 솟아오른다, 화려하게, 화려하게, 바닥에 납작하게 누워 쉬다가 인도자의 채찍 밑에서 몸을 털며 일어나는 낙타들도 이보다 더 멋지게 일어나지는 못한다. 꽁꽁 얼어붙은 골목길을 고른 속보로 달린다, 나는 자주 2층 높이로까지 올려지며, 현관문까지는 내려오지 않는다. 그리고 나는 가게 지하실 반원형 천장 안에서는 비상히 높게 흔들린다, 그 안에서는 가게 주인이 저 아래 깊은 곳, 자신의 작은 책상 앞에 쪼그리고 앉아 무언가를 쓴다. 지나친 열기를 내보내려고 그는 문을 열어 놓았다.

"석탄 가게 아저씨!" 추위로 애가 타는, 분명치 못한 목소리로 내가 부른다, 자욱한 입김에 싸인 채, "석탄 가게 아저씨, 석탄을 조금만 주세요. 내 양동이는 벌써 다 비어 버려 내가 타고 다닐 수 있어요, 제발. 되는대로 곧 갚을게요."

가게 주인이 귀에 자기 손을 갖다 댄다. "내가 바로 들은 건가?" 하고 자기 어깨 너머, 난로 곁의 의자에서 뜨개질을 하는 아내에게 묻는다. "내가 바로 들었나? 손님인데."

“나는 아무 소리 안 들려요.” 하고 등이 기분 좋게 따뜻해진 부인은 뜨개바늘 위로 평화롭게 숨을 내쉬고 들이쉬며 말한다.

“네, 맞아요.” 내가 소리친다. “저예요, 오랜 단골손님이죠. 잠시 돈이 없을 뿐 변함없이 충실한 단골이죠.”

“여보.” 하고 상인이 말했다. “맞아, 누가 왔어. 내가 이렇게 심하게 착각하지는 않아. 오랜, 아주 오랜 단골임에 틀림없어. 이렇게 내 가슴에다 말을 할 줄 아니 말이야.”

“웬일이지요, 여보?” 하며 부인은 잠깐 쉬며 뜨갯감을 가슴에 꽉 끌어안았다. “아무도 아니에요. 골목길은 텅 비었고 우리 손님들은 모두 비축을 해 놓았어요. 우리는 며칠 동안 가게를 닫고 쉬어도 돼요.”

“하지만 내가 여기 양동이 위에 앉아 있는데.” 하고 외치는데 추위 탓에 감정 없이 흐르는 눈물이 내 눈을 가린다. “좀 쳐다보시오, 그럼 나를 금방 발견할 텐데, 한 부삽만 부탁합니다. 그런데 당신네들이 두 부삽을 준다면, 나를 넘치도록 행복하게 해 줄 거요. 이미 다른 고객들은 모두 비축해 놓았잖아요. 아, 양동이 안에서 벌써 달그락 소리가 들렸으면!”

“가지요.” 하며 가게 주인은 짧은 다리로 지하실 계단을 올라가려고 했지만 어느새 부인이 그의 곁에 다가와 가게 주인의 팔을 꽉 잡고 말한다. “당신은 여기 계세요. 당신이 정 고집을 버리지 못하겠다면 내가 올라가지요. 오늘 밤에는 당신의 심한 기침을 좀 생각하세요. 그런데 당신은 장사를 위해서, 이게 비록 망상에 불과할지 몰라도, 처자식도 잊어버리고 당신의 폐까지 희생하고 있어요. 제가 갈게요." "그러려거든 그렇게 해요. 단 그에게 우리 창고에 있는 물건의 종류를 다 일러 주시오. 가격은 내가 당신 뒤에서 부르리다." "좋아요." 하며 부인은 골목길로 올라간다. 물론 그녀는 나를 금방 보지 못한다. "석탄 가게 아주머니." 내가 소리친다. "별고 없으십니까, 석탄 한 부삽만요. 여기 양동이에다 바로요. 제가 직접 집으로 가지고 가겠어요. 제일 질 낮은 것 한 삽요. 그 값은 물론 다 드리지요, 그렇지만 금방은 안 되고요, 금방은 안 되고요." 두 마디 말 '금방은 안 되고요.'가 무슨 종소리인지 또 얼마나 감각을 혼란하게 하며 마침 가까운 교회 종탑에서 들려오는 저녁 종소리에 섞이는지!

"그러니까 그분이 뭘로 가지시겠다 하오." 상인이 소리친다. "아무것도," 부인이 되받아 소리친다. "아무것도 없는데요, 아무것도 안 보이고, 아무 소리도 안 들리는걸요. 6시 종이 울렸을 뿐이에요, 우리 문 닫아요. 추위가 지독하네요. 내일은 또 할 일이 많겠는데요."

그 여자는 아무것도 보지 못하고 아무것도 듣지 못한다. 그러나 그런데도 앞치마 끈을 풀어 앞치마를 탁탁 털며 나를 쫓아 버리려고 한다. 유감스럽게도 안 된다. 나의 양동이는 타고 다니는 훌륭한 짐승의 모든 장점을 갖추었지만 버티는 힘만은 없다. 너무도 가벼워서, 여자 앞치마 하나일 뿐인데도 그 발을 땅바닥에서 떼어 놓고 만다.

"이 나쁜 여자." 하고 나는 상대가 돌아보도록 큰 소리로 부른다. 그녀가 가게 쪽으로 돌아서면서 절반은 경멸조로 절반은 만족해서 손을 공중으로 내젓는 동안에도 "이 나쁜 여자! 제일 질 낮은 걸로 한 삽만 부탁했는데 그걸 주지 않는군."이라고 말한다. 그리하여 나는 그렇게 얼음산 지대로 들어가 다시는 모습이 보이지 않게끔 없어져 버린다.

튀기

나는 절반은 고양이 새끼고 절반은 양인 별난 짐승 한 마리를 가지고 있다. 그것은 우리 아버지 소유였다가 내가 상속받은 것이다. 그렇지만 이런 모습이 된 것은 내가 데리고 있던 동안이고, 전에는 고양이 새끼보다는 양에 훨씬 가까웠다. 그러나 지금은 양쪽 요소를 같게 지니고 있는 것 같다. 고양이로부터는 머리와 발톱을, 양으로부터는 몸집과 외양을, 양쪽 다로부터는 가물가물하면서도 야성적인 눈, 부드러우면서도 착 달라붙은 털가죽, 폴짝폴짝 뛰면서도 살금살금 걷는 몸놀림을 물려받았다. 창턱에 내린 햇볕 속에서는 몸을 동그랗게 오그리고 골골거리고, 풀밭에선 정신없이 내달려 통 잡히지를 않는다. 고양이들 앞에서는 도망치고, 양들은 공격하려 들지 않는다. 달 밝은 밤이면 처마가 제일 다니기 좋아하는 길이다. 야옹 소리는 못 내고 쥐는 싫어한다. 닭장 옆에서 몇 시간이고 매복할 수 있기는 하지만 잡아 죽일 기회를 이용한 적은 아직 없다.

나는 그것에게 단 우유를 먹이는데, 우유를 제일 잘 먹는다. 길게 쭉쭉 그것은 우유를 맹수의 치아 너머로 들이마신다. 물론 아이들에게는 큰 구경거리니, 일요일 오전이 공개 시간이다. 나는 그 작은 동물을 무릎에 앉히고 있고 온 동네 아이들이 내 주위에 빙 둘러서 있다.

그런 때면 그 어떤 사람도 대답 못 할 별별 질문들이 다 나온다. 왜 그런 동물이 있는가, 왜 하필 내가 그것을 가지고 있는가, 저놈 이전에도 저런 동물이 있었느냐, 저놈이 죽은 다음에는 어떻게 될 것이냐, 저놈이 외롭다고 느끼는가, 왜 새끼가 없느냐, 이름은 무엇이냐 등등.

나는 대답하려 애쓰지 않고 더 설명하지 않고 내가 안고 있는 것을 가리키는 것으로 만족한다. 이따금씩 아이들은 고양이를 데려오고, 한번은 양 두 마리를 데려오기까지 했다. 그러나 그 애들의 기대와는 달리 동물들끼리 서로를 알아보는 상황은 벌어지지 않았다. 동물들은 서로를 조용히 동물의 눈으로 바라보고 있었으니, 그들 자신이 지금 여기 있는 것을 섭리의 사실로 서로 받아들이는 게 분명했다.

내 품 안에 있으면 그 동물은 불안도 추격욕도 모른다. 나한테 착 달라붙어 있을 때 가장 편안해한다. 길러 준 식구를 따른다. 그것은 그 어떤 비상한 충직함은 아마 아니겠으나, 지상에서 인척이야 무수히 많아도 어쩌면 단 하나의 피붙이도 갖지 못한, 그래서 우리 집에서 찾은 보호가 성스럽기만 한 한 동물이 갖는 올바른 본능일 것이다.

이따금씩, 그게 코를 킁킁거리며 내 주위를 돌아다니고, 다리 사이로 비비적거리고 지나가, 조금도 내게서 떼어 놓을 수가 없을 때면 나는 웃을 수밖에 없다. 양이면서 고양이라는 것으로도 충분치 않아 개마저 되겠다는 거나 다름없으니 말이다. — 한번은 내가, 누구에게나 그런 일은 있을 수 있듯이, 나의 사무 및 그것과 연관된 모든 것에 빠져 헤어날 길을 찾지 못하고 만사를 될 대로 되라고 팽개치고 싶기만 했고, 그런 기분으로 집에 돌아와 그 동물을 무릎에 올려놓은 채 흔들의자에 누워 있었는데, 그때 우연히 한번 내려다보았더니 그의 수북한 수염에서 눈물이 뚝뚝 떨어지고 있는 것이었다. — 그게 나의 눈물이었을까, 그것의 눈물이었을까? — 양의 영혼을 지닌 이 고양이가 인간의 공명심마저도 가졌더란 말인가? 나는 아버지로부터 물려받은 것이 많지 않지만 이 유품만은 훌륭하다.

두 가지 종류의 불안, 고양이의 불안과 양의 불안을 그것은 그 내면에 지니고 있다, 퍽이나 종류가 다른데도 말이다. 그래서 그에게는 자기 살갗이 너무도 갑갑하다. — 이따금씩 그것은 내 곁 안락의자로 뛰어올라 앞발을 내 어깨에 대고 버티며 주둥이를 내 귀에다 갖다 대곤 한다. 그것은 마치 나에게 무언가 말하기라도 하는 것 같고 또 실제로 그런 다음에는 몸을 앞으로 숙이고 내 얼굴을 들여다보며 자기가 한 말이 나에게 준 인상을 살폈다. 그의 마음에 들도록 나는 무언가 알아들었다는 듯 고개를 끄덕인다. — 그러면 그것은 땅바닥으로 뛰어 내려가 춤추듯 깡총깡총 뛰며 돌아다닌다.

어쩌면 이 동물에게는 푸주한의 칼이 구원이리라, 하나 그 구원을 유품인 그에게 내가 줄 수는 없다. 그러므로 그것은 숨이 저절로 다할 때까지 기다려야 한다, 제아무리 이따금씩 분별 있는 행동을 촉구하는 분별 있는 인간의 것 같은 눈으로 물끄러미 나를 쳐다본다 해도.

옮긴이가 카프카에게

카프카 나의 카프카

전영애

빛줄기 사이로 그가
귀와 눈뿐인 그가 거듭 말한다
"집착은 없어요…… 그게 나거든요."

나의 유산

부서져 내리는 살갗 감옥
파편에 온몸이 찔렸다

그리움의 창날 사금파리로 빛나고

구멍 숭숭한 몸이
내닫는 눈먼 발걸음
먼
빛을 향하여
그리움 유전한다

빛바람 속을 아득히 가고 있었다
가물거리는 뒷모습이 불러
나 늘 숨 막히게 달려가고

아아, 나는
못 박혀 있었다

내 모든 두려움들을
내 뒤에 남겨야 한다는 생각의 창끝
똑바로 심장에 박히고 있었다

이 모든 목마름 끝에

— 카프카, 나의 카프카 1

이 모든 목마름의 끝에

그대가

……

없다

사랑, 어두운 땅 위의

빈 달음박질

세상 모든 석벽石壁을 녹여 내는

초록물. 초록 강물 휘감고

그래도 나는 가고 있다 — 그대에게로

빈 그림자 그대

야생 양귀비
— 카프카, 나의 카프카 2

아득한 곳에서 하늘과 만나는 아득한 땅…… 진초록
감자밭에 섞여 핀 점점 주홍 야생 양귀비…… 해바라기밭
가장자리를 두른 흰 들국화…… 전신주 발치마다 수북수북
하얀 찔레 덤불…… 그 위를 천천히 날아가는 황갈색 새 떼들

—내 일의 사체로 내가 살아남지는 않으리

긴 노동과 짧은 기쁨으로 삶은 이루어졌기늘
왜 잠들 줄 모르는가…… *내 가슴속 가시*
인생의 황혼은 아름답고 청명하리라고
누가 말하였던가 (아아 어둠에 갇혔던 시인!)

—살아서 이미 껍데기로 변해 가는 나의 삶

들판에 흩어진 주홍 양귀비…… 점점 붉은 꽃들
거뭇거뭇 탄 마음 구멍들에…… 하나씩 와 박힌다
뜨거운 불. 화인火印. 그러나 더는 아프지 않을
마지막 아픔. 양귀비 네 붉은 불꽃-꽃불
마음 벌판에 다 찍혀

—무심하고 아름다워라, 이 짧은 평화

기다림의 도시, 프라하

— 카프카, 나의 카프카 3

카프카, 나의 카프카여, 너의 프라하, 끝없이
뾰족지붕들, 한 장의 가시장막이다

(……탑첨탑굴뚝굴뚝첨탑탑굴뚝탑첨탑탑……)
(…지붕지붕지붕지붕지붕지붕지붕지붕지…)

제 머리 위 폭우를 겨우 덮어 가려 놓고는
못 견딘 치솟음뿐이다. 가진 모든 것으로
머리 덮고 숨은 자의, 조아린 자의 치솟음
(비바람은 이곳에서 늘 혹독한 징벌이었나 보다)

뾰족지붕들 속, 창, 헤아릴 수 없이, 창,
벽에도 창, 지붕에도 온통 창, 창, 창, 창
(창문과 치솟음뿐인 도시)

저 많은 창문으로 사람들은 대체 무엇을
기다렸을까 저 많은 창문으로
무엇을 기다리는 걸까

삶은 저토록 못 견딜 갇힘인가

성의 비밀

— 카프카, 나의 카프카 4

너의 성城

비밀을 알고자 하였다 그 겹겹 구조를

나의 발이 더듬는다

성, 선명한 미로迷路

설계된 위엄의 완벽을 보았다!

아름다움 갈피에 반역의 역사는

흔적이 없다

(불태워진 후스, 황제의 사신을 창밖으로 집어던져

삼십 년 전쟁을 부른 사람들…… 프라하의 봄……)

무심한 보석 도시를

도열한 창문들이 내려다보고 있다

겹겹 궁전 속 감추어진 사원
모자이크 창으로 쏟아져 드는 영롱한 날빛 속

찬란한 보관寶冠, 날아갈 듯 눈부신 은관銀棺

아름다움과 죽음이 나란히
누워 있었다, 장엄하게

성에 이르는 길

— 카프카, 나의 카프카 5

성城을 내려온다
휘도는 작은 골목, 골목,
향기롭고, 아프고, 질긴 삶의 육질이 마침내
어디로 빨려드는지, 나는 알아야겠다

성에 이르는 길을 다시 찾아 오른다
꺾이고 휘이는 계단, 계단
꿈결같은 목숨의 향기는
어디로 날아가는지, 꼭 알아야겠다

카프카, 네가 네 생애의 날들, 마흔 곱은
짓찧었을 낮은 문들을, 나의 마른 뼈가 오늘
무거운 머리— 숙여 지난다
네 생애만큼이나 숨 막히는 좁은 길

촘촘한 미로를, 가파른 돌계단들을
해진 발 칼끝 디뎌— 꼭꼭 밟아 오른다

저 도시의 황홀한 꿈을 건너다보며 이물질처럼
부유하며 카프카여, 네 안에 고인 컴컴한
수렁…… 검은 물의 뼈
만져 봐야겠다……

작은 황금 골목 그 집 앞
—카프카, 나의 카프카 6

겹겹 궁宮으로 석벽으로 둘러쳐진 큰 성. 마지막 벼랑
담벼락에 붙여 지은 제비집. —카프카여, 그림자, 네가
그늘 드리웠던 곳. 너의 빈 집 앞에서 나환자처럼 헉헉
수도꼭지에 입을 대고 물을 마신다. 그 작은 집 앞에.
주저앉아 묻는다

왜 네가 눈을 돌려야 했는지. 네 움막에 하나뿐인 창,
성벽 구멍으로도 ……저 아뜩한 나락의 초록과 석양은
쏟아져 드는데. 네가 왜 그토록 추웠는지. 너의 삶은
어디로 스며들었는지. 우리의 삶은 정녕
—굴인지

벼랑 제비집— 아득한 중세 연금술사들이 허공의
황금을 찾아 일생을 조아렸던 곳 이곳에서, 카프카여

네가 너의 금을 만들었다. 혹독한 겨울 너의 막막한 이야기들을. 죽도록 가도 그 어디에도 닿지 못하는 길 없는 길 막힌 삶의 이야기들을

이 좁은 골목길을 새들도 조신히 걸어다닌다. 숨 막히는 너의 어둠이 거친 돌바닥에 스며— 너의 빈 제비집은 궁정의 모든 호화와 위엄을 제압하고 있다. 너의 삶은 굴이 아니었다!

세상 마지막 벼랑에 쏟아지는 찬란한 석양이었다

그 집 앞에서 셋이 서로 기대어
— 카프카, 나의 카프카 7

단 버찌가 익는 철
산딸기 들딸기 나무딸기가 다 따라 익는 철
열매만 먹고 살다 그예 새가 되어
푸드득 날아와 앉았다 낯선 도시
네 집 앞

담벼락에 쪼그리고 앉아
어스름 녘 넋 놓고 그린다
너의 문, 문들을 그린다
마음에 그리고 넘쳐 작은 종이에도 그린다
작은 네 집, 알 속의 아늑함을, 숨 막힘을, 그 바깥
수렁의 초록을, 네가 눈 돌렸던 초록을

서툰 그림 들고 일어설 때

어린 비둘기 한 마리 무안한 듯 물러선다
—나의 등을 바람막이로 의지하고 있었다니!
그의 눈을 들여다본다 작은 카프카여, 새여
새의 이름을 가진 시인이여
네가 왔던 것일까

—성벽을 한 벽으로 기대어 붙여 지은 네 집
—네 집 앞 담벼락에 기대었던 내 처진 어깨
—바람 구멍투성이 나의 등에 기대어 웅크렸던 새

추운 것들끼리
이렇게 만나는구나 길 끝에서
온기를 나누는구나 아슬한 벼랑 위에서

나락의 새, 새

— 카프카, 나의 카프카 8

지친 저녁
누군가 나에게로 온다면
바스라지려는 몸, 낙엽처럼 가볍게 날려
단숨에 그의 등에 오르리
단숨에 달려가고 말리, 어두운 물길
천리 만리

(어두운전세기前世紀의골목길곧부서질듯한집들
틈으로어깨너비의통로하나불쑥—눈앞에
나타났다무덤길계단을내려갔다—지하묘원을
향하여.길끝.난데없이불밝혀진물가.몰다우강
검은비단물길로부터 흰, 흰, 백조떼 그렇게
나에게로 몰려왔다 숨 막히게)

검은 물 너머에는
또다시 나의 지옥
수렁 앞의 이 눈부신 통로

수정 유리잔처럼
삶이, 부서질 듯한 눈부심이, 백조여
너의 탄탄한 등을 곁눈질하고 있다

나 별을 버렸어[‡]

—카프카, 나의 카프카 9

푸른 이마에 별을 붙인

사람이었어 충직한

일꾼이었어 나 애초에

‡ 프라하에는 오래전부터 전해 오는 '골렘 설화'가 있다. 그 설화를 직접 소재로 삼지는 않았지만 이 시를 쓴 계기가 되었다. 골렘 설화는 유태교의 신비주의적 카발라 전통에 뿌리를 둔 민간 전설로, 성스러운 랍비들이 진흙으로 사람 모습을 만들어 그 이마에 emet(진리)라는 히브리어를 쓰면 충실하고 말없는 종이 되고, 첫 번째 글자를 지워서 met(죽음)가 되면 다시 흙으로 돌아간다는 것이다. 이 전설은 오래전부터 내려오다가 특히 16세기 프라하의 유명한 랍비 뢰브(1525-1609)와 연관되어서 널리 알려지게 되었다. 황제가 유태인들을 박해하자 랍비 뢰브가 황제에 대항하기 위하여 골렘을 만들었다. 그러나 처음에는 랍비의 지시대로 악과 불의를 물리치던 골렘이 갑자기 랍비에게 반항하고 민중의 생명을 위협하게 되어서, 그 창조자가 다시 파괴해 버린다는 내용이다. 이 전설은 유럽에서 오랫동안 많은 예술 작품의 원천이 되어 왔다. 체코 작가 카렐 차페크의 희극 「R. U. R.」(Rosum's Universal Robota, 로숨의 만능 로보트, 1921)을 통하여 중노동, 기계적 노동을 뜻하는 체코어 '로보트'가 세계화되는 일도 있었다.

물과 흙이었어

우쭐우쭐 바장바장 잿더미 속에서
허우적이다 그만
별 닦는 일을 잊었어
별 한 모서리 녹슬어 버렸어

별을 버렸어, 나, 다시
물이야 진흙이야, 파묻혔어
세상은 별 버린 사람투성이
흙탕 속에서 눈먼

아직도 꿈꾸고 있어
허우적이고 있어, 찬물에 잠겨도 모서리마다
새파랗게 뿜는 나의 별

성과 도시 사이

— 카프카, 나의 카프카 10

지친 성자들의 모습이 어둠에 덮히고

나의 고단한 손도 난간에 드리워지고

강 너머 불 밝혀진 저 꿈의 성, 불야성
종소리 스민 반공중으로 카알교 떠오른다

물살에 잠긴 우리의 별들, 깜박 떠오를 것 같아라

그 너머 불야성의 한 기슭
벼랑— 너의 집이 어둠에 잠겨 있다

얼음성
— 카프카, 나의 카프카 11

얼어붙어 있다 허공에 떨며

우리들의 비명
눌러 넣은 눈물들이

강철바람이 등덜미를 후려친다

*

잠긴 『성』을 짊어진 네 어깨
고요함이 휘어진다
온후함과 순명順命이 빛나고

……견디며 기다리며— 기다리며
견디며 너는 죽어 갔는데……

징벌
— 카프카, 나의 카프카 12

1

어둠이었습니다 세상은

열리지 않는 문門이었습니다

어둠 한 조각 도려내어

한 줄기 길을 트려 하였습니다

눈빛만 벼렸습니다, 새파랗게

2

거미줄 미로

내 손바닥에 펼쳐져 있습니다

3

눈이 아픕니다

죽도록 벼려 온 어둠의 칼

나 이제 허덕이며

엎디어 받습니다

나 아직도

문 앞에 있습니다 무쇠문 앞에

한 생애에 대하여
—카프카, 나의 카프카 13

담벼락 대인 사원의 종소리 쇳소리 갈피에서 너는 태어나
종소리 쇳소리를 새겨 넣으며 깊은 밤 너의 『성』을 지었다

그의 발걸음으로 모퉁이가 닳아 있다
우두커니 한 육백 년
시청 첨탑이 눈길 박고 선
조그만 광장, 광장을 에워싸고 있는 집들이

(시청 옆
사원에 붙은 모퉁이집— 그의 생가
사원 옆길 건너 모퉁이집 —그가 「성」을 쓴 집
사원 맞은편 모퉁이집— 그가 다닌 김나지움
그 모퉁이 도는 집— 그의 첫 통학로
그 너머— 그의 첫 학교
시청에 붙은 집— 그의 유년기 집

시청을 건너다보는 집— 그의 아버지의 가게
시청 뒷집— 청년인 그가 드나들던 카페
바로 그 옆— 그가 밥 벌던 보험회사
……)

그 모든 것 너머
집힐 듯한 언덕 위의 성
한 귀퉁이 그가 잠깐 몸 숨겼던 제비집

이 작은 동그라미 안에
한 생애가 숨 죽이고 있다
한 장 흑백사진 안에

카프카와의 대화
—카프카, 나의 카프카 14

바람 부는 탑 난간에서 그가
말한다 바람결처럼:
"이게 나의 세계지요."

갇히고 고여서
말한다 겹겹 동그라미 속에서:
"집착은 없어요. 문학에 대해서. 그게 나 자신이거든요.
집착이라면 어떻게 떨쳐 볼 수도 있겠지만
나 자신은 부수어 버릴 수도 없고……"

성이 장엄한 얼굴을 닫는다
아득한 능선에서
천천히 솟았다가 사라진다
성—프라하 첨탑—프라하

(……카프카의 전별……)

거꾸로 돌아가는 나의 수렁
기슭에서 다시 떠오른다, 신기루-프라하
내 손바닥 위에 동그마니 놓인다
헤매다 온 어두운 길
한 생애의 미로

카프카, 그가 다시 말한다
"집착은 없어요, 문학에 대해서. 그게 나거든요.
집착이라면 어떻게 떨쳐 볼 수도 있겠지만
나 자신은……"

두터운 암벽이

— 카프카, 나의 카프카 15

초록강 너머 끊기지 않는다 암벽의 병풍
빗줄기도 병풍 물결을 이룬다
큰 새 한 마리 바위의 모습으로 앉는다
빗줄기 사이로 그가
귀와 눈뿐인 그가 거듭 말한다
"집착은 없어요…… 그게 나거든요."

초록숲 너머 황금들녘
간헐적으로 빗줄기가 후려친다
여기까지 와서도 그가
웅크린 그가 말한다 무심하게
"……집착은 없어요……"

그의 말이 부서진다

두터운 암벽이
길 끝에 버티고 선다

—내 삶은 정돈되어야 한다

반향

— 카프카, 나의 카프카 16

쿵쾅거리는 초침들 위로
삭은 바람이 불어 간다

"······*집착은 없어요*······"
바람의 낮은 억양
사금파리 더미 위로 부서진다

투명하게, 금강석 알갱이
한순간 빛난다

에필로그

좌악— 찢어 놓고는
다시 맞추어 본다
잔 조각까지 넣어 다시 맞추어 본다
세상 모습, 화려한
옷 입고 선 꿈, 오래 매혹했던 여인
또다시 버리고 그 너머

검푸른 물을 본다

아무도 첨벙첨벙
들어서지 못하는 저 퍼런 물
내 슬픔의 늪을 본다
젖은 외로움의 두 팔이
마침내 하얗게

동그란 섬 하나
띄워 올릴 때까지

지친 나의 새들 하얗게 날아 내린다
외로움의 바다 수평선 너머로

프란츠 카프카

프란츠 카프카는 기독교와 유대교가 혼재하는 도시 체코 프라하에서 1883년 7월 3일 태어났다. 권위적인 아버지와 우울증을 앓는 어머니 사이에서 성장한 카프카는 아버지의 가부장적 폭력과 어머니의 분열적 태도 — 아들을 보호하는 한편 무의식적 사냥 몰이꾼 역할을 하는 — 로 인한 갈등을 평생 겪는다. 카프카에게 아버지는 법의 세계, 어머니는 불안의 세계였다. 여동생이 셋 있었는데 오빠를 괴롭히거나 도움을 주는 모순된 인물들이었다. 문학을 사랑했으나 아버지 때문에 프라하 대학에서 법률을 공부한 카프카는 1908년 근로자 사고 보험국에 취직한 후 십사 년간 관리로 일한다. 이른 아침 출근해서 오후까지 일하다 밤에 글을 쓰는 생활을 반복했고, 아버지와 매제의 일을 거들거나 과중한 업무로 글을 쓰지 못할 때마다 불안과 우울을 느꼈다. 청년 카프카는 프라하 카페에서 예술가들과 교류하기도 했고, 보헤미아와 모라비아 국경 근처 트레스트에서 시골 의사로 일하는 외삼촌 지크프리트 레비와 전원 생활을 즐기기도 했다. 또 마드리드 철도 회사의 관리자로 일한 독신자 외삼촌 알프레트 레비의 영향을 받아 독신을 고려하기도 한다.

카프카의 첫 책은 1912년, 친구 막스 브로트가 소개한 출판인 에른스트 로볼트가 발행한 『관찰』이란 제목의 단편 소설집이다. 총 800부를 찍었으며, 카프카는 이 책을 브로트의 집에서 만난 직업 여성 펠리체 바우어에게 헌정한다. 이후 펠리체와는 두 번 약혼하지만 결국 파경으로 끝난다. 1913년에는 브로트가 창간한 잡지 《아르카디아》에 「선고」를 발표하는데 작품에서 아들보다 우월한 아버지는 아들과 약혼자의 사이를 방해하고, 아들은 아버지가 자기보다 러시아 친구를 더 좋아한다는 사실을 알고 죽어 간다. 카프카의 가장 기념비적 작품인 『변신』은 1915년에 출간된다. 무능하지만 권위적인 아버지, 선하나 결국 비인간적인 모습을 보이는 어머니와 여동생, 가장 역할을 하다 쓸모가 없어지자 결국 내쳐져 벌레로 비참하게 죽어 가는 그레고르. 이 작품에는 카프카 자신을 괴롭히는 실존적 문제가 반영되어 있다. 연인인 펠리체와의 관계는 1917년에 쓰인 단편 「학술원에의 보고」와 장편 『유형지에서』에 함축되어 있다. 「학술원에의 보고」에서 원숭이는 자신의 기원과 젊은 시절 경험한 자유의 기억을 거부하는 것이 탈출의 유일한 방법이라 말하고, 『유형지에서』에서 언급하는 금욕적인 규범과 대중적 삶의 대립은 독신과 결혼 문제와 무관하지 않다. 이처럼 가족과 주변 환경의 영향은 카프카 작품 전면에 스며든다. 1914년부터 카프카는 누이의 아파트에 머물며 『선고』를 집필하여 1916년에 출판한다.

카프카의 고민과 성찰은 단편들 속에서도 반짝인다. 1917년부터 「시골의사」, 「사냥꾼 그라쿠스」, 「튀기」, 「산초 판사에 관한 진실」 등 의미심장한 단편들을 쓰던 그는 폐결핵 진단을 받아 요양원을 오가며 투병하게 된다. 1916과 1917년 사이에 쓴 단편 「가장의 근심」은 문학 평론가 마르크 로베르의 설명처럼 유언을 암시하는 듯하다. 이 단편을 쓴 후 바로 일상과 일로부터의 해방을 의미하는 폐결핵 진단을 받기 때문이다. "이처럼 힘들 수는 없다고 뇌가 말하자, 오 년 만에 폐가 그를 돕겠다고 나선 것이다."라고 카프카는 일기에 쓴다. 그 시기 카프카는 자기보다 여덟 살 많은 율리 보리체크를 만나 결혼을 결심하지만 신분이 낮다는 이유로 아버지의 비난을 사 이듬해 파혼한다. 1922년에 카프카는 『성』을 집필하기 시작하고, 1923년 도라 디아만트를 만나 동거하나 반 년 만에 헤어지고, 다음 해인 1924년 6월 3일 폐결핵 악화로 빈 근처 키어링 요양원에서 사망한다.

카프카들—쿤데라, 베냐민, 블랑쇼

카프카의 작품 속 인물들은 아무리 그 사태의 본질을 파헤치려 해도 다가갈 수도, 해결할 수도 없다. 가혹한 운명에서 벗어날 수도 없다. 폐에 구멍이 나 더는 쓸모가 없거나 벌레로 변신해 사람이 아닌 해충이 될 뿐이다. 일과 창작 사이의 고민, 가장의 무거운 어깨, 결혼에 대한 부담, 엄습하는 초조함과 우울. 카프카가 남긴 전망은 오늘도 여전하기에 백 년이 지난 지금도 우리 시대 카프카들이 뒤를 잇는다. 카프카는 철학자들에게도 사유를 제공했다. 그의 작품이 의미로 가득 차 있는 세계에서 의미로 보여줄 수 없는 '틈'을 드러내 주기 때문이다. 틈이라니 그것이 무얼까. 불안, 초조함, 혼돈. 변형—벌레 그레고르, 반은 고양이 반은 양인 튀기, 규정할 수 없는 모양으로 폐가 없이 웃는 듯 웃는 오드라덱—의 형벌이다. 권위와 폭력, 법으로 둘러싸인 아버지라는 초자아에 저항하지 못하는 개인. '여러 개의 발톱을 가지고 있어서 복잡하고 해석 불가능한' 어머니라는 모호한 세계. 카프카의 세계를 자기 글에 불러온 세 명의 작가를 소개한다.

밀란 쿤데라—'망각'을 미리 본 자

체코가 낳은 두 명의 문호는 프란츠 카프카와 밀란 쿤데라다. 『참을 수 없는 존재의 가벼움』, 『농담』, 『불멸』 등 동시대 최고의 문제작을 펴낸 쿤데라(Milan Kundera,

1929~)에게 소설의 존재 이유는 삶의 세계를 영원한 빛 아래 간직하고 우리를 존재의 망각으로부터 지키는 것이다. 이때 소설가는 실존의 탐구자가 된다. 소설의 몸으로 들어오면 성찰의 본질은 바뀌며, 놀이와 가설의 영역인 소설 안에서 소설적 성찰은 의문과 가설로 가득 차게 된다. 쿤데라의 소설은 다성적이며 복합적인데 카프카의 소설에서도 이러한 특징을 만날 수 있다. 카프카의 소설은 꿈과 현실의 결합이며, 꿈도 현실도 아닌 미학적인 기적과 같다. 쿤데라는 자기 소설에 카프카와 마찬가지로 꿈에서만 가능한 상상력을 끌어들인다. 쿤데라에게 소설은 상상적 인물을 통해 관찰된 실존에 대한 성찰이다. 쿤데라의 글쓰기는 오래전, 같은 장소에서 인간에 대해 고민하며 카프카가 한 질문에 답하는 여정과 같다.

쿤데라의 소설 『웃음과 망각의 책』에는 다음 에피소드가 등장한다. 1948년 체코슬로바키아의 공산당 당수인 클레멘트 고트발트가 구시가지 광장에 모인 수십만 시민들에게 연설을 한다. 이 연설은 체코 역사의 전환점이 되는데, 1948년 6월 7일 에드바르트 베네시가 대통령에서 사임한 후 오 일 만에 고트발트가 대통령에 취임하기 때문이다. 이날 고트발트의 머리에 자신의 털모자를 씌워 준 블라디미르 클레멘티스는 사 년 후 반역자로 처형된다. 고트발트가 열변을 토한 프라하의 궁전 계단을 카프카가 팔 년간 중등학교에 다니기 위해 오갔다. 그 궁 1층 가게에 카프카의 아버지가 갈가마귀(카프카)가 그려진 간판을 걸고 장사를 했다. 누구도 기억하지 못하고 회상하지 못하는 망각의 도시 프라하. 체코 역사에서 가장 혹독한 순간을 기록하며 쿤데라는 카프카를 떠올린다. 카프카가 기억이 없는 세계, 이름이 지워진 세계가 가져올 공포를 이미 예견했기 때문이다. 카프카가 묘사하는 관료의 세계는 명령과 규율에 복종하고, 익명의 사람이나 서류와만 관계 맺는다. 요제프 K가 다니는 관청은 신화 속 끝없는 미로 같다. 쿤데라는 역사가 엄청난 시련의 형태로 인간에게 자행한 모든 실험을—권력의 최면적인 시선, 자신의 죄를 스스로 찾아내려는 절망적인 노력, 추방과 추방당하는 고통, 절대 복종에 대한 처단, 현실적인 것의 유령적 성격과 서류의 마술적 현실성, 사생활 침해—카프카가 몇 년 앞서 소설에서 현실화했다고 말한다.

카프카의 소설에서 시간은 인류와의 연속성을 잃었다. 아무것도 모르고 아무것도 기억하지 못하는 인류, 어제 다르고 오늘 다른 이름을 가진 이름 없는 도시, 이름 없는 거리뿐이다. 카프카의 세계에서 실체는 서류에 있고, 측량기사나 엔지니어는 서류상의 착오나 그림자로 존재할 따름이다. 그들은 자신의 벌이 무엇인지 모른 채 고발당해 망명자가 된다. 벌이 잘못을 만들어 내고 벌은 마침내 죄를 찾아낸다. 조국을 잃은 엔지니어가 그 말을 하자 듣는 이들은 웃음을 터뜨린다. 인류는 비인격화와 관료주의를 향해 가고, 외로움을 박탈당한다. 쿤데라에게 소설의 유일한 존재 이유는 소설만이 할 수 있는 말을 하는 것이다. 실존의 탐구자로서 '놀이와 가설의 영역'인 소설 안에서 작가는 자신이 창조한 상상적 인물을 통해 본질적으로 의문적이고 가설적인 성찰에 골몰한다. 쿤데라가 말하는 카프카적 인간은 저 뒤 어디에 있는 것을 미리 본 자다. 그 벌로 그는 알지 못하는 자신의 죄를 끝없이 물어야 한다. 카프카가 미리 본 꿈, 이 현실은 유럽의 와해된 역사이자 세계 문학을 향한 질문이다. 카프카가 묻는다. 글을 쓰는 자는 누구입니까. 쿤데라가 대답한다. '실존의 알려지지 않은 면모를 밝히려 더듬거리며 애쓰는 자입니다.'

발터 베냐민 — 좌절한 인간의 마지막 출구

유대계 독일인 철학자이자 문학 비평가인 발터 베냐민(Walter Benjamin, 1892-1940)은 카프카에게 가장 중요한 문제로 '구원'을 든다. 카프카의 친구인 막스 브로트는 오늘날 유럽과 인류의 몰락에 대해 카프카와 대화를 나누며 우리에게 희망이 있는지 질문했다. 카프카는 다음과 같이 말했다. '희망은 충분히, 무한히 많아. 다만 우리를 위한 희망이 아닐 뿐이야.' 베냐민의 해석에 의하면, 카프카에게 구원의 수혜자는 인간이 아니다. 반은 고양이이고 반은 양인 튀기, '전세가 죄를 짓고 만들어 낸 가장 이상한 잡종'인 오드라덱과 같은 특이한 피조물, 그리고 사기꾼, 바보와 같은 인물들이다. 그들은 이웃이 될 수도 있고 적이 될 수도 있는 이들이며 생각하지 않는 미숙한 인간이다. 소설 「선고」에 등장하는 조수들은 그 무엇도 생각하지 않는다. 카프카의 소설 속에서는 학술원에 보고하는 원숭이, 사냥꾼 그라쿠스, 나비와 같이 오히려 동물들이 생각한다. 동물들의 사고 속에는 불안이 존재하고, 불안은 상황을 망치지만 자기 자신을 망각하는 인간들에 비하면 차라리 희망에 가깝다.

베냐민이 보기에, 카프카의 세계는 곰팡내 나고 낡고 어두운 관방의 세계, 관료들과 서류함의 세계이자 '세계라는 하나의 극장'이다. 인간은 태어날 때부터 무대 위에서 있었고, 그런 이에게 구원이란 무대에서 내려가 마지막 출구를 찾는 것뿐이다. 삶은 언젠가 메시아가 바로 잡아 줄 기형들과 함께 감당할 수 없는 시련과 마주치는 구도의 과정이다. 인류가 만들어 낸 허상의 신화에 대적할 수 있는 것은 정의, 법이 아니다. 다가올 파국의 미래는 「법 앞에서」와 같이 자기 자신에게 해당하는 개별적인 것이다. 입장 허가는 오직 자기 자신에게만 주어지기 때문이다. 베냐민은 카프카가 사람과 동물로 이루어진 미지의 가족을 위해 시시프스처럼 돌을 굴리고 있다고 말한다. 전통이 병든 자리, 지혜가 붕괴된 잔해에서 누군가를 돕기 위해서는 시시프스처럼 돌을 굴리는 바보가 되어야 한다. 그러나 그 도움이 정말 효력이 있는지는 알 수 없다. 「옆 마을」처럼 '인생이란 놀라울 정도로 짧기' 때문이다.

모리스 블랑쇼—세계 바깥에 존재하는 자

프랑스의 은둔자 철학자 모리스 블랑쇼(Maurice Blanchot, 1907~2003)에게 문학의 공간은 카오스, 침묵, 고독, 진리의 바깥이다. 작품의 고독은 끝날 수 없는 고독이며, 작품은 완성된 것도 완성되지 않는 것도 아닌, 그저 존재하는 것이다. 작가는 작품이 존재하는 순간부터 그 자신이 가장 낯선 무위의 감정 속에서 예감하듯 사라진다. 작가가 말한다는 것은 그가 더 이상 그 자신이 아니라는, 이미 더 이상 어느 누구도 아니라는 것이다. '나'를 대체하는 '그'는 작품으로부터 작품을 통해 작가에게 일어나는 고독이다. 쓴다는 것은 시간이 상실되는 지점, 시간의 부재가 주는 매혹과 고독으로 들어서는 그 지점에 다가서는 것이다. 언어는 부재로서 말하며, 이 떠도는 말은 침묵이자 모든 말의 바깥이다.

블랑쇼에 의하면, 청년 카프카는 결혼과 안정, 자신의 열망인 문학 사이에서 서성이는 자다. 점점 굳어져 돌이 되어 버리는, 쓸모없는 인간이 되어 가는 자신을 구원해 줄 유일한 출구가 창작뿐이기 때문이다. 하지만 카프카는 글을 쓸수록 점점 확신을 잃어 간다. '오래전부터 사막에 와 있고, 인간에게 제삼의 땅은 없기 때문이다.'(1922년 1월 28일의 일기) 약속의 땅을 믿지 않은 자에게 모든 것은 목에 걸린다. 예술은 무엇을 해 줄 수 있을까. 구원의 (불)가능성이다. 예술은 아버지와 종교의 세계 '바깥'과 관계하기 때문이다. 예술은 자기를 잃어버린

자, 세계의 진리를 잃어버린 자, 비탄의 시간을 사는 자들을 위한 바깥이다.

블랑쇼가 보기에, 『소송』에서 요제프 K의 잘못은 초조함과 무관심이다. 그는 자신이 변함없이 관료 세계 속에 속해 있다고 믿으며 소송에서 이기기를 바란다. 그는 '실수의 방향으로 나아가는 자'로서 카프카가 가장 심각한 과오라 일컫는 초조함의 과오에 끝없이 빠져든다. K는 언제나 목표에 도달하기 전에 목표에 도달하려 하고, 지고의 목표인 성을 어리석게 바라본다. 블랑쇼는 카프카가 마치 소설 속 K처럼 이야기를 시작하면 완성을 보지 못하고, 다른 이야기로 자신을 진정시킨다고 말한다. 이야기를 포기하지 않으면 세계로 다시 돌아올 수 없으리라는 불안 때문에 카프카는 이야기를 그만두는 행위를 반복한다. 그러나 시인(카프카)에게는 또 다른 세계가 있다. '시인에게는 바깥, 영원한 바깥의 반짝임'이 존재한다. 카프카는 이미 죽었고, 추방이 그에게 주어졌듯 죽음이 그에게 주어지며, 이렇게 주어진 재능이 글쓰기의 재능으로 이어졌다. 이 죽음의 다가옴, 죽음의 공간, '죽을 수 있기 위하여 글을 쓰고, 글을 쓸 수 있기 위하여 죽는' 죽음의 가능성을 가진 자는 '죽은 산 자(living-dead)'일 것이다. 죽음에 만족하고 지고의 불만족에서 지고의 만족을 찾고, 죽는 순간 명료한 시선을 간직한 자. 블랑쇼는 말한다. '죽기를 원하는 자는 죽지 않는다.'

'친애하는 아버지, 얼마 전 제가 왜 아버지를 두려워하는지 물어보셨죠.' 1919년 서른다섯 살의 카프카는 아버지에게 이 문장으로 시작하는 편지를 쓴다. 편지 속에는 물을 달라고 징징거렸다는 이유로 추운 겨울 침대에서 끌어내 아들을 발코니에 가둔 억압적인 아버지가 고발되어 있다. 이 충격적인 경험은 어린 카프카에게 언제든 쾌적한 환경에서 쫓겨나 잔인한 무법 천지의 세계로 던져질 수 있다는 처참한 경험을 남겼다. 어느 날 잠에서 깨어나니 가족에게 쓸모없는 해충으로 변해 버린 그레고르처럼. 카프카는 마흔일곱 장에 달하는 편지를 써서 어머니에게 건네고, 어머니는 남편이 읽지 않는 것이 낫겠다 판단하고는 아들에게 그 편지를 돌려준다. 편지에는 아버지에 대한 긍정적인 면, 더 나은 관계에 대한 희망도 담겨 있건만 카프카가 아버지에게 보낸 편지는 요제프 K처럼 수신인에게 결코 도달하지 못했다.

사십일 년의 짧은 생을 사는 동안 카프카는 많은 글을 썼지만 문학적 가치에 회의적인 그는 매번 발표를 주저했다. 카프카 아카이브에 대한 최근 기사에 의하면, 사망하던 해 카프카는 여자 친구인 도라 디아만트에게 두꺼운 공책 스무 권을 불 속에 던져 달라고 부탁했다고 한다. 도라는 그 부탁을 들어주었고, 카프카는 침대에 누워 자신의 원고가 불에 타는 것을 지켜봤다고 한다. 죽기 전 자신의 모든 원고를 불태워 달라는 친구 카프카의 부탁을 어긴 막스 브로트 덕분에 전 세계 카프카의 독자는

『성』과 『소송』 그리고 『실종자(아메리카)』를 읽을 수 있었다. 카프카가 부친 편지는 그의 죽음 이후 비로소 수신인에게 도착한 것이다.

쿤데라와 베냐민, 그리고 블랑쇼의 시선으로 읽은 프란츠 카프카는 매혹적이지만, 여전히 카프카를 읽는다는 건 물음표다. 카프카의 글은 읽는 시기와 독자의 상황에 따라 달리 보이고, 나의 읽기에 따라 다르게 읽히기 때문이다. 그러나 카프카가 살던 시대만큼이나 불안하고 초조한 시대를 사는 우리이기에, 법 앞에 선 K의 우울이 무관하지 않다. 만족을 모르는 관리를 만나러 가는 측량기사의 불확실성이 가슴을 서늘하게 한다. 우리 시대는 여전히 카프카적이며, 수많은 카프카들이 카프카를 부른다. 카프카는 편지에 쓴다. '아버지, 제가 특별히 다루기 어려웠다는 것을 믿을 수 없습니다.'

작가 연보

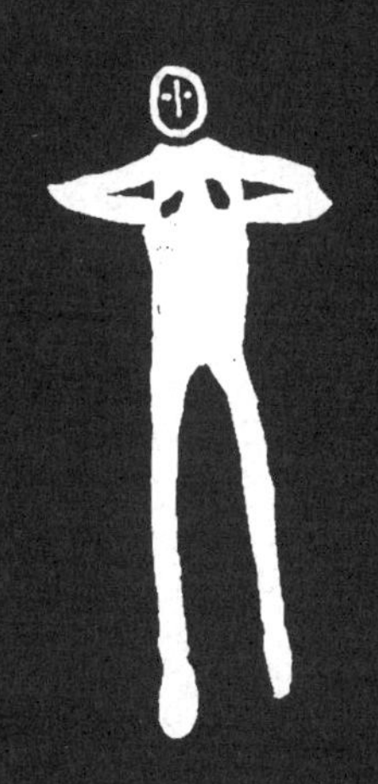

“인생이란 놀라울 정도로 짧은 것이다.”

—「옆 마을」

1883년	7월 3일 프라하에서 태어났다. 아버지 헤르만은 자수성가한 유대인 상인이었고 어머니 율리는 부유한 가정 출신이었다. 엘리, 발리, 오틀라라는 세 여동생이 있었다.
1889~1893년	독일계 플라이슈마르크트 초등학교에 다녔다.
1893~1901년	독일계 왕립 인문고등학교에 다녔다.
1901~1906년	프라하의 독일계 대학에서 공부했다.(당시 프라하에서는 인구의 십 퍼센트 미만 상류층에서만 독일어를 썼다.) 독문학을 두 학기 공부하다가 법학으로 전공을 바꾸었다.
1902년	프라하 근교의 시골 리보흐와 트리이슈에서 방학을 보냈다.(이곳에 「시골의사(Ein Landarzt)」의 모델이 된 지크프리트 아저씨가 공의로 있었다.)
1904~1905년	「어느 투쟁의 기록(Beschreibung eines Kampfes)」. 오스카 바움, 막스 브로트, 펠릭스 벨

취 등 문인들과 정기적 회합을 가졌다.

1906년 법학박사 학위를 받았다. 10월부터 1년간 법률 실무.

1907년 「시골의 결혼식 준비(Hochzeitsvorbereitungen auf dem Lande)」. 10월에 일반 보험회사에 입사했다.

1908년 7월부터 1922년 7월 은퇴할 때까지 근로자 사고 보험국에서 근무했다. 《휘페리온》에 여덟 편의 산문을 처음으로 발표했다.

1909년 막스 브로트 형제와 리바에서 휴가를 보냈다. 사회주의 청년 서클 믈라디히 클럽에 가입했다.

1910년 일기를 쓰기 시작했다.

1912년 『아메리카(Amerika)』 구상을 시작했다. 첫 번째 책인 『관찰(Betrachtung)』을 8월에 정리하여 12월에 펴냈다 「시골길의 아이들(Kinder auf der Landstraße)」, 「산으로의 소풍(Der Ausflug ins Gebirge)」, 「집으로 가는 길(Der Nachhauseweg)」, 「승객(Der Fahrgast)」, 「거절(Die Abweisung)」, 「골목길로 난 창(Das Gassenfenster)」, 「인디언이 되려는 소망(Wunsch, Indianer zu werden)」, 「나무들(Die Bäume)」, 「불행함(Unglücklichsein)」 등의 소품 열일곱 편이 실렸다. 여름에 막스 브로트

와 바이마르를 여행했다.
두 번 약혼하고 파혼하게 되는 펠리체 바우어와 처음 만났다. 보험국 근무 외에도 매제의 공장 일을 봐주고 밤에는 글을 썼다. 스스로 '기동 연습 생활'이라 일컬을 정도로 고달픈 생활이었다. 9월 22일 밤 약 여덟 시간 만에 「선고(Das Urteil)」를 완성했다. 9월부터 1913년 1월까지 『아메리카』 앞부분 일곱 장을 썼다. 10월 펠리체 바우어와 서신 교환을 시작했다. 11, 12월 「변신(Die Verwandlung)」. 12월 프라하에서 첫 번째 공개 낭독회를 가졌다. 낭독회에서 「선고」를 읽었는데 누이동생 오틀라가 "우리 집 이야기잖아. 그럼 아버지는 화장실에서 사셔야겠네." 하는 반응을 보였다고 한다.

1914년 6월 펠리체 바우어와 약혼했다가 7월에 파혼했다. 『소송(Der Prozeß)』을 집필하기 시작했다. 10월 「유형지에서(In der Strafkolonie)」. 『아메리카』 마지막 장 완성.

1915년 1월 펠리체와 첫 번째 재회. 『변신』 출판.

1916년 7월 펠리체 바우어와 온천 마리엔바트에 갔다. 『선고』 출판. 뮌헨에서 두 번째 공개 낭독회를 갖고 「유형지에서」와 「시골의사」를 낭독했다.

1917년 7월 펠리체 바우어와 다시 약혼했다. 9월에 폐결핵 진단을 받았다. 「일상의 당혹(Eine alltägliche Verwirrung)」, 「산초 판사에 관한 진실(Die Wahrheit über Sancho Pansa)」, 「세이렌의 침묵(Das Schweigen der Sirenen)」, 「프로메테우스(Prometheus)」 등을 썼다. 12월 두 번째 파혼.

1918년 11월부터 셸레젠에서 지냈는데 그곳에서 여관 딸 율리 보리체크를 만났다.

1919년 『유형지에서』 출간. 율리 보리체크와 약혼했다. 율리의 신분이 낮다는 이유로 아버지의 격노를 샀다.

1920년 재기발랄한 기혼녀 밀레나 예젠스카와 서신 교환을 했다. 율리 보리체크와 파혼했다. 「포세이돈(Poseidon)」, 「밤에(Nachts)」, 「시의 문장(Das Stadtwappen)」, 「법의 물음에(Zur Frage der Gesetze)」 등을 썼다. 후일 그의 임종을 지키는 젊은 의사 로베르트 클롭슈토크를 알게 되었다.

1922년 1월 『성(Das Schloß)』을 집필하기 시작했다 「단식광대(Ein Hungerkünstler)」, 「어느 개의 고백(Forschungen eines Hundes)」.

1923년 발트 해변에서 청순한 처녀 도라 디아만트를 만났다.

9월부터 베를린에서 도라와 처음이자 마지막으로 짧은 동거를 했다. 「굴(Der Bau)」, 「작은 여자(Eine kleine Frau)」.

1924년 도라로 하여금 「굴」을 제외하고 이 무렵에 쓴 원고를 모두 불태우게 했다. 키어링의 요양원에 머무르다가 6월 3일 마흔한 번째 생일을 꼭 한 달 앞두고 사망했다. 6월 11일 프라하에 묻혔다. 『단식광대』 출판. 이후 나머지 작품을 없애 달라는 카프카의 유언에도 불구하고 친우 막스 브로트가 카프카의 작품들을 출판했다.

도판 이미지 정보(게재 순서대로)

Einleitungsvortrag über Jargon, 1912, The National Library of Israel. Max Brod Archive.

Kafkas Reisenotizen Schweiz-Italien-Frankreich I, 1911, The National Library of Israel. Max Brod Archive.

[Unter meinen Mitschülern...], 1909, The National Library of Israel. Max Brod Archive.

Kafka, Franz, 1917-1924, The National Library of Israel. Max Brod Archive.

Blaues Notizbuch, 1920, The National Library of Israel. Max Brod Archive.

Brief an den Vater, 1919, The National Library of Israel. Max Brod Archive.

Zwei Manuskriptseiten vom Roman "Das Schloss", 1922, The National Library of Israel. Max Brod Archive.

Hochzeitsvorbereitungen auf dem Lande - Version A, 1907, The National Library of Israel. Max Brod Archive.

Porträts Julie Kafka, Selbstporträt, ca. 1911, The file contains two sheets: 1. a portrait of Julie Kafka reading, below a self portrait by Kafka, on the back human figures, all in pencil, 11,2 x 17,5 cm.. 2. Another portrait of Julie Kafka in pencil, 7,7 x 7,8 cm. In addition, there is a wrapper with handwritten notes by Max Brod about the drawings.,

The National Library of Israel. Max Brod Archive.

Zeichnung: Volkshaufen, ca. 1906, The file contains a a sheet with a pencil drawing of five humanoid figures walking to the left, 7 x 10,5 cm. On the back wrote the title in old German Kurrent script., The National Library of Israel. Max Brod Archive.

Zeichnung: Lesende Martha, ca. 1906, The file contains a pencil drawing of a female reading figure, 10 x 16,2 cm. Kafka wrote the title in the upper right corner in old German Kurrent script. Martha Löwi was Kafka's cousin., The National Library of Israel. Max Brod Archive.

Zeichnung: Trinker, The file contains an ink drawing of a man sitting close to a table with a glass of wine, 10 x 16,2 cm. On the back shapes of a standing person in ink., The National Library of Israel. Max Brod Archive.

Zeichnung: Bittsteller und vornehmer Gönner, ca. 1906, The file contains a drawing in ink showing two human figures facing each other, 11,5 x 14,3 cm. At the bottom Kafka wrote the title in old German Kurrent script. On the back notes in shorthand., The National Library of Israel. Max Brod Archive.

Kleine Skizzen und Zeichnungen, 1905-ca. 1920, The file contains 24 sheets, different in size and color, with 37 Doodles, sketches, and drawings in pencil. The drawings depict mostly human beings. Some of the sheets previously have been used as letters, envelopes, information materials, a business card, etc. Sheet 1: two drawings of walking persons 2. A person by a window 3. Two standing persons, a portrait 4. A walking woman, on the back a printed photografic portrait of Arthur Schnitzler 5. An old couple, standing 6. Several portraits, on the back five persons walking, one holding a flag (demonstration?) 7. Portraits of a girl and a boy 8. several doodles 9. Two persons and a dog, on the backside an English letter from a teacher (Lucie V. Thagston?) about an appointment for a lesson 10. Drawing of a house and a garden, above and on the bck notes in law in Kafka's old German handwriting (Kurrent) 11. A man, walking with a stick and a dog, on the back a handwritten note by S.T. (?) 12. Doodles on a sheet with printed content in law, on the back notes in Kafka's old German handwriting 13. Three portraits on the backside of a business card of Kafka 14. A man walking with a stick 15. Three houses (?) on wheels, on the back two fighting persons 16. Two human figures on a brown piece of paper in triangle shape 17. Two persons standing (man and woman) 18. Indifferent sketch 19. A man on a horse 20. A man standing, a clown and a mouse, on the back different doodles of human figures 21. A rifing figure, shooting, in front of a crowd, on the back a man sitting and playing cards, above a walking man 22. Several portraits of bearded men, on an envelope of a letter to Max Horb in Prague (October 29, 1905) 23. An unfinished portrait, on the back a printed photographic portrait of Gabriele d'Annunzio, above a pencil portrait of the same (?) 24. A standing person, The National Library of Israel. Max Brod Archive.

Zeichnung: Übermut des Reichtums, ca. 1905, The file contains a pencil drawing showing scenes of presumption, 18,4 x 21,1 cm. On the upper right corner the title in Kafka's old German handwriting: Übermuth des Reichtums. On the back in the same handwriting: "bedauernswerte Dienerschaft", possibly an alternative title., The National Library of Israel. Max Brod Archive.

사진: 전태홍

옮긴이 전영애

서울대학교 독어독문학과 명예교수. 독일 프라이부르크 고등연구원 연구원을 역임했으며, 독일 고전주의 재단 연구원이다. 2011년 유서 깊은 바이마르 괴테학회에서 수여하는 괴테 금메달을 동양 여성 최초로 수상했고, 2022년에는 독일 시인들에게 수여되는 라이너 쿤체 상을 받았다. 지은 책으로 『어두운 시대와 고통의 언어: 파울 첼란의 시』, 『독일의 현대문학: 분단과 통일의 성찰』, 『괴테와 발라데』, 『맺음의 말』, 『시인의 집』, 『인생을 배우다』, 『꿈꾸고 사랑했네 해처럼 맑게』 등이, 옮긴 책으로 헤르만 헤세의 『데미안』, 『헤세 대표 시선』, 『괴테 시전집』, 『파우스트』, 『서·동시집』, 프란츠 카프카의 『변신, 시골의사』, 라이너 마리아 릴케의 『말테의 수기』, 파울 첼란 시집 『죽음의 푸가』, 라이너 쿤체 시집 『나와 마주하는 시간』, 『은엉겅퀴』 등이 있다. 여백서원을 지어 지키고 있다.

돌연한 출발

1판 1쇄 펴냄 2023년 4월 7일
1판 7쇄 펴냄 2024년 5월 1일

지은이 프란츠 카프카
옮긴이 전영애
발행인 박근섭·박상준
펴낸곳 (주)민음사

출판등록 1966. 5. 19. 제16-490호
주소 서울특별시 강남구 도산대로1길 62(신사동)
강남출판문화센터 5층 (우편번호 06027)
대표전화 02-515-2000 | 팩시밀리 02-515-2007
홈페이지 www.minumsa.com

ISBN 978-89-374-2783-1 (03850)